人民共和國文化與文學叢書

八　編

李　怡 主編

第6冊

細部修辭的力量（上）

張學昕 著

花木蘭文化事業有限公司

國家圖書館出版品預行編目資料

細部修辭的力量（上）／張學昕 著 -- 初版 -- 新北市：花木蘭文化事業有限公司，2020〔民 109〕

目 2+172 面；19×26 公分

（人民共和國文化與文學叢書 八編；第 6 冊）

ISBN 978-986-518-214-4（精裝）

1. 當代文學 2. 中國小說 3. 文學評論

820.8 109010896

人民共和國文化與文學叢書

八 編 第 六 冊 ISBN：978-986-518-214-4

細部修辭的力量（上）

作　　者 張學昕
主　　編 李 怡
企　　劃 四川大學中國詩歌研究院
總 編 輯 杜潔祥
副總編輯 楊嘉樂
編　　輯 許郁翎、張雅淋 美術編輯 陳逸婷
印　　刷 普羅文化出版廣告事業
出　　版 花木蘭文化事業有限公司
發 行 人 高小娟
聯絡地址 235 新北市中和區中安街七二號十三樓
電話：02-2923-1455／傳真：02-2923-1452
網　　址 http://www.huamulan.tw 信箱 hml 810518@gmail.com
初　　版 2020 年 9 月
全書字數 307361 字
定　　價 八編 18 冊（精裝）台幣 55,000 元

細部修辭的力量（上）

張學昕　著

作者簡介

張學昕，文學博士，先後畢業於中國人民大學中文系和吉林大學文學院。現任遼寧師範大學文學院教授，博士生導師。賈平凹文化藝術研究院副院長。中國小說學會常務理事。曾在《文學評論》《文藝研究》《中國現代文學研究叢刊》《文藝爭鳴》《當代作家評論》《南方文壇》《當代文壇》等期刊發表文學研究、評論文章 300 餘篇。著有《真實的分析》《南方想像的詩學》《穿越敘述的窄門》《簡潔與浩瀚》《蘇童論》《蘇童文學年譜》等專著 10 部。主編有「學院批評文庫」，《21 世紀中國文學大系 短篇小說卷》，「少年中國 人文閱讀書系」，「布老虎系列散文」等。連獲第三、四、五、六及第九屆遼寧文學獎，《當代作家評論》獎，獲 2008 年首屆「當代中國文學批評家獎」。主持國家、省社科基金項目多項。

提　　要

《細部修辭的力量》既是一部關於文本研究、細讀的學術性專著，也是一部追求唯美品質的文學批評論著。基於作者近年關於短篇小說深入、廣泛的思考、研究，該論文集包括對名篇的細讀，名家的創作論，中、西方短篇大師的文本研究，還有關於整體年度及時代小說創作的宏觀研究。編輯成書，既是對自己近年對小說研究的一個小結，也是對這一文體和優秀創作者的致敬。

本書是作者關於中國當代長、短篇小說研究的自選集，是作者近年文學研究的階段性總結，主要分以下三部分內容：

第一輯：從體裁、題材、語言、敘事、意象、美學、精神品質、意識形態等方面全方位地審視中國小說創作、發展歷程，尋找中國當代小說發展的可能性。

第二輯：對中、外名家名作做文本細讀。主要選取汪曾祺、林斤瀾、莫言、蘇童、阿來、賈平凹、格非、鐵凝、博爾赫斯、克萊爾·吉根等中、外名家的短篇小說，進行文本細讀及其深入研究，在此基礎上進行宏觀而系統的理論性建構。

第三輯：對近年來中國當代長篇小說體做整體評估和文本細讀。深入探討長篇小說藝術發展的新視角，探討今後長篇小說發展的多種可能性。包括賈平凹、遲子建、余華、閻連科、蘇童等作家作品，深入挖掘長篇小說創作內在的精神性規約以及對細部修辭策略的探討。

全球化時代如何討論當下的文學問題
——《人民共和國文化與文學》第八編引言

李　怡

我們常常說，這是一個「全球化的時代」，也就是說，對當下文學的討論，「全球化」是一個不可回避的語境。但是「全球化語境下的中國當代文學」這個題目所包含的意蘊以及它所昭示的學術立場本身就是意味深長的。我覺得，在我們積極地研究當下文學自身成就的同時，適當的反顧一下我們已經採取或者可能會採取的立場，也不失為一種新的推進方式。「全球化」是新世紀中國學術的一個重大課題，「中國當下的文學」雖然已經闡述了多年，但在今天的「新世紀」或者說「新時代」的時間段落中，無疑也具有了特殊的意義。只是，如果我們竭力將這些關鍵詞置放在一起，其相互的意義鏈接就變得有點曲曲折折了。

從表面上看，「全球化」與「中國當下」，這是一個普遍性的時間和一個特殊空間的問題。我們常常在說「全球化時代」如何如何，這也就是說我們正在經歷一個正在怎麼「化」的過程，這是一個時間的過程。「全球化語境中的中國文學」，似乎應當考慮的是一個局部空間的文學現象如何適應更有普遍意義的時代發展的要求，當然，關於這方面的話題我們可以談出許多。例如全球化時代的經濟一體化進程與民族文化矛盾對於不同民族文化交流與融合的影響，而這種文化的衝突與融合對於文學藝術的創造又取著怎樣的關係，接踵而來的另一個直接問題就是：中國當下的文學，這一目前可能民族性呼聲很高的區域文學如何在呼應「全球化」時代的主體精神的同時保持自己真正的有價值的個性？近 40 年來的學術史上，關於這樣的「時代要求」與民族國家關係的討論曾經也熱烈地進行過，那就是上一個世紀 80 年代中期的「走向世界」，當時，人們通過重述歌德與恩格斯關於「世界文學」時代到來的論斷，力圖將中國文學納入到「世界文學」時代的統一進程當中，因為這樣一來，我們就可以有力地走出地域空間的封閉而更多地呼應世界性的時代思潮了。

那麼，「全球化」的提出與當年的「走向世界」有什麼不同，它又可能賦予我們文學研究什麼樣的新意呢？在我看來，當年的「走向世界」思潮與其說是關於文學的理性的分析，毋寧說是一種文學呼喚的激情，一種向所有的文學工作者吹響的進軍的號角，除了面對啟蒙目標的偉大衝動外，關於文學特別是文學研究的新的理性評判系統並沒有建立起來，而啟蒙本身的意義也常常被闡述得籠統而模糊。所謂「全球化語境」，其實是為我們的文學特別是文學的研究提供了一個比較完整的新的思考的框架。例如作為人類精神發展基礎的「經濟」的框架：當前全球經濟一體化的過程對於文化與文學究竟會產生怎樣的影響？一個民族國家（諸如中國）的精神創造是如何回應或如何反抗這樣的「同一」過程的？而經濟制度本身又如何對精神生產形成制約或推動？這些思路從宏觀上看將與目前熱烈進行的「現代性」問題的討論相互聯繫，與所謂世俗現代性／審美現代性的分合問題相互聯繫，從而在文學的「內」、「外」結合部位完成細節的展開。顯然，這比過去籠統的「經濟基礎決定上層建築」或者「文學發展與經濟發展的不平衡原則」要具體而充實。從微觀上看，今天我們所討論的「民族國家文學」問題本身就聯繫著「一帶一路」這樣經濟的事實，我們似乎沒有必要將民族國家文學的發展局限在知識分子書齋活動之中，這裡所產生的可能是一個更具有深遠意義的「文化審視」問題——不僅當下中國的人們有了重新自我審視的機會，而且其他地方的人也有了深入審視中國的可能，其實文學的繁榮不就是同時貢獻了多重的視線與眼光嗎？或許正是在這個意義上，我以為，新世紀的「全球化」思維具有了比 80 年代「走向世界」思維更多的優勢。

但是，「全球化」思維又並非就可以敞開我們今天可以感知到一切問題，我甚至發現，在關於文學發展的一個基本的困惑點上，它卻與「走向世界」時代所面對的爭論大同小異了，這個困惑就是我們究竟當如何在「或世界或民族」之間作出選擇，或者說全球化時代的文學普遍意義與民族文學、地區文學之間的矛盾是否還存在，如果存在，我們又當如何解決？無論我們目前的議論如何竭力「消解」所謂二元對立的思維，其實在學術界討論「全球化」與「民族性」的複雜關係時，我們都彷彿見到了當年世界性與民族性爭論時的熱烈，甚至，其基本的思維出發點也大約相似：全球化時代與世界化時代都代表了更廣大的普遍的時代形象，而中國則是一個局部的空間範圍。這兩個概念的連接，顯然包含著一系列的空間開放與地域融合的問題，也就是說「中國」這個有限空間的韻律應該如何更好地匯入時代性的「合奏」，我們既需要「合奏」，又還要在「合奏」中聽見不同的聲部與樂器！這裡有一個十分重要的理論假定：即最終決定文化發展的是時間，是時間的流動推動了空間內部的變化——應當說，這是我們到目前為止的社會史與文學史都十分習慣的一種思維方式，即我們都是在時代思潮的流變中來探求具體的空間（地域）範圍的變化，首先是出現了時間意義的變革，然後才貫注到了不同的空間意義上，空間似乎就是時間的承載之物，而時間才是運動變化的根本源泉，我們的歷史就是時間不斷在空間上劃出的道道痕跡。例如我們已經讀過的文學史總先得有一章「五四新文化運動的發生」，然後才是「五四在北京」、「五四在上海」或者「五四新文化運動在詩歌領域裡引發的革命」、「在小說領域裡產生的推動」、「在戲劇中的反映」等等。這固然是合理的，但從另一方面來說，它所體現的也就是牛頓式的時空觀念：將時間與空間分割開來，並將其各自絕對化。在這一問題上，愛因斯坦的「相對論」是從打破時空絕對性的立場深化了我們對於時間、空間及其相互關係的認識。在這方面，被譽為繼愛因斯坦之後最偉大的科學家的史蒂芬·霍金有過一個深刻的論述：

> 相對論迫使我們從根本上改變了對時間和空間的觀念。我們必須接受的觀念是：時間不能完全脫離和獨立於空間，而必須和空間結合在一起形成所謂的時空的客體。〔註 1〕

這是不是可以啟發我們，在所有「時代思潮」所推動的空間變革之中，其實都包含了空間自我變化的意義。在這個時候，時間的變革不僅不是與空間的變化相分離的，而且常常就是空間變化的某種表現。中國現當代文學決不僅僅是西方「現代性」思潮衝擊與裹挾的結果，它同時更是中國現代知識分子立足於本民族與本地域特定空間範圍的新選擇。只有充分認識到了這一事實，我們才有可能走出今天「質疑現代性」的困境，為中國現當代文學尋找到合法性的證明。

〔註 1〕 史蒂芬· 霍金：《時間簡史》第 21 頁，湖南科學技術出版社 2002 年版。

在時間變遷的大潮中發現空間的本源性意義，這對我們重新讀解中國當下的文學，重新展開「全球化語境中的中國文學」這一命題也很有啟發性。比如，當我們真正重視了空間生存的本源性地位，那麼我們就會發現，從表面上看，這是一個普遍性的時間和一個特殊空間的問題，但在實質上來說，其實所包含的卻是中國自身的「空間」與全球化的「時間」的問題，所謂「全球化」，與其說是一個普遍的時代思潮，還不如說西方人的生存感受。是中國的經濟方式與生活方式在某種意義上匯入了「全球性」的漩流之中，於是，他們將這一感受作為「問題」對包括中國人在內的其他人提了出來，自然，中國人對此也並非全然是被動的對於外來「時間」的反應，他們同樣也在思考，同樣也在感受，但他們感受與思考的本質是什麼呢？僅僅是在「領會」外來的思潮麼？當經濟開發的洪流滾滾而來，當國際的經濟循環四處流淌，當外來的異鄉人紛至遝來，當接受和不能接受、理解和不能理解的文化方式與宗教方式，生活方式與語言方式都前所未有地洶湧撲來，中國的精神世界是怎樣的？中國的文學又是怎樣的？很明顯，在貫通東方與西方、全球與中國的「時代共同性」的底部，還是一個人類與民族「各自生存」的問題，是一個在各自具體的空間範圍內自我感知的問題。

理解中國當下的文學，歸根結底還是要理解中國人自己的感受。這裡的「全球化」與其說更具有普遍性還不如說更具有生存的具體性，與其說可能更具有跨地域認同性還不如說可能包含了更多的地域分歧與衝突的故事，當然，也有融合。既然今天的西方人都可以在連續不斷的抗議和攻擊中走向「全球化」，那麼，我們為什麼不是？所要指出的是，在文學創造的意義上，這裡的抗議與拒絕並非簡單的守舊與停滯，它本身就是一種「有意味」的姿態，或者，它本身也構成了「全球化」的一部分。

2019 年 12 月改於成都長灘

目次

上冊

第一輯

細部修辭的力量——當代小說敘事研究之一 ··········3
視角的政治學——中國當代小說中的疾病隱喻 ······17
「抗戰小說」的敘事倫理 ································29
尋找短篇小說寫作新的可能性——《21 世紀中國文學大系（2000 年～2009 年）· 短篇小說卷》導言 ·39
蘇童與中國當代短篇小說的發展 ························57

第二輯

小說的氣象——汪曾祺的短篇小說《受戒》 ·········77
小說的「明白」——林斤瀾的幾個短篇小說 ·········87
苦澀的黑氏，或何謂「人極」——讀賈平凹兩個短篇小說兼及「寫作的發生」 ························97
短篇小說魔術師，或品酒師——蘇童的《祭奠紅馬》《拾嬰記》及其他 ································ 107
小說的「倒立」，或荒誕美學——莫言幾個短篇小說閱讀劄記 ·· 119
丙崽究竟該如何生長？——韓少功的《爸爸爸》及其「尋根」考古 ································ 133

如何面對釀酒師和禮帽的飛行——鐵凝的《飛行釀酒師》和《伊琳娜的禮帽》…………143
樸拙的詩意——阿來短篇小說論…………153
逝川上到底有多少條「淚魚」——遲子建的兩個短篇小說…………163

下　冊

世界上惟有小說家無法「空缺」——格非小說《迷舟》及其先鋒性「考古」…………173
為什麼不去跳舞——讀王祥夫的兩個短篇小說…………183
生命像聚在一頭亂髮中——阿城的小說《棋王》…………195
富陽姑娘、日本佬和雙黃蛋——麥家的幾個短篇小說…………203
小說是如何變成寓言的——東西的中、短篇小說…………213
小說的佛道——葉彌的兩個短篇小說…………227
短篇小說的「上帝之手」——阿成的短篇小說…………237
回憶，在時間裏的形狀和聲音——讀博爾赫斯《交叉小徑的花園》…………253
南極在哪裏——克萊爾．吉根的短篇小說《南極》263

第三輯

賈平凹的「世紀寫作」…………275
遲子建的「文學東北」——重讀《偽滿洲國》《額爾古納河右岸》和《白雪烏鴉》…………287
閻連科的「夢遊詩學」——從《丁莊夢》到《日熄》的閻連科…………303
余華小說的「細部修辭」…………319
蘇童的「小說地理」…………331
阿來的植物學…………345

第一輯

細部修辭的力量——當代小說敘事研究之一

一

我們在閱讀小說、研究和分析文學文本的時候，可能常常會思考這樣的問題：我們究竟是怎樣從作品中體味到了文學的美好？究竟是從哪些具體的方面，獲得了深刻的感動和持久的精神力量？我們需要珍視好的文學，熱愛好的文學，我們更需要懂得好的文學。那麼，一部好的文學作品，一部好的小說，真正能夠體現出其獨特價值的地方在哪裏呢？衡量作家和文本的座標或天平究竟是什麼？

其實，多年以來，這些貌似老話題的問題，卻始終被我們所忽視。而纏繞著我們的，往往是那些很宏觀、很理論、十分富於理論感的大問題。正是這些似是而非的「問題」和理論規約，束縛、遮蔽著我們的閱讀，也禁錮了那些我們原本會極其生動體驗的藝術感受。一方面，從比較「職業的」閱讀角度，我們可能會更多地考慮作家的文學成就，考察作家的文學史地位，很「學術」地研究其當下的理論意義和價值；另一方面，個人的文學閱讀和審美判斷，也會參雜、滲透出個性好惡，以及潛藏在內心深處強烈的道德評價。當然，這些都沒有問題。而我的想法是，當我們面對作家、作品的時候，我們在注意或重視理論地把握、概括作家創作宏大意義的同時，在文本閱讀中，不惜「犧牲」形而下的「原生態」面貌，不遺餘力地挖掘文本形而上本質的時候，是否更需要關注文本的「意義生成」過程，更竭力地去發現敘述的魅力在哪裏閃現呢？我認為，這恰恰應該是走進文本、走近作家本身的一個重要當口。就是說，我們不能忽略作家寫作的姿態和敘事策略，以及由此在文本中呈現出的小說「細部的力量」。這種力量可能來自一個小說人物的表情或動作，來自一個蘊藉了特別氛圍的場景，一件生活中瑣碎之事的回顧，來自一段充滿濃鬱日常性的話語，也許是一段類似「閒筆」的不經意的敘述。說它是細節也行，說它的是細部也罷，它必然是文學敘事的精要所在，是觸動心靈的切實要素或原點。一個好的敘述，它的精華之處，一定在細部。仔細想想，任何一部傑出、偉大的作品，無不是無數精彩細部渾然天成的組合。在這裡，細部所產生和具有的力量，一定會遠遠覆蓋人物、情節、故事本身。而且，它所提供的生活經驗、生命體驗和藝術含量，既訴諸了一個傑出作家的美學理想和寫作抱負，也能夠體現出一個作家的哲學、內在精神向度和生活信仰。平凡、平實、平淡，樸素、誠摯、充滿情懷，才是一部作品熠熠生輝的根本和底色。惟有從最基本、最普通、最細緻，而非有深刻命意和內在深度的生活著眼；進入、表現最實在的生活之中，不是想通過作品來說服什麼的文字才更加令人信服；不故弄玄虛、掩人耳目地製造懸疑的敘述，才會更加耐人咀嚼。這樣的文學，才會有綿延不絕的藝術力量。實際上，這又不僅僅是一個藝術、技術層面的問題，而是一個作家價值觀、生活觀、美學觀的問題。仔細想想，一部作品，一篇小說，真的非要概括出現實的意義或所謂生活的性質才達到目的了嗎？對細部的迷戀和重視，至少說明這個作家放鬆了自己的姿態，回到了具體的事物，回到了事物的本體，回到生活的原點，沒有從「高處不勝寒」的高度，凌空蹈虛般凌駕於基本的生活流之上，擺脫了所謂神性和理念的控制。

說到底，作家在發現生活和表現生活的時候，是不需要虛張聲勢地給生活、時代命名的。也許，我們的時代，根本就不需要那麼大的聲音。能夠發現生活真正價值和美好的人，如同挖掘到黃金一樣，他是不會虛張聲勢，大聲喊叫的。人人都在生活，在每一位行路者的旅途中，最終留下的，都是自己獨特而鮮明的印跡；他們所發出的聲音，也不一定都要遵循某種固定的樣式和模板。因此，誰能夠發現一種富於個性的細微的聲音，誰能洞悉到一個個生命方向上的正路、岔路、窄路和死路，誰能在一個大的喧囂的俗世裏面，感受或者感悟到一個普通心靈的質地，就可能產生一種駕輕就熟、舉重若輕的大手筆。這是一種能剔除雜質的目光，這種目光才會發現一種眼神；這是一種大音希聲的聲音，這種聲音才能傳達細節的氣氛和氣息；這也是一種大象無形的撫摸，這種撫摸會在一種事物上面感知大千世界、萬物眾生。這樣的話，作家的寫作，他的敘事，就不擔心細小和瑣屑。世界就是由無數瑣碎的事物構成的，作家點石成金般的才華、質樸、心智、關懷和良知，與現實生活中無數細小的東西連起來，就會形成一個巨大的張力場。作家在這樣的場域中寫作，給人的感覺就會非常特別。可以這麼說，從某種意義上講，作品中充滿生活細節的文本，都與作家對生活的感情和愛密切相關。

這時候，最需要的，或許就是一個作家的平常心、樸素的情懷。其實，平常心是一種大境界。那是一種不堅執、不頑冥、不刻意的心境或者心態，不躁不厲，那是閱盡人間或生命萬象之後的坦然和坦蕩。我相信，任何好的書寫和敘述都會從這樣的寫作心態出發，而不是那種自命不凡、可以縱覽世間滄桑的高屋建瓴。這是一個作家的創作心態問題。日本著名導演小津安二郎，在電影創作中始終堅持這樣的理念：讓生活自身呈現。他將攝相機固定在與人一樣的高度，讓其處於一個傾聽者的正面的位置，直抵情景的細部。而且，他不會用任何不禮貌的角度來拍攝自己的人物，永遠選擇平視或仰視，而不是俯拍。因此，在小津安二郎的作品中，有散發著日常生活的芳香，有對人的充分尊重，又有宗教的平等、莊嚴和寬廣，質樸和細膩中彌漫著詩意和憂傷。

作家莫言強調，一個作家不應該總是宣稱自己是「為老百姓寫作」，而應該是「作為老百姓寫作」。他說：「『為老百姓寫作』，聽起來是一個很謙虛很卑微的口號，聽起來有為人民做牛馬的意思，但深究起來，這其實是一種居高臨下的態度。其骨子裏的東西，還是作家是『人類靈魂的工程師』『人民代言人』『時代良心』這種狂妄自大的、自以為是的玩意兒在作怪」〔註 1〕。這裡，莫言所強調的是，「作為老百姓寫作」，就是不會把自己置於比老百姓高明的位置上。而且，他在寫作的時候，不會也不必去考慮這些問題。他沒有想要用小說來揭露什麼，來鞭撻什麼，來提倡什麼，來教化什麼，因此他在寫作的時候，就可以用一種平等的心態來對待小說中的人物。這種寫作姿態，也決定了作家的價值取向，還有寫作方式，包括作家對細部的興趣和關注，擺脫「大」的題意或主旨對寫作的規約，並由此決定如何選擇寫作修辭策略。

〔註 1〕莫言：《作為老百姓寫作》，載林建法、徐連源主編《中國當代作家面面觀——尋找文學的魂靈》，第 4 頁，春風文藝出版社，2003 年版。

一般地說，修辭被視為話語的技術層面要求。在鍊字、遣詞造句，搭建情節、細節和結構故事過程中，作者處心積慮，殫精竭慮，這是謀篇布局的心智體現。我想，在一個較大的敘述裏，修辭絕不僅僅只是一個技術層面的要求，更是一種在思想和精神上具有文化意味的選擇。就像亞里斯多德講的那樣，「只知道應當講些什麼是不夠的，還須知道怎樣講」。〔註2〕就是說，當一個作家知道自己寫什麼的時候，他在一定程度上就已經擬定或預設了敘事的空間維度，而發現應該聚焦的生活，洞悉其間或背後潛藏的價值體系，對時代生活做出深刻判斷，可以視為從整體到細部最基本的文本編碼。這裡面，其實就埋藏著「怎樣講」的傾向。修辭是一種發現，是一種能力，「細部修辭」，則是那種用心的發現，是很少整飭生活的獨到選擇和樸素的敘述策略，雖然細部無處不在，卻不只是作為語言層面的問題來加以討論的。因此，作家的修辭，在生活面前並不是無處不在的。經意或不經意的遺漏和空缺，往往也可能是最重要的細部修辭。

二

作家余華在被問及在寫作中會碰到哪些困難時，他直言不諱地說，困難非常多，尤其是「有很多都是細部的問題。這是小說家必須去考慮的，雖然詩人可以對此不屑一顧，然而小說家卻無法迴避。所以說，小說家就是一個村長，什麼事都要去管。」〔註3〕此外，余華還談及幾位對他寫作有重要影響的作家，特別是川端康成，而這位作家恰恰是極為重視細部的傑出作家。「川端康成對我的幫助仍然是至關重要的。在川端康成做我導師的五、六年裏，我學會了如何去表現細部，而且是用一種感受的方式去表現。感受，這非常重要，這樣的方式會使細部異常豐厚。川端康成是一個非常細膩的作家。就像是練書法先練正楷一樣，那個五、六年的時間我打下了一個堅實的寫作基礎，就是對細部的關注。現在不管我小說的節奏有多快，我都不會忘了細部。」〔註4〕在這裡，余華坦然地道出了他最初的文學訓練，來自對川端康成的學習和模仿。一個作家與另一個作家相遇也是一種不結之緣，是神遇。余華領悟了川端康成作品的精髓：細部是敘述之母。在他的長篇小說《活著》中，有

〔註2〕亞里斯多德：《修辭學》，第147頁，三聯書店，1991年版。
〔註3〕余華：《我能否相信自己》，第248頁，人民日報出版社，1998年版。
〔註4〕余華：《我能否相信自己》，第252頁～253頁，人民日報出版社，1998年版。

一個經典的細部描述：福貴的兒子有慶死後，福貴瞞著家珍將有慶埋在一個樹下，然後他哭著站起來，他看到那條通往城裏的小路，想到有慶生前每天都在這條小路上奔跑著去學校的情形。後來，福貴陪著家珍去有慶的墳前，再次看到這條月光下的小路。寫到這裡的時候，余華感到他必須要寫出此時福貴內心最真實和細膩的感受。他反覆斟酌這個細小的感受應該怎樣表現。最後，他選擇了一個意象——鹽。「我看著那條彎曲著通向城裏的小路，聽不到我兒子赤腳跑來的聲音，月光照在路上，像是撒滿了鹽」〔註 5〕余華意識到，他必須寫出這種感受，這是一個優秀作家的責任。一個人，當自己的親人離去，那種難以控制的思念和傷痛該怎樣表現，並不是一個可以輕易擺脫俗套的細節。余華沒有造勢，沒有選擇一個很大的動作，只是給這種情感、情緒選擇了一個意象，一下子就攫住了人的心。一個常情，一個普通的事物——鹽，卻構成了一個有震撼力的細部。沒有更好的比喻或象徵，或者是細緻的心理描寫能夠取代這個短小、簡潔的敘述，這個細部，體現出余華的敏感，它從小說的整個敘述中突然溢出，明亮，閃著光澤，照亮了全部的敘述：活著所承載的，是不能承受之輕。這是一個作家從人物內心的情感出發所做的細部的修辭。

我這裡要特別提到，現代作家重視文本細部修辭的經典個案。這就是偉大的作家魯迅。魯迅是中國現代小說的開山鼻祖，魯迅就是一個極為重視細部呈現和修辭的作家。他的著名短篇小說《孔乙己》，就是細部修辭的經典之作。魯迅在孔乙己的腿沒有被打斷、幾次出現在咸亨酒店的時候，從來沒有寫他是怎麼來的，只是描述他是「站著喝酒穿長衫的唯一的人」。可是，當孔乙己的腿被打斷了，他就必須要寫他是怎麼來的。魯迅先讓他的聲音從櫃檯下飄上來，然後，讓沒有櫃檯高的小夥計端著酒從櫃檯繞過去，接過孔乙己從破衣服裏摸出的四文大錢。敘述，就在此時抵達了細部：孔乙己兩手都是泥，原來他是用這手走來的。魯迅十分簡潔、乾淨地交待這個現象的同時，完成了對孔乙己人生變故的含蓄表達。細部，在這裡呈現出了一種寬廣和寬柔。魯迅沒有選擇對孔乙己的內心進行評價，或者運用「他者」的目光逼視人物的心態，而是自由地書寫了一個小人物的生存細部。

魯迅在給《吶喊》寫自序的時候，寫到他的朋友金心異來看望他，在這

〔註 5〕余華：《活著》，第 134 頁，南海出版公司，1998 年版。

樣一篇小說集的序言中，魯迅竟然寫到了金心異走進屋子後脫下長衫。可以說這是一處閒筆，也可以當作是一個細部的修辭。像魯迅這樣一個傑出的作家，約朋友談話的時候，或者說，在自己一部重要的小說集的序言裏，還會注意到並且提及到朋友的衣著，朋友細微的動作和神態。這裡，一定蘊藉著深厚而樸素的友情。只有這樣的情懷和本真情感，敘述，才會於字裏行間發散出自然、平易和質樸的氣息。

即使在今天，我們的寫作，筆觸所及，也不能不慮及細微、細小和細部。難道我們還需要那麼多驚心動魄的故事嗎？或者說，我們一定要依賴大的人物形象或者能顯示時代力量、宏大命題的敘述嗎？一些作家在敘事上開始向下看，開始從小處著眼。我想，一個作家不能總是隨波逐流的去感受、渲染和記錄一個時代的興奮，興奮之後還會留下一些什麼呢？我們還需要將目光投向最樸素和實在的精神命意：生活。在《秦腔》和《古爐》中，賈平凹選擇了細部的修辭策略，選擇了日常生活形態中普通、平實的「生活流」，選擇以碎片式、花瓣式的細部，聚集一部更具整體性的文本結構。這時的賈平凹，沒有再像以往那樣，通過整體的、自我的、帶有某種意識指歸的形象，而是讓整合後的對記憶的敘述，呈現生活的「細部的真實」。賈平凹選擇的視角，也給敘述提供了從不同方位進入細部的可能性。「細部」，已經完全嵌入敘述中的生活。故事像經驗，或者說經驗像故事一樣被傳達出來的同時，儘管仍然有「敘述」的痕跡，但作家作為創作主體所經驗所感悟的內容與回憶、記憶，與聚合起來的生活融為一體，「還原」或者說創造出獨特的氛圍與情境。確切地說，賈平凹《秦腔》的敘述，在努力回到最基本的敘述形式——細部，如同被堅硬的物質外殼包裹的內核，可摸可觸，人物的行為、動作在特定的時空中充滿質感。也許，賈平凹在敘事觀念上，想解決虛構敘事與歷史的敘述，或者說，寫實性話語與想像性話語之間存在的緊張關係。但是，他更加傾向將具有經驗性、事實性內容的歷史話語與敘述形式融匯起來，在文字中再現世界的渾然難辨的存在形態。只不過，這一次，賈平凹沒有利用敘事形式本身的乖張和力量，更看重對創作主體的個人經驗的有效表達，追求「個別的真實」而非虛構敘述所表現的普遍的真空。這時，「細部」，呈現出它非凡的力量。

令人驚異的是，「賈平凹從容地選擇了如此綿密甚至瑣碎的敘述形態，大膽地將必須表現的人的命運融化在結構中，對於像賈平凹這樣一位有成就的重要作家來說，這無疑是一種近於冒險的寫法，但他憑藉執著而獨特的文學結構、敘事方式追求文體的簡潔，而恰恰是這種簡潔而有力的話語方式，在很大程度上改變了以往長篇小說的寫作慣性，重新擴張了許多小說文體的新元素，改變了傳統小說的敘事形態，同時，我們也從這部長篇小說看到賈平凹小說寫作更為內在的變化。是否可以說，在當代小說創作中，若想實現小說真正的現代性，通過小說敘事發現或呈現某種生活的邏輯或存在的邏輯，沒有比乾脆運用寫實手法、盡可能地回到生活本身更具有內在自由度，更具有挑戰性，這是一個令人猶疑的問題。像賈平凹的《秦腔》，選擇的就是簡潔、富有質地、裸露「經驗」敘事。用近五十萬字的密集的流水式的生活細節，表現一個村落一年的生死歌哭、情感、風俗、文化、人心的遷移與滄桑。曾關注、謳歌了渭南這塊土地幾十年，賈平凹這一次作為一位貼身、貼切的敘述者和見證人，完全是以極具個人經驗、心理、情感特徵的寫作主體方式，包容性地表達對一個時代的領悟，而其對敘事話語方式的選擇則給賈平凹小說帶來全新的面貌。」〔註 6〕具體地說，《秦腔》這部小說，以四五十萬字來寫一條街、一個村子的生活狀貌或狀態，細膩地、不厭其煩地描述一年中日復一日瑣碎的鄉村歲月，從時間上看並不算長，但敘述卻給閱讀帶來了一種新的時間感。這種時間感顯然最為接近小說所表現的生活本身，一年的時間漲溢出差不多十年的感覺。正是這種鄉村一天天緩慢、沈寂的生活節奏，這種每日漫無際涯的變化，累積出鄉村生活、人世間的滄桑沉重。相對於那些卷帙浩繁、結構宏闊的鄉土敘事，賈平凹用心、樸實地選擇簡單的單向度的線性敘事結構，非作家經驗化的生活的自然時間節奏，沒有刻意地擬設人物、情節和故事之間清晰、遞進的邏輯關係，也不張揚生活細節後面存在的歷史發展的脈絡，只是平和地、坦誠而坦然地形成自己樸素的敘事，敘述本身也較少對當代鄉村及其複雜狀貌的主體性推測與反思性判斷。這樣，細節的瑣碎，既構成生活的平淡或庸常，也構成了生活的真實。細部，再現或復現了生活的肌理。也許，我們應該仔細地反省一下：難道平淡、庸常的生活就不是生活嗎？生活本身就是不完整的，破碎的，我們一定要依據某種現實的邏輯或意識形態的意志力，去拼湊一種像模像樣的完成結構，又有多大意義呢？

巴赫金認為：「長篇小說是用藝術方法組織起來的社會性的雜語現象，

〔註 6〕張學昕：《回到生活原點的寫作——賈平凹《秦腔》的敘事形態》，《當代作家評論》2006 年第 3 期。

偶而還是多語種現象，又是獨特的多聲現象。小說正是通過社會性雜語現象以及以此為基礎的個人獨特的多聲現象，來駕馭自己所有的題材、自己所描繪和表現的整個事物和文意世界。作者語言、敘述人語言、穿插的文體、人物語言——這都只不過是雜語藉以進入小說的一些基本布局結構統一體。」〔註 7〕在這裡，巴赫金把長篇小說看作一個整體，一個「多語體」和「多聲部」現象，即小說話語是彼此不同的敘述語言組合的體系，而不是單一敘述主體的話語。在《秦腔》中，小說敘述話語及其所呈現出的存在世界就是一個多維的話語、結構形態。這時，敘述主體已擺脫了種種可能的觀念、理念的預設，遠離了以往小說的「社會——歷史」結構形態。即不是從歷史結構中去觀察和描述日常生活並形成具有現實感的敘事形式，而是盡力寫出生活的本色和原生態質地，又避免對人物個性或典型性的過分強調而造成人物與存在世界的分裂。在一定意義上講，小說的結構，就是生活的一種存在結構，它所提供的人物、情景、綿密的生活流程，可以讓我們去感知、觸摸生活的構成，揣摸生活更大的可能性。我認為，賈平凹所採取的是一種「反邏輯」的敘述，是對既往文學、寫作觀念的顛覆。無邏輯的生活秩序正是生活與存在的本質，因為生活的秩序和形態絕不是作家所給定的，也不是由某種特定觀念所統一的，而所謂的「邏輯」則是人對現象的恣意的主觀梳理、強制性限定，那麼，決定小說結構的敘述話語就絕不是一種獨立的聲音。而小說話語或小說智慧，則在於呈現由不同的社會雜語構成的混沌的、多元的、對話的形態，以及非個人的內在的非統一性的多聲現象。這種多維、多元的話語結構，造就了小說看似蕪雜的、多層次的、流動的意識形態，這也正是賈平凹試圖以「細部」的真實，把握鄉村、時代、人性及精神文化宿命的途徑和方法。

2011 年的《古爐》基本延續了《秦腔》的話語風格和修辭策略，可以說，這又是賈平凹的一部大作品。這裡面有作家一種強烈的、勇敢的、大的擔當。一個作家寫到這個份上，他已經不再會計較任何個人性的得失了。整部作品的敘事都極其自由，開合有度。與六年前的《秦腔》比較，從他寫對當代、當下中國鄉村的裂變，敏感、敏銳地洞悉了中國社會整體性、實質性的轉變，《古爐》則選擇回到上世紀六十年代的中國鄉村，回到當代史最激烈、最殘

〔註 7〕巴赫金：《小說理論》，白春仁、曉河譯，河北教育出版社，1988 年版，第 40～41 頁。

酷、最令人驚悚的那段歷史。這一次，從敘述方式上講，與《秦腔》沒有什麼大的不同，但這一次我感覺作家更像是從自己內心出發來寫歷史、寫記憶、寫自己、寫命運。說到底，作家寫作最重要的動力和初衷，就是源於對自己所經歷和面對的世界的不滿意，他要以自己的文字建立起自己的世界和圖像，也建立自己的尊嚴。《古爐》就是通過回到歷史、回到另一個時間的原點，書寫賈平凹記憶的經驗，表現一種命運，大到民族國家，小到渺小的個人。我感到，《古爐》所要表達的，是中國人在「文革」前後的命運。但賈平凹最終想找到或想找回的，是「世道人心」。因此，他的文字聚焦生活的細部，細緻、精細，像流水般一樣，彷彿一切都是流淌出來的。半個世紀前的中國形象、民族形象，在一個古老村落的形態變遷中，淋漓盡致地被呈現出來。賈平凹刻意地寫「眾生相」，寫出「世心」的變化，寫人的存在生態的變化。小說寫出了鄉村最基本的、亙古不變東西，無論歷史怎樣動盪，人心深處，都應該有這種不變的倫常。這可能是一種整個人類的積澱，或者是人類文明的可能性支撐點。但是，「文革」政治的外力改變了這裡的一切，社會政治、無事生非的陰謀，改變了人生活和生存的本質的、基本的圖像。準確地說，劇烈地改變了天地的靈魂——世心。於是，一代人，一個民族，在這個時段裏，宿命般地改變了命運，改變了一切。人心的正氣，慣性、常態，都突然坍塌了。能夠維持世道的人心變形扭曲了，脫軌了。所以，《古爐》的目的或敘事野心，根本就不是所謂一段「文革」記憶，而是一部中國人命運、人心的變遷史和巨大隱喻。文革背景，只是一個背景，賈平凹寫的，也根本不僅是一個小小的踏實的村落，而是整個中國；他寫的也不僅是農民，寫的也是知識分子；他寫的也不只是歷史，而是今天中國的現在進行時態。我們今天的中國，世心，也就是精神、心理、倫理、道德，在今天已經跌到歷史的冰點。人與人之間，已經喪失了最寶貴的愛和信任。無端的愛恨情仇，無止境的欲望，將二十一世紀的中國人推到了不可救藥的地步。賈平凹的敘事信心、耐心、功力，直逼漢語寫作的極致。這種敘述，貌似波瀾不驚，似乎有一種強勁的力量，持久地支持著他。敘事的耐心，所體現出的氣度，已然不是一種姿態，而是一種心態和心境，這是今天的寫作最為珍貴的地方。《古爐》的細節或細部，被批評家南帆稱為「細節的洪流」。我感覺，這完全基於賈平凹卓越的寫實功力。我感覺，他是在用手撫摸生活，梳理自己的記憶，再用屬於自己也屬於這段生活的文字、話語，小心翼翼地呈現著這種生活和生命。作家自己不表示出自己的種種欲望，因此寫地很輕鬆。更主要的是，他對歷史不做判斷。就是靠安排若干小人物在不引人注目的地方從容地演繹生活，沒有任何雕琢造作氣息。在生活的細部逡巡，這是一種「大拙」的智慧。賈平凹的這種沒有策略的策略。就是簡單，簡潔、裸露所謂「經驗」，回到生活的原點、回到細節。漫長的敘述，時間和空間，能夠那麼自由的轉換。飄逸、灑脫。其實，若想實現小說真正的現代性，通過敘事來發現、表現某種存在邏輯，沒有比老老實實、乾脆用寫實手法，盡可能地回到生活本身、回到細部更自由、更得體。其實，這麼做，更有挑戰性。六十七萬字密集的流水式的生活細節，包容性地描述一個時代，也領悟了一個時代。從這個角度說，小說寫作最終還既是依賴小說精神性價值而存在，也需要依靠文體和修辭的衝動來實現的，更關鍵的還在於氣度和耐心。

三

一個作家如何對待、處理生活，如何理解生活與文學之間的關係，並使文學能夠以自己的方式，在變動不羈、「日新月異」的時代變動中，在複雜歷史和現實面前站立起來，成為一種實實在在的文存，這是一個作家必須考慮的。那麼，作家源於生活的經驗，有多少是可以進入文本的資源，有多少能夠在其中映襯出一個時代的顏色？哪些事物和人，可以進入審美化的範疇？在充滿夢想的虛構的文學之中，最可靠、最基本的材料是什麼呢？如果無法從我們生活其中的現實層面撤回，文學敘事的任務和出發點是什麼？我不想讓自己關於寫作、關於形象思維的思考，陷入任何形而上纏繞的怪圈。生活就是生活，寫作就是寫作，這兩者相對獨立，又互相支撐，相互交錯。好的作家，會從最平常的事物、物象中獲得靈感和敘述的動力，並產生不可思議的力量。

張新穎在一篇名為《生活從來不是需要去加工的材料》〔註8〕的文章裏，特別提到和分析了帕斯捷爾納克著名的《日瓦戈醫生》，他仔細分析帕斯捷爾納克如何借主人公日瓦戈的話，說出了對生活本質的最基本和中肯的看法。他認為，生活從來不是什麼材料，不是什麼物質，生活是個不斷自我更新、總在自我加工的因素，它從來都是自己改造自己，它本身比任何蹩腳的理論都要高超得多。的確，在很大程度上，生活本身是很難依賴外力改變的。像

〔註8〕張新穎：《生活從來不是需要去加工的材料》，載《長城》2012年第4期。

日瓦戈說的那樣，那些應運而生的觀念、理論和種種潮流，它們已經損害而且還會繼續損害生活。多少人的生活就是被這些貌似正經的名堂淹沒的，甚至就是詞語，也很容易就被變成了傷害生活的最簡便的武器。帕斯捷爾納克喜歡普希金和契訶夫，他認為契訶夫終生把自己美好的才華賦予現實的「細事」上。在現實的細事的交替中不知不覺地度完一生，不是偉大的人物容易做到的，也不是平凡的普通人容易做到的。而且，在帕斯捷爾納克看來，幾乎所有的俄國作家都對讀者說教，契訶夫卻是例外。

在文學寫作中，生活可能會被作家重新虛構，已有的生活方向也可能被作家肆意扭轉。這些，當然是虛構和敘事文學所允許或樂此不疲的。那麼，作家在加工生活的同時，勢必要按著某種意志重構生活，甚至刻意去超越生活本身，而不是「還原」生活。也許，在作家那裡，還原生活也就是再創造一種生活。以往，我們對生活本身可能存有非常頑固的理解：只要面對生活，就是要擔負起改造生活的責任和使命，總是要奔向理想的、革命的、積極的、興高采烈的那一面向，而迴避現實的、平淡的、低調的、落寞的層面。即使沒有這些事物，也會對生活進行昇華、加工。我們的作家，真的就不會暫時放下向上的姿勢和高昂的口氣，蹲下身來，觸摸一下生活的糙面嗎？能否耐心、細心地觀察一些細部和細小的存在呢？看似無關大局、無關緊要的細節和細部的存在，可能恰恰透射或隱藏著關鍵的信息。珍視細部，也是珍視個性，珍視生命本身。而不是要凌駕於人性和生活之上，「把它們當作粗糙的材料進行加工改造，不過是可憐的杜撰，以高調形式表現出來的致命平庸」。〔註 9〕這裡，我想到了兩個與日常生活有關的寫作的例子，就是中國詩人海子和奧地利作家卡夫卡。

詩人海子有一首名為《日記》的詩，其中有這樣的句子：「姐姐，今夜我在德令哈，夜色籠罩／姐姐，今夜我只有戈壁。我把石頭還給石頭／讓勝利的勝利／今夜青稞只屬於她自己／一切都在生長／今夜我只有美麗的戈壁／空空／姐姐，今夜我不關心人類，我只想你。」海子的這首詩，是他在乘火車經過青海德令哈戈壁時的有感而發。這句「姐姐，今夜我不關心人類，我只想你」，是一個極具個人性的、釋放著強烈個人情感的詩句。像面對浩渺無際的宇宙一樣，我們只能看到眼前夜空的繁星點點。一個男人的旅程裏，對一個人最樸素的思念，在此刻，完全可以控制住或暫時壓抑掉那些無邊的夢

〔註 9〕張新穎：《生活從來不是需要去加工的材料》，載《長城》2012 年第 4 期。

幻。現實的情境，讓內心直抵現實，直抵內心最柔軟的細部。我們不必用一種高調的人生哲學和社會、人類的使命感，來要求海子，樸素、真實的個人訴求在這一刻放在了個體生命的第一位，這沒什麼不好。對個體需要的否定和對個體生命的虐殺，本來就是違背人的一般本性的。海子源於生命本體的呼喚和訴求，就是生命中一個重要的細節或細部，令人珍惜，也令人感傷。這時，我們看到的是，海子對個人情感的肯定和追問，讓我們體驗到了生命的真實溫度，這是人類空間中最個人、最內部的東西。寫作不能遠離自己當下的生活境遇，不能一味地追逐凌空蹈虛，對個人的生活熟視無睹，無所事事，那不會是真正的文學。只有尊重人內心生活和生命本色的文字才會是感人的文字，而這種文字所呈現的大多是個人內心的願景。

卡夫卡不是一個只關注形而上問題的作家，他的寫作注意力始終投諸於自身，迷戀最瑣細的日常生活，也就是細部。謝有順在分析卡夫卡寫作的價值和意義的時候，搜索到一個至關重要的細節：「1914 年 4 月 2 日，卡夫卡日記裏只有兩句話『德國向俄國宣戰。——下午游泳』。這是非常奇特的，他把一個無關緊要的個人細節與重要的世界崩潰的事件聯繫在一起，有力地體現出卡夫卡的寫作與生存不被集體記憶和社會公論所左右，他堅守的是個人面對世界的立場」。〔註 10〕個人的生活，與時代的命題相比一定是細小的形態，但它是構成生活的因子或元素。卡夫卡在日記和小說中書寫的是個人的記憶，他沒有把眼光轉向大而無當的革命、理想、人類未來和土地、祖國等抽象的外在視界，相反，他捕捉到的，卻是個人內心細部的、未加任何掩飾的、最真實風景。

還有一個經典的描繪生活細部的例子，就是余華的《許三觀賣血記》。這部小說寫中國上世紀六七十年代普通中國人的日常生活，因為物質匱乏，許三觀的三個正處於成長期的孩子經常吃不飽飯，缺乏營養，甚至飢餓難耐。為了緩解孩子們的飢餓，許三觀發明了一種近似「望梅止渴」的方法。

> 這天晚上，一家人躺在床上時，許三觀對兒子們說：「我知道你們心裏最想的是什麼，就是吃，你們想吃米飯，想吃用油炒出來的菜，想吃魚啊肉啊的。今天我過生日，你們都跟著享福了，連糖都吃到了，可我知道你們心裏還想吃，還想吃什麼？看在我過生日的份上，今天我就辛苦一下，我用嘴給你們每人炒一道菜，你們就

〔註 10〕謝有順：《我們內心的衝突》，第 130 頁，廣州出版社，2000 年版。

用耳朵聽著吃了，你們別用嘴，用嘴連個屁都吃不到，都把耳朵豎起來，我馬上就要炒菜了。想吃什麼，你們自己點。一個一個來，先從三樂開始。三樂，你想吃什麼？

於是，許三觀就繪聲繪色地用嘴分別給大樂、二樂、三樂極其詳盡地描述烹製紅燒肉、清燉鯽魚、爆炒豬肝三道菜的整個過程，讓三個孩子閉緊眼睛，在想像中陶醉其中，獲得巨大的心理、生理的滿足。在這裡，余華沒有在作品中站出來借人物之口進行任何說教，也沒有選擇驚心動魄的大場面，來狀寫、昇華、誇張一個時代的貧困，而是選擇人們在走投無路中尋找新的生存的可能性。他選擇這樣一個令人忍俊不禁的細部，呈示出普通人在那個時代，或者那個時代普通人的艱辛生活，敘述幽默又調侃，酸楚又沉重。當讀到「屋子裏吞口水的聲音這時又響成一片」時，我們突然意識到，余華所呈現出的那個時代的細部，實在是太殘酷了。這些，在今天可以說早已被生活淹沒了，卻留給我們許多我們難以承載的疼痛。余華的一個細節，或者說，一個細部，濃縮了一個時代的生活形態和實際樣貌。

思考當代小說敘事的一些最基本的問題時，我們總是不願放棄從精神和物質或者說內容和形式兩個層面，來考慮、尋找衡量文學價值的一座合理的天平。也許，我們會詰問自己：我們的小說敘事真的需要什麼技術力量的支持嗎？小說的修辭的成分究竟應該有多少？我們究竟會被怎樣的生活所打動？繼而，會在這些敘事中回味，並且感到踏實、舒展和坦然。小說雖然不會輕易地就從細部捕捉到一鱗半爪的所謂生活意義和本質，但生活的內在質地一定會潛隱在細枝末節中發酵。這樣，就可能產生新的敘事美學。我們還會進一步思考，一個作家，他感受生活和敘述生活的時候，有沒有想到：若干年後，我們即使沒有記住小說文本中種種精神和理想層面的東西，但我們卻牢牢地記住了一個情節，一個細節，一個永遠也忘不掉的細部，它總是不斷地使人們在記憶中產生無盡的回味。這個細部，也可能會徹底地照亮我們有些黯淡的生活。

視角的政治學——中國當代小說中的疾病隱喻

一

小說寫作中的「疾病隱喻」是一個老話題，也是一個很容易溢出文學討論範疇和邊界的問題。尤其是，敘事視角與疾病隱喻，這兩者究竟存在著怎樣的關係？為什麼說視角是一種「政治學」？為什麼那麼多的作家，願意選擇「疾病隱喻」這種「越界」視角，來進入自己的文本敘述？在中國當代小說創作中，「疾病隱喻」是否構成了一種視角政治？所謂「疾病隱喻」視角，究竟是一種文體性質的修辭，還是從情感、心理視域裏逃逸出來的另一種真實？它是寫作主體個性化的選擇，還是存在世界不可或缺、無法忽視的內容？這些，都是我們在這裡要思考和探討的問題。正是因為敘述中具體的文本表現內容，在很大程度上轉化成為具有形式美學或符號學傾向的價值。所以，我們討論小說疾病隱喻的意義，無形中就增加了主題學和寫作學方面的意義。

敘述，無疑是小說寫作中的一個最基本的問題。敘述方法和策略，包括敘事視角，決定著一部作品或一個文本的形態和品質。這些，主要體現為寫作主體的一種敘事姿態，它也直接決定著一部作品的整體框架結構。作者的敘事倫理、價值取向和精神層面訴求，都能夠由此顯現出來。事實上，就文本的本體而言，沒有敘事視角的敘述是不存在的。視角是作家切入生活和進入敘述的出發地和回返地，甚至說，它是作家寫作的某種宿命或選擇。選擇一種敘述視角，就意味著選擇某種審美價值和寫作姿態，也意味著作家已經確立了一種屬於自己的闡釋世界、重新結構生活的角度，也就決定了這個作家呈現世界、表現存在的具體方式，這是一位作家與另一位作家相互區別的美學定位。一句話，小說的敘事視角，就是小說寫作的文體政治學。

因此，視角的選擇，也就成為作家寫作的一個重要的問題。它不僅涉及敘事學和小說文體學，還是一個作家在對存在世界作出審美判斷之後所選擇的結構詩學。其中，當敘述視角所選擇事物或者載體具有了隱喻的功能時，也就是，作家試圖通過一種經驗來闡釋另一種經驗時，視角的越界所帶來的修辭功能，必然使文本的內涵得到極大的主體延伸。特別是，近一個世紀以來，中國小說始終在通往現代化的途中逶迤前行，中國現代、當代小說逐漸由敘述走向隱喻，實現了由情節模式走向性格心理模式的巨大轉變，小說的現代性得到更加開放性的理解和拓展。陳平原《中國小說敘事模式的轉變》，已經為我們描述出一個清晰、深入的脈絡和輪廓。在這裡，我們就是試圖從一個微觀的視角和層面，考量敘事方式的現代化進程，探析小說中的疾病隱喻視角。也許這樣，更能夠進一步地深入闡釋中國小說在當代的特質和狀況。

我覺得，在這裡需要細緻探討的「敘事視角」，絕不僅僅是人稱和角度的單向度的選擇而已，而是一種關係到文本結構和精神維度的敘事立場和方法。而「疾病」構成一種敘事視角，這其中又潛隱著多少未被察覺的「新質」？在這裡，疾病，到底是一種敘事元素，還是一種精神、心理濫觴？選擇「疾病」這種身體、生理和精神層面的現象和存在作為「視角」，不僅會直接影響著敘事的複雜程度，而且，其中還必然蘊藉著豐富、複雜的象徵和隱喻。那麼，在這裡，疾病作為一種視角，或者它成為一種被表述的內容本身，甚或作為一種雙重功能和存在，作家創建的這種敘事越界功能，必然給敘事帶來更大的可能性和張力，也會陡增敘事文本的神秘化和解構化成分。

如果從作家自身方面看，寫作的獨特性，往往源於作家自身的心理和精神狀況。無論作家審視世界的目光是否深刻和豐沛，但這個目光應該一定是個人的。個人性，構成了作家寫作的個性風格，同時也才有可能構成寫作的個性化價值存在。也許，作家的這個眼光，天生就是有一定缺陷的，甚至在某些方面還是不夠健全的。但是，從小說敘事的層面看，既不能說這個「缺陷」就是不好的，也不能說這個「缺陷」就是美的，但它一定是真實的、獨特的，別致的。我們都熟知的普魯斯特和他的《追憶逝水年華》，從敘事學的角度看，《追憶逝水年華》整部作品，就是一個典型的「疾病敘事視角」。這個視角不是經驗和智慧的淬煉而成，而可能是作家作為寫作主體的精神頹敗線的顫動，更可能，這個文本，就是寫作主體普魯斯特自身的一部「疾病志」。普魯斯特奇特的經歷和複雜的生命狀態，令人驚異和慨歎。據說，他每天都依賴一種具有麻醉性質的藥物，來緩解其嚴重的哮喘病，以維繫和支撐身體。就是說，普魯斯特是一個病人，藥物在一定程度上可能會改變慣性的敘事邏輯。那麼，普魯斯特審視世界的視角，其實是一個病人的病態之中的視角。而他終其一生所完成的洋洋灑灑的巨著《追憶逝水年華》，其實就是一個病人每天倚著厚厚的天鵝絨的窗簾，對外部世界和內心世界的長久凝視和自我打量。而且，這個打量，漫長而固執，憂鬱而情有獨鍾。一個病人的行為，在這裡變成了一個作家的行為。作家處於身體、生理病態中的反應，已然轉化成一種敘述的行為，成為一個作家難以擺脫而獨到的選擇。顯然，寫作主體的疾病，成為命運偶然的驚奇甚至詭異，造就了一部傑出文本的問世。

無獨有偶，作家作為寫作主體，由於自身的疾病原因，在寫作中高度顯現出生命狀態與文本互動關係的。在中國現代小說史上，張愛玲則是典型的一個案例。對此，香港浸會大學林幸謙教授曾有權威性的研究成果。他研究了張愛玲赴美後的大量書信，包括大量的張愛玲對於自身病情的記錄，其中涉及感冒、牙痛、皮膚病等多種疾病。其中，張愛玲書信文本中對皮膚病及與之相關的蚤患的細緻描寫，成為她上世紀八十年代書信的主要內容。在目前已經出版的張愛玲書信中，她對於蚤患時的心理症狀及其行為的描述，包括恐懼、憎惡、無奈等心理時刻及清理、噴藥、頻繁地更換汽車旅館等異常行為的敘述，以及張愛玲將皮膚病歸因於跳蚤疾患，而所有病痛書寫都強烈地反映出張愛玲的種種偏執心理和異常行為，都很明顯地超出了生理層面，成為考察其心理與文本關係的一個可行途徑。無疑，張愛玲使用燈光自行治療皮膚病而死於治療過程的事實，更使得我們對其晚期文本、晚年心理狀態和精神狀況，需要進行重新審視和重構。〔註1〕林幸謙教授的這項研究，提示我們從創作主體的角度，深入考量疾病與文本之間無法割裂的隱秘聯繫，研究和辨析作家的寫作悖論，勾勒，構築出作家的講述迷思，梳理出作家寫作

〔註1〕這裡參考了香港浸會大學林幸謙教授在2016年12月8～9日的「疾病志——中國現當代文學與電影國際學術研討會」發言《張愛玲已出版書信中的蚤患書寫探微》中的部分觀點。

精神向度與身體的辯證學。這一點，正可以從寫作主體的身體、心理變形中，從他們不自然或超自然的行為中，尋覓到寫作發生學在文本內部隱秘的時間、空間的位移，虛構中的百味雜陳，包括促動作家寫作的某些基本力量。

二

而「疾病」作為小說元素之一或者敘述視角，近些年在中國當代小說中的大量出現，主要還是以「瘋癲」和「傻子」為主要表現形態或形象譜系的。在這裡，作家自覺或不自覺地將人的虛妄的自戀和幻覺放大並凸顯出來，甚至將這種變異衍生成一種敘述的手段之一，更是一種獨特的修辭策略。

賈平凹的《秦腔》《古爐》和《廢都》、阿來的《塵埃落定》、蘇童的《米》《黃雀記》《河岸》《橋上的瘋媽媽》、遲子建的《白雪烏鴉》《群山之巔》、閻連科的《日光流年》《受活》《丁莊夢》《年月日》、史鐵生的《病隙碎筆》等大量文本，不斷地將疾病大肆鋪排，而且，疾病在這些文本裏，有些衍生成為一種敘事方式，將敘事引向了精神的縱深處。

現在，當我們考察文學文本所呈現的瘋癲「疾病」時，我想起福柯那本《瘋癲與文明》。福柯認為，瘋癲意象的魅力，在於「人們在這些怪異形象中發現了關於人的本性的一個秘密、一種秉性。從瘋癲的想像中產生的非現實的動物變成了人的秘密品質」，「這些荒誕形象實際上都是構成某種神秘玄奧的學術的因素」。〔註 2〕在福柯看來，瘋癲在各方面都會使人迷戀。它所產生的怪異圖像不是那種轉瞬即逝的事物表面的現象。那種從最為奇特的譫妄狀態所產生的東西，就像一個秘密、一個無法接近的真理，早已隱藏在地表下面。而且，瘋癲與人，與人的弱點、夢幻和錯覺相聯繫，通過瘋癲衍生出錯覺，反過來通過自己的錯覺造成瘋癲。

具體說來，蘇童的長篇小說《黃雀記》，可以說是一部典型的表現「瘋癲」的故事。這個小說有一個重要的人物——保潤的爺爺，他由最初的輕生，試圖自殺，再到懼怕死亡，患上妄想症，聲稱自己的魂丟失了，宣布自己的祖宗丟失了，認並定自己將祖宗的魂魄（後來又說是黃金）放置於一個手電筒裏埋藏在一個被遺忘的樹下，並開始漫長的「找魂」「掘金」之旅。而且，攪亂了整個香椿樹街的生活秩序，直至被送進精神病院。這個人物貫穿著整部

〔註 2〕福柯：《瘋癲與文明》，劉北成、楊遠嬰譯，生活讀書新知三聯書店，1999 年 5 月第 1 版，第 17 頁～18 頁。

小說的敘述。很明顯，蘇童所設置的這個人物，就是一個象徵性的隱喻本體。他的失魂，是一個時代性的病症的巨大隱喻。在任何時候，對於一個已經處於瘋癲狀態的病人，最好的辦法，就是強制性的綁縛，以此來解決由於臆想造成的精神、心理甚至身體的錯位。其實，在這部小說裏，還有另外一個不可忽視的人物，就是罹患恐懼症的鄭老闆。鄭老闆「怕黑夜，怕早晨，怕狗吠，怕陌生男子，所有的藥物都毫無療效，所有的精神引導都是對牛彈琴，專家和心理學家組成的治療小組束手無策」，「他有一個奇怪的病理現象，那就是對美色的極度依賴，唯有美色可以減輕趙老闆的狂躁，也唯有美色配合，才能讓趙老闆愉快地接受所有的治療手段」。於是，在整座井亭精神病醫院，三十位小姐在鄭老闆的病房裏為其開祝壽派對，「開創了世界醫療史的新篇章」。

一個是妄想症，一個是恐懼症，這種神經能量和神經液被攪動所引起的失衡狀態，形成了文學表現上的複雜意象。小說描述醫院在面對這兩種病症的時候，顯示醫學已經沒有回天之力。但是，這裡似乎埋藏著一種解釋性的意象建構，即隱喻和暗示：現代性或文明，給一些人的精神、心理，甚至人性，造成了歇斯底里的病症。無疑，蘇童的這部《黃雀記》，試圖敘述的是一個時代的惶惑、脆弱和逼仄的內心。他想呈現的，既是大時代轉型期叢生的種種亂象，也是極寫生命個體的精神窘態、世態的荒誕，由此，演繹出扣人心弦的靈魂震顫的律動。

上個世紀八十年代的文學敘述，有意識地對鄉土文化進行文學構建。特別是九十年代以來，文學敘事對鄉土的寓言化書寫、歷史闡釋、歷史想像，文學對鄉村、鄉土的重構與表達，更是注意向人的心理、精神和靈魂的縱深處拓展。因此，小說敘事在藝術表現形態上，也表現出對敘事視角、結構形式、話語風格獨特性的追求。2005 年，賈平凹在長篇小說《秦腔》中，一改往日敘事完整性、線性的敘事方式，選擇了瘋子「引生」這個奇特的人物作為敘事視角，來表現這個瘋癲人物視點中的當代鄉村變局和頹敗的人文視景。表面上看，引生既是故事的講述者，一個有所限定的「病態」的敘述人，同時他也是作家的一雙眼睛。他看上去無所不知，俯視芸芸眾生，而從敘述方面講，引生實質上就是作家選擇的一種非常獨特的結構策略。這個人物，在一定程度上非常接近阿來《塵埃落定》中的那個傻子——土司的二兒子。《秦腔》開篇不久，賈平凹就讓引生自我閹割，直接將引生送上了瘋癲的極致狀態。這很明顯，作家已經顯示出對小說敘事一種更達觀、更開放的理解：無論怎樣完整的結構或敘事，都不可避免地會遭到被生活本身閹割而顯露缺陷。這種閹割，其實是試圖借引生的目光，在一定程度上擺脫歷史理性的羈絆，穿越混沌和虛無，洞悉當代生活及其存在世界的隱秘。這也許正是小說敘述的使命和宿命，我感到，在這裡，賈平凹選擇這種有缺陷的敘述或審美觀照立場，讓我們真正信任和敬畏他所敘述的並不完美也不可能完整的歷史和現實。從這個角度講，敘事角度和敘事結構，就是敘事立場或姿態，它決定了敘事的方向和形態。那麼，在《秦腔》中，所有的敘述可能性就全部是由「引生」打開的。這是賈平凹對小說敘事的一次堅決的革命性改造，是《秦腔》敘事中關鍵性的所在。恰恰是通過這個病態的瘋癲視點，實現了對當代鄉土中國衰頹的巨大隱喻。

引生，在小說中是一個普通而又充滿神性的人物。作家充分地描繪了這個人物的兩極：大智慧和愚頑癡迷的性格形態。一方面，引生作為無所不在、無所不知的全能視角，起著結構全篇的核心作用；另一方面，小說中引生又以「我」的第一人稱角色出現，成為參與文本中具體生活的一個邊緣化人物，同時構成第一人稱的有限性敘述視角。兩種敘事視角重疊交錯，而作家、隱形敘述人、敘述人、小說人物幾乎四位一體，形成一種獨特的敘事體態。在小說敘述中，「引生」既無所知又無所不知，既無所在又無處不在，有時在生活中是不可或缺又切實的存在，有時又如影子般飄忽不定。他的情感既可以是迫切地伸張正義、滿懷激情、有憎有愛，也可以古道俠腸、柔情繾綣地癡心不改；他的敘述既可以豪氣衝天、熱烈奔放，也可以大巧若拙、樸實平易。「引生」的目光既可以是溫情的、憐香惜玉或顧影自憐，也可以是冷峻的、嫉惡如仇、替天行道；他的氣度與胸襟既是上帝的，對芸芸眾生一覽無餘而氣正道大，也是妖魔的，偶而也自暴自棄地自我戕害或嘲弄現實地「邪惡」一下。這個多重角色與功能集於一身的小說人物，讓一切故事和人生貫穿成一個有相當長度的連續性的場景，讓生活的原生態很自然地呈現。其中，沒有作者刻意設計的敘述生活因果鏈，人物及其所有存在都保持其合乎時間、空間自然邏輯的本真狀態。也就是說，「引生」遊弋於生活世界與「角色」世界裏，他以虛擬的身份照亮存在世界的光明與晦暗。說到底，他是創作主體隱藏、張揚自己的一個依託，全部文本結構的一個支點。一句話，生活是由他結構的，同時也是由他解構的。

一般地說，作家在進入寫作狀態的時候，實質上是進入一個多種可能性、將對象人格化的過程：企圖利用「講述者」獲得表現存在的自由，獲得在最大程度上將存在對象自我化、心靈化的自由，產生敘述者能指的功用，使存在時空衍化為閱讀時空、文化時空。但是，只要作家選擇了一種視角，就等於放棄了其他無數的可能性視角，敘述就成為帶著極大限制的有「鐐銬」意味的敘述。也就是說，敘述排斥了或拒絕了對存在其他可能性的選擇。而「引生」則不同，他不受任何視點的支配，不僅給敘述建立了強大的自信，承載起作家所有語言經驗和非語言經驗，他是生活熱情的參與者，也是角色之外的冷漠的敘述者。他在文本現實中與作家若即若離，時連時斷，貌合神離，甚至進入一種物化狀態。另外，小說中「引生」的存在，除文體的功能外，他還有強大的文化、隱喻、符號功能。他使敘述、呈現避免了簡單、不加選擇地進行純粹客觀敘述而消解人文理想、從而喪失現實存在的內在張力的問題。如果說，賈平凹對於存在的「實在性」還有懷疑或期待的話，那他就一定是通過「引生」來完成的。當然，小說結構的藝術處理取決於作家的寫作姿態，包括審美情感的取向。雖說小說結構並不就意味著生活的內在結構或秩序本身，但賈平凹在這裡選擇「引生」作為敘事本體，卻是意味著儘量保持一個「公正」「本真」的姿態觀照，呈示生活。而非付諸於文本以自己的情感和道德判斷，去破譯生活，闡釋現象背後可能的意蘊。小說敘述西部秦嶺的村落清風街，一年的點點滴滴的人事風華，聚沙成塔般地構成一部世俗生活的變遷史。這其中勢必牽引出國家的、鄉土的、家族的種種命題，那麼，作家為何執意地選擇「引生」這一超越集體、個人，甚至常規敘述人的獨特視角？無疑，作家是想超越簡單的、俗世的、道德的二元善惡之分，超越國家、家族、個人的現世倫理，而要在作品中訴諸一種人類性的悲憫與愛、憂懷與感傷。在清風街上，每個人都是貧窮、愁苦、悲哀與蒼涼的，但同時也是富足、歡愛、幸福與自然的。無論作為小說人物的引生眼中的夏天義、白雪、夏風、夏君亭等，與作為敘述人的「引生」「看」到的夏天義們，還是對其經驗的想像性擴充，即人物的內心自我體驗與「講述者」或「隱含作家」的語言陳述之間的差距，所產生的落差，都進一步造成小說藝術強大的審美張力。也就是說，通過「引生」，作家不僅為我們呈示了其審美注意力探查過的、經過想像性擴充而在作家內心重新聚合的形象譜系，還呈現了基本上未經過選擇和刪削的生活現象。這就是說，賈平凹在張揚生活、存在「內蘊」

的敘述過程中，沒有完全剔除所謂「蕪雜」的內容，在作家的或緊張或舒緩從容的藝術聯想中，依然照顧生活自然而然地紛至沓來的人生場景。在《秦腔》中，既有對在清風街叱吒風雲的夏天義、夏天智家族成員，也有對象丁霸槽、武林、陳亮、三踅等「弱小」人物的細膩描繪；既有對決定清風街前途命運的重大事件的敘述，更有對生、老、病、死、婚嫁不厭其煩的記敘，就連生活中的洪流和溪水都盡收眼底。正是這種未經作家過細整理、銷蝕煉鑄的生活，充分地體現出賈平凹觀照、呈現生活和時代的角度、能力、審美姿態、人情練達的人生經驗和哲學水準——這也恰恰是作家作為真正敘述者最重要的因素。很難想像，這些，基本上都是通過「引生」這個「病態」的隱喻視角完成的。也就是說，引生的「疾病」，無疑是賈平凹「預設」的；引生的「閹割」，也必然帶有作家強烈的意識形態自覺的介入。但是，一個意想不到的效果卻自然地呈現出來，無疑，在此我們看到了常規的「敘事者」所無法提供給我們的「現實」。這個「現實」膠合著故事、人物應有的歷史縱深，也在散點、聚焦的交叉地帶，鋪排出存在世界的波瀾萬狀。

三

前面，我們已經強調過，賈平凹小說寫作的話語方式、結構、視角緣之於從生活原點出發的寫作姿態。提到所謂「原點」，我們不妨重溫一下韋勒克在闡釋現實主義和自然主義時的觀點：「儘管它主張直接地深入洞察生活和真實，在藝術實踐中，現實主義也有它自己的一套慣例、技巧和排它性」；「即使看起來是最現實主義的一部小說，甚至就是自然主義人生的片段，都不過是根據某些藝術成規而虛構成的」。〔註 3〕雖然，賈平凹在《秦腔》裏為我們提供的是被無數「他者」話語籠罩的存在世界，但這種視角的「結構」，已衍生為他小說寫作中最大的「政治」。在這裡，引生，絕不僅僅是擔當了一個敘事者，他已經成為整部小說敘述的靈魂，是小說結構之魂。尤其是他「病態」的目光和視域，為我們收羅到所謂「正常人」無法洞悉和理喻的存在視景。從這個角度講，引生，將我們引導到一個更為真實的世界，它不是「現實的」，而是一個更為「自然的」境遇裏。

〔註 3〕韋勒克：《文學研究中的現實主義概念》，《批評的諸種概念》，四川文藝出版社，1988 年，第 242 頁；韋勒克、沃倫：《文學理論》，劉象愚等譯，生活讀書新知三聯書店，1984 年，第 14 頁。

我們已清楚地看到，賈平凹傾力表現的是生活本身的原生態結構。那麼，現在我們需要進一步思考的，不僅是賈平凹《秦腔》中的文體風格問題，還有賈平凹貫徹小說整體話語、結構、視角的堅定性。這就使得他有把握在把他的小說人物及其故事進行獨立性的、立體的、極其自然的處理的同時，又賦予了許多罕見的、新鮮的、豐富、生動、具體的生活細節，這就很自然、自覺地造成他敘述文體形態和語言實體的更大的提升。所以，解決文體、語言與整體敘述結構的和諧，就成為這部絕少烏托邦氣質的「寫實主義」小說的關鍵問題。而最為關鍵的，還是引生近乎「通神」的病態「閹割」視角。

與賈平凹不同的是，閻連科卻以一種「烏托邦」式的敘述方式，再現生活，並且想像和推斷存在世界的內在隱秘。他在結構小說的時候，實際上就是在以一種強烈的解構意識，去重構生活的原生狀態，形式感的自律，使得閻連科格外重視結構的鍛造和人性的探測。長篇小說《日光流年》《受活》《丁莊夢》，以及大量的中短篇小說文本，都是關於生命、死亡和恐懼及其抗爭的敘述。而其中最重要的題旨，就是疾病恐懼。疾病充斥著所有的文本敘述空間，在他的文字裏，閻連科就像是一個「荒原狼」，在人性的、精神的荒原上「狼奔豕突」。他似乎要喚醒和呼號那些生活和存在世界的沉睡狀態，激活那些可怕的麻木和僵硬。因此，這裡的每一個文本，每一個故事和人物，都在很大程度上被打造成有密度、有強度、有深度，富有衝擊力、創造力的結構元素。

在上個世紀末，閻連科的長篇小說《日光流年》就開始引人矚目。它採取一種被稱為「索原體」的結構，在我看來，就是一個借用「疾病」經營的一種人性的奇觀敘事，其中暗含著絲絲縷縷的精神的、形而上辯證。敘事從一個人的死亡開始，不斷地向後推進，同時又是向前追溯，一直追溯到村長司馬藍在母親子宮裏的表情。司馬藍在三姓村已經屬於高壽，活到了三十九歲，死亡「嘭」的一聲就降臨了。三姓村沒有人能活過四十歲。在耙耬山的深處，死亡似乎格外偏愛著三姓村，有人出門三日，回來時可能就發現另一個人悄無聲息地謝世了，出門半個月或者一個月，倘若偶然一次沒有人死去，便會驚癡許久。百餘年來，這裡的人的壽限在慢慢銳減，從最早的八十歲遞減到四十歲，而且，村裏的人大多死於喉堵症。死亡、疾病，終日糾纏貧窮至極、處於窘困生活中的三姓村每一個人。多少年來，迫使他們為改變水質修渠引水。一代代人也可謂艱難卓絕，男人賣皮，女人賣身，慘慘戚戚，令人不勝唏噓。但是，我想，閻連科所要呈現和揭秘的，並不僅僅是三姓村的「實病」，而是懸浮於人們頭上的靈魂的「懸劍」。這把懸劍，就是恐懼，就是生命、苦難和宿命，就是三姓村人受難的身體、隱忍的心靈。疾病，作為一種象徵符號，在這裡形成了一個強大的隱喻編碼系統。在病態的呻吟和抗爭中，人的羸弱、人性的逼仄、靈魂的變異、生命個體的不正常狀態，一切都事與願違，波折重重，痛苦、恐懼和無奈都彰顯無遺。實際上，真正可怕的並不是疾病本身，而是人對疾病的理解和態度；不是疾病所引發的恐懼和痛苦，而是靈魂的無所依傍，尤其是精神上徹骨的寒冷。三姓村人的惶惑和從容、恐懼和應對、無奈和隱忍、尋找和迷失，都在這些病態的體驗中，光怪離奇，構成一個往復循環的陰冷世界。它荒誕也荒涼，無力回天，無法救贖。而閻連科文字中所埋藏的冷硬荒寒的美學色調，又使整個文本的結構力量得到了進一步的強化。閻連科的敘述之於疾病，可以視為是生命本身、肉身，與心理、精神和靈魂在一定程度上的撕裂和斷裂，一種畸形的異變，滲透著無限的感傷，其間，更隱藏著倫理和道德的辯證。

閻連科的另兩部長篇小說《受活》和《丁莊夢》，以及近年的《日熄》，幾乎都被「疾病」的濃厚陰影和苦難壓抑所困擾。「疾病」，成為閻連科敘事的結構立足點。疾病既是疾病本身，又是敘述的出發地和回返地。可以說，這些文本也是對我們閱讀的挑戰，與其說，這些敘事是對苦難的言說，不如說是令人悲催的黑色幽默。這些文本從不同的側面，共同破譯著存在的可能性和人生的虛妄。

由於疾病隱喻的敘事視角，或是作家心理、生理疾病和精神狀況引發的敘述個性化，或是敘述者有意地選擇非社會意識形態視點，催化出陌生化的世界樣態和人生情境。貌似錯亂的鏡象效果，實際上呈現出人性和存在世界的叢生萬象，也從別一角度洞悉到人性和生命本身的情感深度。從敘述學的角度看，疾病書寫和疾病隱喻視角，還產生了文體學的價值和意義。「故事」和「話語」在敘述的弔詭框架內，「內視角」和「全知視角」相互貫通，前者常常「侵權」越界至超凡的全知陳述狀態，後者也不時地進入「內視角」，造成模糊的、模棱兩可的多維性，使得故事、人物在「視點轉換」中突破了常態敘事的慣性和侷限性，生成不可思議、出其不意的意義時空。

疾病書寫及其文本的隱喻象徵，自「五四」以來百餘年間，始終受到「青睞」。魯迅的《狂人日記》、巴金的《寒夜》《第四病室》、郁達夫《春風沉醉的晚上》等作品堪稱經典，蕭紅、穆時英、施蟄存、張愛玲、丁玲、王統照、李劼人等許多中國現代作家，都在他們的一些文本中有大量表現，並將疾病隱喻或「瘋癲」視為是一種敘述策略。即使在注重、彰顯意識形態統攝寫作美學取向的五六十年代，也有許多所謂「紅色經典」文本書寫「疾病」，《戰鬥的青春》《野火春風鬥古城》《上海的早晨》《暴風驟雨》《苦鬥》《太陽照在桑乾河上》等，都對「病」有著或多或少的獨特呈現。但是，由於種種時代或社會審美格局的限定，都無法克竟全功。近年來，當代作家在疾病書寫和疾病隱喻上，呈現出較為寬廣的視域，不僅從敘述視角的層面構建文本，而且涉及到疾病作為書寫對象的種種傳奇和命題，這就給當代文學敘事增加了新的審美維度，使得「小說中國」的視野獲得進一步的拓展，也給當代小說助長了推陳出新的活力。

「抗戰小說」的敘事倫理

一

實際上，關於「抗戰」的「非虛構」和虛構的文學敘事，已然成為二十世紀中期以來中國文學最重要的表現主題之一。對於 1937 年至 1945 年這場極大地影響了中國現代史進程的「八年抗戰」，幾代中國作家，曾經從不同的敘事姿態和敘事策略出發，進行了多視角、多維度且極其充分、豐富的敘述和表現。儘管這些寫作在不斷有收穫、有突破、有創新的同時，也因為審美價值取向的差異，留有諸多的缺失或遺憾，但仍然獲得了對這段殘酷記憶的保存，反抗著漫長歲月可能造成的遺忘。可以說，在這裡，文學承載歷史的信心和勇氣，正充分地得到了有價值、有力量的彰顯。

回顧和梳理近七十年的「抗戰文學」我們可以發現，面對這場戰爭所做出的種種思考和表現，體現著各自迥然不同的敘事倫理。而正是由於敘事倫理的巨大差異和變化，致使文學形態呈現出審美品質和藝術表情的豐富性。1949 年以來，尤其「十七年」直至 1980 年代，由於意識形態、不同價值觀念，在作家寫作中不同程度地被「植入」，直接影響甚至「屏蔽」作家的審美判斷和想像力的揮發。在一定程度上講，對於作家的寫作而言，敘述實際上是一件「倫理」的事情，思想和語言都受倫理的規約，它是基於對生命、存在、個體真實體驗的精神和心理訴求。進一步說，敘事也是一種存在倫理，敘事的倫理維度，直接關係到人的精神價值取向，關乎文本的終極價值意義。因此，選擇什麼樣的敘事倫理，是文學敘述和創作最為重要而敏感的核心問題。當我們與那場曠日持久的戰爭漸行漸遠的時候，當代作家如何選擇在歷史和文學新的維度，越過時空的邊界，在更具理性和開放性的視域裏，將敘事之根深置於人類的精神真實和人性心理的複雜層面，就顯得非常重要。

在此我們試圖以丁玲、徐訏 1940 年代、1950 年代的寫作，以及尤鳳偉、陳昌平、全勇先等在 1980 年代的小說創作為中心，盡可能地充分聯繫這幾個年代「抗戰小說」創作的實績和多元化構成，從文本虛構和敘事中的價值觀、審美取向、表現策略等方面，解析、探討「抗戰小說」的敘事倫理，以及由此帶來的審美形態、作品價值、不同的精神意蘊，以此深入思考這場波及世界範圍的慘烈戰爭給人類、人性造成的顛覆性打擊和毀損，反思戰爭的反文明、反人類性及其非理性品質。從普世價值和關懷的角度，思索這場戰爭中的個人所承載和付出的巨大而沉痛的代價，戰爭中人性的撕裂、扭曲和創傷。可以說，以全勇先等為代表的新一代中國作家，擯棄了簡單的、狹隘的、偏狹的「二元對立」敘事立場，從人道主義、人類進步、文明重建的美學視點，深入表現現代戰爭中人的複雜心理和現實。特別是重現戰爭中人的精神困境和危機，重新發現在戰爭的魔影下，人的靈魂裂變和道德訴求，呈現其精神、心理的內在的真實圖景。我們也試圖在全勇先、尤鳳偉、陳昌平等作家的寫作裏，進一步深入考察中國當代作家內心的思考，他們的焦慮、情感擔當、歷史使命和人文關懷。並且，從這「類」小說的寫作，體察長期以來中國作家價值取向的多元性，發掘他們表現特定歷史情境下人性的複雜性、豐富性和深廣度的價值。同時，也從「抗戰小說」這樣一種敘事倫理，來思考文學敘事應有的人間情懷和歷史擔當。

二

1937 年以來，這個階段，敵我分明的「二元對立敘事模式」成為「抗戰文學」的主要表現形態。甚至到了 1980 年代初，在意識形態規約下，因為對「宏大敘事」的強調和重視，「政治性」「歷史化」的「道德審美」敘事，依然是「抗戰敘事」的主要趨向。在絕大多數作家那裡，敘述的聚焦點和出發地，在相當長的一個時期裏，仍然還是出於對戰爭、戰場、戰區以及根據地的外部層面的關注和描繪，而很少深入地透視漫長戰爭中人性深處的幽暗，缺少對戰爭的大歷史如何進入人的內心、精神、心理等問題的深層追問，更缺少在人性的維度，記敘、反思這場戰爭悲劇中生命本身的價值和意義。但儘管如此，回到當時的文學現場，我們會發現，與主流抗戰小說顯現不同追求的作家作品仍然存在。處於創作「轉型期」的丁玲的《我在霞村的時候》，就是一篇早期「抗戰小說」的「另類」個案文本。它不僅具有重要的文學史價值，而且對於我們進一步分析半個世紀後「抗戰小說」的敘事倫理，有著重要的啟示性作用。

丁玲在抗戰爆發前後，曾寫下了十餘篇以抗戰為題材的小說，如《一顆未出膛的子彈》《壓碎的心》《入伍》《新的信念》等。這些作品的主旨，大多都是深入關注和表現當時中國底層大眾、廣大農民，在侵略者的蹂躪下，在民族危機及其死亡的恐怖中，日益覺悟和奮起，書寫他們如何真正地像人一樣開始勇敢地面對被侵略和侮辱的處境，為捍衛人性的尊嚴，克服、戰勝軟弱，展示出隱忍的品性和力量。《我在霞村的時候》描寫鄉村女子貞貞，在日軍的一次掃蕩中被日本兵掠去，被迫充當隨軍軍妓。她受盡蹂躪，染上性病，但她卻一直為抗戰秘密地做著工作。問題在於，丁玲的敘述重心，似乎並不在於表現貞貞的勇敢和隱忍所構築起來的人性力量，而是要呈現在戰爭硝煙中，貞貞所遭遇和承受的來自「同胞」的蔑視和「凌辱」。貞貞死裏逃生，回到根據地的時候，並沒有人同情和關懷她，鄉親、鄰里甚至親人都用白眼和唾棄面對她，她在強大的封建意識的包圍下難以生存。貞貞只能在對日本軍隊那段時光的辛酸回憶中度日如年，最終選擇了離家出走。因為她作為一個人，正在遭受「大眾」的放逐、自我的放逐而無處藏身。顯然，這個時候，貞貞的最大敵人已經不是日本兵，而是無形而強大的鄉土中國的封建意識。在這裡，「敘事者『我』與貞貞有著一種不期然的認同。她們似乎都處於大眾之外，貞貞與落後村民的衝突在某種意義上，幾乎重現了知識分子與大眾的衝突，也是先進意識形態中的個人與農村落後群體的衝突。只不過貞貞遭受的詆毀，更能體現大眾意志的封建特點：一種卑劣的關於人性的意識形態」〔註1〕。

無疑，在這個文本中，丁玲準確地把握住了在抗戰中貞貞這個形象的藝術價值。正是因為貞貞在肉體和精神的雙重痛苦中，堅持做抗日工作，卻反而受到壓抑和「放逐」，這也從另一個側面，顯現出中國民眾的愚昧，人性的陰暗。所謂「民眾」，在這裡似乎形成的一個巨大的「殺人團」，帶來了另一種「白色恐怖」。這篇小說所給予我們的啟示是，和整個民族與入侵者的血戰相比，人性的尊嚴，善惡的辨析，道德的底線，在民族自身的陣營裏，如何才能受到保護和確認？我們究竟應該在戰爭中以及「戰後」反思些什麼？

〔註1〕孟悅、戴錦華：《浮出歷史地表》，中國人民大學出版社2004年版，第129頁。

無疑，這是丁玲創作生涯中最重要的作品之一。她在不經意間拓展了「抗戰小說」的敘述邊界，為 1940 年代的「抗戰小說」作出了貢獻。文本呈現出與她所處那個年代「抗戰小說」不合時宜的敘事倫理，當然，同時也為這類小說創作提供了重要的敘事經驗。

在 1950 年代，還有一位現代作家的寫作，也給「抗戰小說」增加了另一種不同凡響的聲音，添加了獨特的色調和生機，這位作家就是徐訏。應該說，他與丁玲在 1940 年代的「抗戰」敘事書寫一起，構成了這類題材創作難以逾越的高度。

徐訏曾經慨言，中國現代文學中竟沒有一部優秀的、正面的直接寫到抗戰的小說，〔註 2〕這是非常遺憾的。這裡，徐訏謙虛地將自己排除在「優秀」之外。而實際上，他在各種文體的寫作中，都有關於抗戰題材的優秀作品。小說有《風蕭蕭》《燈》《江湖行》，戲劇有《月亮》《兄弟》《旗幟》等。此外，還有長篇紀實散文《從上海歸來》。而小說《燈》與戲劇《兄弟》，在表現戰爭與信仰，以及關於人性的探索方面，都極為深邃。我們知道，徐訏對戰爭的表現，自然與左翼旨在宣傳的倡導截然不同。可以說，他的寫作倫理，更接近肖洛霍夫、海明威、茨威格等世界一流作家的水準。他是在「戰爭」的「生與死」裏面探尋「民族、人性、宗教、存在、愛與美」的關係，以及表達處在這種特殊時代裏的人性，表現人們在戰爭的特殊「掙扎」中所放射出的「生」的光芒。他的《風蕭蕭》被認為是 1940 年代描寫抗戰歷史最特別的一部長篇小說。司馬長風認為，徐訏的《風蕭蕭》幾乎完全剔除了茅盾的《子夜》、端木蕻良的《科爾沁旗草原》、老舍的《四世同堂》等作品的瑕疵，風格極為特別。司馬長風將《風蕭蕭》的成就，置於茅盾《子夜》與老舍《四世同堂》之上〔註 3〕。這一觀點，還曾引起學界軒然大波。不過，司馬長風之辭，雖然有些「溢美」，但徐訏對戰爭的觀察與思考，確實達到了當年乃至 1980 年代以後作家們嚮往的某種高度。

徐訏那部寫於 1957 年冬的《燈》，則是一部能夠進入到人「本能」的層面，去描寫在戰爭中人的精神、尊嚴、心理承載力、人性複雜性的作品。人在受「酷刑」的時候，他的生命，會本能地感受到某種極為特殊的經驗。這

〔註 2〕徐訏：《服務於抗戰的文藝》，載《徐訏文集》第 10 卷，上海三聯書店 2008 年版，第 79 頁。

〔註 3〕司馬長風：《中國新文學史》（下卷），香港昭明出版社 1978 年版，第 95 頁。

種經驗，實際上可以理解為是被後來的所謂「紅色經典」，如《紅岩》中「江姐」受酷刑時的「崇高」與「悲壯」所掩蓋的部分。這也是「左翼作家」的抗戰小說，很少進入的一片地帶。它穿透了「英雄」和「偉大」的光環，進入到「道德意志」之下，為我們揭開了人的本能層面的「道德」與「理想」的真實面貌。這種描寫，充滿著倫理與道德的阻礙，它完全是逆著倫理與道德的「崇高感」進行敘述，這就需要具有十分強勁的筆力與探察人性的勇氣。也正因如此，它的表現深度也是空前絕後的。《燈》對戰爭中「英雄」的產生所做出的，顯然是另一種描繪，雖然這種描繪，令人強烈地感受到人性的暗淡，但這也許才是最真實的生命體驗。它構成那個時代在戰爭「生與死」中掙扎的人們，一種真實的生命感。徐訏的抗戰小說與「左翼作家」作品最大的「差距」就在於，他從不會為某種理想主義而去掩蓋生命存在最真實的部分。他進入人性深處描寫戰爭給人帶來的道德與倫理的煎熬，戰爭給人類靈魂造成的戕害，都是最富有深刻力量的表達。

《燈》講述主人公「我」在上海「孤島」期間，只是以辦刊、寫稿來做一些對「抗戰」有益的宣傳。「珍珠港事件」爆發後，日軍進入租界，「我」因為與「羅形累」的關係而被日軍逮捕。小說至此進入高潮部分，主要敘述「我」被捕後，如何在日軍獄中被實施酷刑與誘逼，細節在這裡得以充分展開。徐訏在《燈》中反覆試探、掘進到人性的最深處，去撕開道德感與英雄光環的外殼，努力讓我們看到，人在酷刑造成的痛苦與死亡的威逼之下的本能及其真相。看得出，《燈》透射著一種強烈的「憤激」與「孤絕」意識。在「我」與日本軍官「朝信」的對話中，「朝信」的話，也許正是徐訏的思考：「你以為用你的生命換羅形累這樣一個人的生命是值得的麼？即以對中國來說，像你這樣一個人難道不比羅形累這樣一個人更值得珍貴與有意義麼？」

在生命的層面，「漢奸」與「英雄」的差異，都是戰爭之外或之後人們想像出來的一種命名。他們真實的主觀世界，可能永遠地沉入了我們未知的黑暗。徐訏作為在上海「孤島」期間與太平洋戰爭爆發後，直接裸露於戰爭生死場中的創作個體，也許，他的體驗與書寫更接近存在世界的真實。徐訏當年對戰爭中人的「道德感」和「生存本能」的複雜體驗與挖掘，1980 年代以後，在「新歷史主義」小說中再次出現。余華的中篇小說《一個地主的死》，就是其中一篇。余華的「英雄」——「王香火」死的時候，並沒有像劉胡蘭那樣表現出英雄的氣概。當日本兵的刺刀，在他的體內旋轉了一圈，然後又拔出來，內臟也隨之被涮帶而出時，他只喊了一句「爹啊，疼死我了」。也許，只有如此簡單而真實的敘述，才更逼近生活本身。而這個老地主的少爺「王香火」，雖然骨子裏膽小，怕死，但他卻能鬼使神差地將日本人領進絕地。這無疑是一種「逆向敘述」，人性在特殊的場域裏，會發生自我顛覆性的變異。不同的是，余華沒有像徐訏那樣，敢於直接進入「王香火」的內心世界，他只是拉遠了鏡頭，給我們呈現出了一個「膽小」「怕死」的真實「英雄」的外在形象，從而迴避了對「他」更深邃的意志世界的呈現。

三

1980 年代以來，中國社會的政治、經濟、文化的轉型和活躍，給文學書寫帶來了無限生機和活力。中國作家進入了一個前所未有的歷史「新時期」。「抗戰小說」的寫作姿態和敘事視角，明顯呈現多元趨勢。在「抗日」這一漸顯「蒼老」的敘事題材上，作家大多不願再為某種意識形態或理念所累。因此，作家的想像力得到最大程度的揮發，小說創作呈現出整體的開放性特徵。作家對歷史的感受力和審美經驗，轉化為更切近生命和歷史「原生態」的審美形式和審美形態。「抗戰小說」的創作水準，的確被提升到了一個極其可喜的審美高度和歷史深廣度。尤其是，價值觀的重新選擇和確立，直接導致敘事方向和美學形態的變異，真正地應和了米蘭·昆德拉所推崇的那句話：「發現惟有小說才能發現的東西」。〔註 4〕也就是說，具有詩學品質的小說敘事，對歷史、人性和靈魂的觸摸，的確可能會比歷史更長久、更真實地保存人類的記憶。

1980 年代初期迄今，就有莫言《紅高粱》、尤鳳偉《生存》、趙冬苓《中國地》、劉恪《紅帆船》、葉兆言《日本鬼子來了》、全勇先《昭和十八年》《白太陽紅太陽》、高建群《大順店》、張者《零炮樓》、遲子建《偽滿洲國》、麥家《風聲》、凡一平《理髮師》、朱秀海《音樂會》、陳昌平《漢奸》、徐貴祥《八月桂花遍地開》等大量「抗戰小說」文本出現。在這裡，我們主要選取了尤鳳偉、陳昌平和全勇先三位作家的文本，作為探討、思考 1980 年代以來「抗戰小說」敘事倫理的一個重要的切入口。

尤鳳偉的中篇小說《生命通道》描寫日本軍醫高田、「漢奸軍醫」蘇原，他們雖然同為秘密搶救日軍槍口下中國人生命，而實施著一項同樣不為人知

〔註 4〕〔捷克〕米蘭·昆德拉：《小說的藝術》，上海譯文出版社 2004 年版，第 6 頁。

的「生命通道」計劃，而兩人的結局卻大為不同。但是，他們在救護生命的人道精神方面，則完全是相通的。小說情節曲折，生動傳奇，敘述的字裏行間埋藏著深刻的自省和深重的苦難意識。在文本中，作家借用小說人物一個精彩的「獨白」片段，清醒而透徹地道出了人類關於戰爭和人性的深刻反思：

可以設想一下，假若現實不是日本入侵中國，而是中國人入侵日本，再假若你也被應徵入伍，而且不是醫生身份，是端槍的步兵，那麼我問你，你會不會開槍殺我們日本人呢？你會的，一定會的，只要你是個士兵，你就不能拒絕殺人，殺人是士兵的職業。當然，請蘇原君不要誤解，我說這些，並不是要證明殺人有理，證明殺人不可避免，而是涉及另一個問題：一個平常人怎樣站在戰爭之中。戰爭猶如從天而降的滔滔大水，將所有的人淹沒，捲入漩渦之中，無一逃脫。作為中國醫生的蘇原君沒有例外，作為日本醫生的我也沒有例外。回到前面的話題，蘇原君申明在任何情況下都不會殺人，對此我不想妄加論斷，我只說我自己，假如我是手操槍炮的步兵、炮兵，我想我避免不了殺人，因為我拒絕作戰，將被指揮官以臨陣怯逃者處死。面對生與死的選擇，唯有真正的英雄才能將理想置於生命之上。而我們都是凡人，愈是凡人愈珍惜生命，我們清楚這很卑賤，這正注定凡人將永遠望其英雄之項背，高貴對他們來說高不可攀。另外，我們凡人遠離理想，因此理想在我們的視野裏十分模糊，這便影響我們對理想真偽的判斷。比如說日本天皇將這場戰爭稱之為大東亞聖戰，目的是拯救東亞人，實現大東亞共榮。於是許多日本軍人走出國門在別國作戰殺人，心中倒懷有一種拯救人類的神聖感，這是怎樣的荒謬與可悲啊！但值得慶幸的是，坐在你對面的高田軍醫既沒有被編入端槍殺人的步兵行列，又不是被天皇鬼話矇騙住的糊塗蟲。不是所有日本人都頭腦不清，都支持天皇和大軍閥們發動的戰爭，無論是日本本土還是本土以外戰場上的日本人，都有許多反戰者在行動。我就是其中的一個。〔註5〕

可以說，這段話就是一個日本軍人的心理縮影和精神自傳，也是一個普通日本人的自畫像。關鍵是，他說出了一個人在如此激烈、如此血腥和別無選擇的戰場上，作為一個人，如何葆有自己的生命尊嚴，如何坦然面對無法泯滅的良知。因此，尤鳳偉的敘述，就顯得尤為珍貴和必要。

這種對人的尊嚴的追尋及其書寫立場，在「新世紀」以來的抗戰小說中又得到了進一步的開掘。「另類」的「日本人」的形象，也變得更加清晰和豐

〔註5〕尤鳳偉：《生命通道》，《當代》1994年第4期。

滿。這方面的代表性作品，就是陳昌平的短篇小說《漢奸》。作品塑造了一個日本小隊長田中敬治的形象。他是中國文化，特別是中國書法的愛好者。他為了能夠拜師學藝，真正提高自己的書法水平，在戰爭的大背景下，他不顧及敵我雙方的兩軍對峙，能夠放下身段，不考慮自己的政治身份，而保持著自己充足的耐心，幾次來到書法家李微的家裏拜訪，也可謂精誠所至。他真摯地邀請李微去鬼子的據點，為其傳授書法技藝。而且，小說還通過李微的視角，涉及對這個日本人的近距離審視和認識。這個喜歡中國文化，喜歡中國漢字的日本人，如此彬彬有禮，彷彿就是一位從中國古代的典籍裏走出來的文化人，是一個文化的幽靈。這個形象，一改以往小說文本對「日本人」描寫和表現的單一敘述向度，真實、複雜並且飽含內蘊的人性，被凸顯得入木三分。小說的最後，終將田中這個人物塑造成為一個積極的「反戰」角色。特別是當他得到日本投降、戰爭結束的消息之後，田中的第一反應，沒有像真實的日本軍人那樣不相信、不甘心，甚至負隅頑抗或者剖腹明志，以儆忠「天皇」。相反，他卻表現得非常平靜和坦然，甚至慶幸不已。他說：「我終於可以回家了，知道嗎？為了回家，我甚至希望自己負傷，丟一隻胳膊，甚至斷一條腿……現在好了，戰爭結束了，我終於可以回家了。你知道我的本行嗎？我是一名建築師，建設才是我的本行，而軍人對我就是一個角色，我不喜歡這個角色，但是我從來到中國的那一天起，我就在扮演這個角色，戰爭結束了，我的角色也結束了。」〔註6〕這種敘述，無疑讓人性變得更加豐富和複雜，讓人變得更加人性、人道起來。當然，也有研究者從另一種角度，指出「日本人」這種「他者」形象塑造中的問題：「站在民間主義的立場上書寫日本，對這一些作家來說『日本形象』到底如何變得並不重要，他們不在乎是否真實，他們也不需要認真研究他們，他們更多受到『集體想像』的影響和習慣，他們的書寫變得更加隨意，作為『他者』的日本被符號化與工具化了，同時也被簡單化和戲謔化了。日本人要麼慘無人道、禽獸不如，這樣就會激起普通民眾的憎恨情感；日本人要麼身體畸形、頭腦簡單，他們被戲弄而變得好玩好笑，以此滿足大眾的情感宣洩和娛樂訴求。作家們甚至故意使用『錯覺手法』，讓現實主義所追求的『事情原本如此』而變成他們所謂的『事情看來如此』，於是起到了欺騙、愉悅、驚訝等效果。這種視角下的日本形象變得模糊，作者並不注重對日本形象的塑造和刻畫，當然也不大關心書

〔註6〕陳昌平：《漢奸》，《人民文學》2005年第8期。

寫這種形象的真實與否，日本形象是作為敵對的『他者』而出現的，是作為戰爭的另一方而出現的」。〔註 7〕我們覺得，最關鍵的問題是，如何考察敘述者的靈魂視閾和精神格局，思考應該怎樣描述戰爭中人性的真實形態和變異。這裡，不僅有一個價值觀的取捨，還關係到如何對待其中有關人性認識的倫理。

在論述 1980 年代的「抗戰小說」時，我們無法忽略的，還有作家、劇作家全勇先。他是 1980 年代中、後期中國大陸出現的一位朝鮮族作家。近些年來，他創作的電視劇《雪狼》和《懸崖》，曾經引起巨大反響。他的小說創作量雖然很小，但卻顯示出獨特的風格和敘事才華。全勇先的《昭和十八年》《白太陽紅太陽》《恨事》《妹妹》，是他「抗戰小說」的代表作。這些寫於 1980 年代的小說，一出現就引起廣泛關注。儘管那個時候，人們還沒有充滿意識形態規約的思想層面，徹底擺脫出來，真正回歸到藝術本體表現的維度，但全勇先卻憑藉其不同凡響的敘事文本，走出了一條樸素、簡潔的敘事路徑。短篇小說《昭和十八年》〔註 8〕堪稱這方面的代表作。小說記敘一個被日軍抓來充軍的「滿洲兵」常龍基，寫盡了這個被稱為「常瘦子」的軍人的懦弱和善良。他經常被日軍軍官和士兵肆意地凌辱，經常因小事情遭到各種謾罵、毆打和處罰，以至於他企圖在兵營大牆的老樹上自盡。如果依循全勇先最初的這些敘述，我們完全可以將他輕鬆而簡單地歸結於「庸常之輩」。但後來，這個「天性善良，不是那種輕易地與人為敵的人」，逐漸地適應了軍中生活，脾氣也不那麼古怪了，與他打過交道的日本人也開始喜歡他，成為一個人人都會說他好，人人都需要他，人人又都有些看不起的人。就是這樣一個人，卻抓住了一個極為難得的機會，槍擊了日軍的中將楠木實隆和滿洲軍部大臣邢士廉，然後縱馬躍出防禦工事。最後竟然在千人圍堵中，安詳、從容、優雅地走入江中。事後，經常羞辱常龍基的日本軍人岩本和另一個日本士兵，終於一起悟出了對他的認識：「他是一個心藏大恨的人，我們太小看他了。」其實，常龍基所有的隱忍，都是在為一次可能到來的機會做著準備，他把一切苦難都埋藏在心間，靜靜而耐心地等待。而且，我們可以如是想，無論他槍擊的是一個日本的將軍，還是一個馬夫，這似乎都沒有太大關係。因為，他內心最終想找到的，也許只是一個弱者的尊嚴。可見，全勇先之所以將一個胸懷深仇大恨的人，置於一個複雜的生存空間，讓這個具有複雜人性的英

〔註 7〕趙佃強：《新世紀抗戰小說研究》，山東大學博士論文，2014 年。
〔註 8〕全勇先：《昭和十八年》，作家出版社 2004 年版。

雄性格，在歷史的煙塵中，彰顯出固有的品格和價值。這恰恰顯示出文學敘事對歷史和人性的另一種穿透力。全勇先的敘事，有很好的落腳點，以及分寸感和敘述力度。人物性格的邏輯，與戰爭這種超常的情境相得益彰，它們相互推動和呼應。我想，這一定源出於一個作家對歷史、戰爭、生命極其到位的把握、處理能力和倫理感。因為，我們在文字裏也同樣感受到了敘述者的尊嚴和不羈的力量。

因此，探討「抗戰小說」的敘事倫理，是推進和繼續拓展這類小說寫作的精神、心理和文化基礎。如何將這類書寫引向更高的向度，最重要的，恐怕還在於對人性進行深度測繪的勇氣和信心。文學敘事離不開對人性及其精神密碼的精心破譯。那在戰爭的危機中，充分展現人性的嬗變，是文學敘事的一次挑戰。就此而言，有所不足的是，1980 年代以來的「抗戰」敘事，顯然還缺乏更寬廣、更闊大的歷史、民族、文化背景，在精神深度和人性烈度的發掘方面，也還缺少哲學底蘊和理性張力。因此，尋找「抗戰小說」新的敘述可能性，仍需要一代代中國作家共同的不懈努力。

尋找短篇小說寫作新的可能性——《21 世紀中國文學大系（2000 年～2009 年）·短篇小說卷》導言

一

我一直認為，在這個喧囂、功利和物質化的時代寫作短篇小說，是一件極其奢侈的事業。因為，就它可能給寫作者帶來的收入而言，它根本無法作為一種職業選擇。寫作短篇小說，在我們這個時代更像是一種純粹的精神信仰和道德訴求。其實，早在二十年前，美國作家厄普代克就曾做過這樣的描述，他說這是「一個短篇小說家像是打牌時將要成為輸家的緘默的年代」。〔註 1〕由此可見，短篇小說的落寞，絕不只是一個中國問題，而是世界各國作家都面對的一種困局。美國、俄羅斯、法國等都普遍呈現出短篇小說的凋敝狀況。短篇小說的寫作、出版、閱讀已在不經意間陷入一種令人驚異的非常尷尬的境地，在寫作和閱讀之間，也出現了莫名的齟齬。緘默，成為短篇小說甚至整個文學寫作的實際樣態。顯然，在很大程度上，文學外部環境的深度制約，干擾著短篇小說這種文體的生產活力，限制著這種文體應有的迅速捕捉生活的敏感度和力度。而且，由於我們在長達十幾年的社會物質、文化、精神、娛樂的巨大的轉型過程中，人們在專注物質水準和自我生存狀態調整的同時，整體上卻大大地忽略了對自身新的文化標高的需求。人們的文化興趣、閱讀興致的分化、分割，造成文學閱讀群體的減少。這也從一個側面造成小說市場尤其是短篇小說需求的

〔註 1〕王洸編：《世界著名作家訪談錄》，江蘇文藝出版社，1994 年版，第 278 頁。

大幅度下滑。我們不祈望文學能在具體的空間和時間內立竿見影地影響和改變生活，但至少，這種文體所具有的扭轉精神生活的張力和純淨心靈的莊重感、儀式感，不應被銷蝕和淡化。

然而，我們看到，在這種表面的困頓和緘默狀態下，短篇小說寫作也仍然孕育著新的生機。因為，今天的作家，可以在更寬廣的文學背景和審美視域中寫作。可以看到，在世界文學的範圍內，最優秀的作家，都在以自己堅實的寫作，探索著人類的種種問題和困境，並以最為精到和深刻的敘事梳理著人類生活中最重要的細節。尤其是短篇小說寫作，眾多中外文學大師都在這種文體上留下了不朽的聲音和足跡。無數的短篇小說經典，像紀念碑一樣，聳立在文學的山巒之間。我們的作家若是清楚地看到了這一點，就會清醒地發現作家表現生活和世界的不同層面和境界，就會看到我們與大師之間的距離。因此，我們有必要對短篇小說這種文體在世界範圍內的寫作做一個簡單的回顧。我們不僅可以由此獲得域外短篇小說的文學史圖景及其帶給我們的衝擊和反思，更重要的是，我們還會充分體會到，一、二百年來短篇小說這種文類所具有的真正魅力。

首先，我們無法忽略近一、二個世紀外國短篇小說大師們在這一領域所創造的輝煌成就。舉世公認的俄國短篇小說大師契訶夫，他的短篇小說風格輕柔、樸素、從容，體現出無與倫比的現實主義功力。他與歐・亨利、莫泊桑、馬克・吐溫、愛・倫坡等一道，成為二十世紀世界短篇小說的奠基人物。阿根廷小說家博爾赫斯布滿圈套的敘事，使故事簡單而富於衝擊力，呈現著現代短篇小說表現人類存在與命運的現代敘述技術力量，他優雅、精緻的文體風貌，給短篇小說增添了新的元素。二十世紀後期，美國天才的作家雷蒙・卡佛，在巴塞爾姆徹底革新了短篇小說形式之後，以「極簡主義」的筆法，在八十年代讓短篇小說作為可以充分閱讀的文學樣式獲得了新生。其獨特的魅力，為當代短篇小說寫作增進了痛快的幽默感和強大的驅動力。可以看到，這些前代大師的作品構成了當代中國作家寫作的背景。

我們在中國作家的文論或筆談中，經常可以看到他們對大師們的精細解讀，王安憶的一段話就讓人印象深刻。她說：莫泊桑的《項鍊》，將漫長平淡的生活常態中，渺小人物所得出的真諦，濃縮成一個有趣的事件，似乎完全是一個不幸的偶然；契訶夫的短篇《小公務員之死》《變色龍》《套中人》短小精悍，飽含現實人生，是從大千世界中攫取一事一人，這出自特別犀利不留情的目光，入目三分，由於聚焦過度，就有些變形，變得荒謬，但底下卻是更嚴峻的真實；歐‧亨利的故事是圓滿的，似乎太過圓滿，也就是太過負責任，不會讓人的期望有落空；《麥琪的禮物》《最後的常春藤葉子》就是歐‧亨利的戲法，是甜美的傷感的變法，其中有難得的善心和聰明；卡佛外鄉人的村氣已經脫淨，已得教化，短篇小說深奧得多了，也曖昧得多了，又有些像謎，像刁鑽的謎語，需要有智慧並且受過教育的受眾；像卡爾維諾，專門收集整理童話兩大冊，可以見出童話與他們的親密關係，也可以看出那個民族對故事的喜愛。〔註2〕由此，我們不難看出，中國當代作家對西方經典短篇小說「物理」的體會之深、之切。這其實恰恰表明，我們今天的寫作，是有可能在「世界文學」的系譜內展開的，是完全可以在世界文學大師的光耀之下，創作出屬於我們自己土壤的短篇小說的絢麗花朵。作家張煒曾說過，一個短篇小說不繁榮的時代，必是浮躁的、走神的時代。一個時代價值觀的變化直接影響著作家的創作取向和審美判斷。儘管人們的興奮點已經分散，小說在這個社會的整體分量也已經大不如前，但藝術家、作家的責任和使命永遠也不會終結。

其實，近半個世紀以來，當代短篇小說寫作，已經進入一個新的層面，開始出現許多新的元素和美好的質地，許多作家找到了新的敘事方向。近年來，愛爾蘭女作家克萊爾‧吉根和科爾姆‧托賓，法國作家伊萊娜‧內米洛夫斯基和弗朗索瓦絲‧薩岡，英國的西蒙‧范布伊，美國的羅恩‧拉什等等，都是能夠讓人眼前一亮的作家。我們可以發現，他們的文學敘事，不再沉溺於文本間的交叉互文，而是重新回到現實與文字的纏繞之中。對生活與存在世界的審視也不再武斷，故事的虛構也不再令人費解，進入生活、存在世界的觸角細膩而凌厲。小說家們以自己更自信、更從容得體的方式，表現著這個世界以及身處其間的人和事物的顏色、氣味、溫度和質量。而中國當代短篇小說寫作，也同樣在尋求著新的可能性。我們發現，因為寫作視域的打開和日益寬廣的文化、精神背景，新世紀十年來，中國短篇小說也出現了一些令人欣喜的變化。作家們逐漸找到了自己與現實、存在對話的方式，形成了各自特異的美學風格。與此同時，在小說敘事上，作家們也始終沒有停止探索，許多小說呈現出非常巧妙的構思、結構，作家們把語言的可能性也發揮到了一個新的高度。另外，我們看到，一些上世紀八九十年代就已成名的重

〔註2〕王安憶：《短篇小說的物理》，《書城》2011年第6期。

要作家如蘇童、阿來、賈平凹、莫言、王安憶等，表現出了穩定而持續的創造力，九十年代步入文壇的年輕作家，也在短篇小說領域悉心探索，為我們貢獻出許多令人難忘的精彩篇章。

二

劉慶邦是當代中國作家中最執著於短篇小說寫作，曾被評論家譽稱為「中國契訶夫式的小說家」。我相信，由於他貼近現實的迫切性和近距離觀照生命的摯情，劉慶邦短篇小說的美學價值與歷史意義，也許在若干年後才能夠得到進一步的彰顯。

他的短篇小說《幸福票》和《別讓我再哭了》，對我內心的震動極大，甚至可以說是一種靈魂的驚悚。我想，劉慶邦在寫這兩個小說的時候，一定是迫不及待地太想對現實發聲了。當然，我們正是在這裡真正地見識了劉慶邦的「殘酷美學」。應該說，短篇小說《別讓我再哭了》是當代小說敘述苦難、悲傷和充滿生命蒼涼感的佳作，它也是寫「哭泣」最精彩的篇章之一。由於這個小說的基調是建立在死亡和宿命的敘述方位之上的，這種哭泣也就成為了關乎生死的哭泣。小說敘述的主體是孫保川的兩次驚心動魄的哭泣。兩次哭泣一次為假，一次為真。前者是真戲假做，後者是假戲真演。孫保川的兩次哭泣將生命、生存的境遇演繹得淋漓盡致，凸現出艱難人生的存在鏡象。死亡在這裡是被硬性規定的，百萬噸煤產量約等於兩個礦工的可能性死亡指數。這似乎預設某種宿命的合理性存在。但鄭師傅和孫保川父親的死則與眾不同，他們都是執意選擇死亡的提前來臨，以「透支」死亡的決絕姿態，謀求解決自己子女的就業問題。鄭師傅突然意識到自己的「能耐」是極其有限的，他對兒子說理的力量是蒼白的。他樸素地相信會有辦法擺脫這種為父的自責和痛苦。於是，他選擇了「主動赴死」，這也許就是一個人能夠自己把握自己的最後能耐。他沒有任何恐懼和不安，主動去接受死神的擁抱。我們不能說老鄭是草率的，他才是一個真正有存在感和不苟活的人。孫保川洞悉了老鄭生死的隱秘，也恍然覺悟自己父親的死亡謎團，因此才有了這種「驚天地泣鬼神」的生死歌哭。劉慶邦有意選擇略帶誇張的「死亡後」哭泣，表現當代人對坎坷命運不屈從、不迴避的殘酷的心靈抵抗。就像一個凝固的意象，劉慶邦的這種貌似舒緩的敘述，的確殘酷得令人憋悶和窒息。《幸福票》所表現的是幾乎無聲的殘酷現實，以及人承受存在苦難時不屈命運和永不絕望的掙扎。劉慶邦通過一張看似可以計量幸福的「幸福票」，向我們展示了礦工和農民存在的「艱難時世」和灰色圖景，也向我們提供了認識現實殘酷和真實的一個維度。劉慶邦是清醒的，他似乎沒有面對現實時對把握現實無能為力的尷尬和無奈，我們從他的文本中依然能夠呼吸到他直面存在真相的現實主義氣息。在今天我們所面臨的這個急劇變化，繁複無序的生活現場，孟銀孩的生存現狀和現實遭遇，具有很強烈的悲劇性因素。一個煤礦的窯主以一張難以釐定價格和價值的「幸福票」，使孟銀孩們的內心展開一場驚心動魄的自我搏鬥，也帶出整個社會道德、價值體系的混亂和無序。孟銀孩質樸、厚實的品性能夠輕鬆地抵禦住欲望的引誘，卻無法將意欲兌換成現金的「幸福票」順利地出手。當「幸福票」被宣布作廢時，孟銀孩所選擇的是沒有任何抗爭的接受或隱忍。在這裡，小說想表現的絕不僅僅是人性面對落後和貧困時的「低賤」，而是彰顯在「死寂」與荒涼的人心沙漠上，小人物的羸弱、無助和艱澀。作者在此並沒有顯示任何救贖的姿態，其平靜的、不露聲色的敘述彷彿榨乾了生活全部的水分，貌似平淡實則撼人心魄的「殘酷」敘述，造就了短篇小說敘事強大的內爆力。這裡，我們再次體會到小說敘事的意義所在：小說，尤其是短篇小說，僅僅講述一個故事是不夠的，它應該是既有趣又被昇華了的故事。劉慶邦就是這樣，常常嫻熟而自然地將一個普通的故事進行富有寓意和吸引力的昇華。而這種「昇華」的內在底蘊，則在於作家的價值取向和敘事倫理。

在此，我之所以如此細緻地闡釋劉慶邦的短篇小說文本，是想表達我對他「直面現實」、率性、堅韌寫作的深深敬意。他面對生活時的冷靜、耐心和介入的勇氣，恰恰是我們時代作家最為缺乏的優秀品質。

在當代作家中，除劉慶邦之外，將這種「殘酷美學」演繹到極致的作家，就是閻連科了。閻連科一直把文學看成是「拿頭撞牆」的藝術，他的小說一直以極端的美學經驗給我們的閱讀造成巨大的衝擊。他的短篇小說《黑豬毛，白豬毛》就是這樣一篇帶著殘酷味道的作品。在這篇小說中，鎮長撞死了人，人們居然爭相去頂罪。這使小說呈現出一種黑色幽默的風格，小說在很短的篇幅裏把權力之下賤民的悲劇命運寫得淋漓盡致。這些人為了與鎮長攀上關係，居然願意以犧牲自由為代價，由此可見權力對賤民的宰制已經達到了一種何等的程度。在底層，差不多所有社會資源都是由權力來配置的，過去的革命是「若為自由故」，生命和愛情都可以拋棄；今天的現實卻是，為了卑賤地活著，為了做一個普普通通的人，卻要主動讓度自由。這不僅讓我想起北島的《回答》，「這普普通通的願望／如今成了我做人的全部代價」如果說北島還在吟唱 20 世紀的青春、人性的悲情，那麼到了二十一世紀，我們看到，鄉村依然有著這樣荒誕的故事和記憶。閻連科持續地寫作著這樣殘酷的現實，我們可以在他的小說中感覺到一種強烈的疼痛和憤怒，他的小說可以說是我們這個時代最讓人刺痛的文學記憶。七十多年前，魯迅就以一系列的短篇小說，深度表達了中國社會的荒寒、頹唐和恐怖，開啟了一代作家敘述中國、鐫刻現實的契機。我們沒有想到的是，到了新世紀，劉慶邦、閻連科們在後現代語境和電子幻象時代中，仍在人性的淒苦沙漠上，體味著另一種生命的蒼涼和沉痛。

與劉慶邦、閻連科的殘酷美學不同，遲子建的小說則有一種溫暖的質地。她的短篇小說《花牤子的春天》，依然保持了遲子建小說端莊、柔軟、細膩和綿密的文字風格。我們在作品中時時感受著一種善良、溫暖的目光，對整個世界的注視，那是一個作家對「民間」的深邃凝望和撫慰。這一次，遲子建似乎在極力地狀寫俗世的蒼涼中「傷殘的生命」。儘管在封閉鄉村中，花牤子像是一個被殘酷的命運碾碎了身體欲望的「農民阿甘」，但他那種單純的稚氣，不僅向我們呈示出人性中單純的力量，也製造出小說敘事本身的單純。小說在鋪展出孤獨的人生情境的同時也建立起擺脫絕望的自信。擅寫「殘疾」「殘缺」主題的遲子建，不僅連通了鄉村與外部世界的通道，還暗示出世道人心的殘缺和傾斜，看似平靜的敘述中滲透著清冽的「骨感」。可以說，遲子建從另一種美學向度，引領我們進入人性深處相對安穩的情境裏。

戴來和金仁順都是上世紀 90 年代成名的 70 後女作家，她們一開始就是以對女性經驗和日常情感的呈現而廣為人知的。進入新世紀，或許是因為更加深廣的人生經驗和日益成熟的詩藝，她們體物察情的功夫都更上一層樓，對當代人情感生活的體悟更深也更加耐人尋味。戴來的《向黃昏》把老齡社會的巨大的情感隱憂，演繹得精微、別致，出人意表。一對退休夫婦家庭的情感世界會是怎樣一種情形，很可能是非常容易想像的。但戴來的敘事，謹慎地、輕輕地走進人物的內心世界，寫出了別樣的味道。男人和女人各自嬌弱、微妙的心理活動和感受，個中人生滋味，人性中的天真、浪漫、執拗的天性，毫髮畢現。我們可以將其視為一篇走進「日常生活」的小說，但是戴來的敘述有張揚也有內斂，有味道也有勁道。老童和陳菊花，幾乎「無事悲劇」般的失魂落魄，給人對現實無能為力的驚悚之感。應該說這是近年小說中介入普通中國人情感現實的一篇佳作。

短篇小說《彼此》，應當視為金仁順近年來短篇小說的成熟之作。在這裡，我感覺，金仁順對短篇小說這種文體的理解也發生了相當大的變化。雖然，這篇小說同樣是表現婚姻、情感錯位和「婚外情」的小說，但她卻能夠將一篇婚姻愛情小說寫得既起伏跌宕又從容不迫。這一次，她再一次挖掘了人性的共性和慣性，以及人性中的某種頑固，來展示愛情脆弱的一面，情感的不堪一擊。金仁順所講述的故事，在詩意的背後都埋藏著一個悲劇性的、近乎殘酷的宿命的苦果。男性和女性幾乎可能同時遭遇來自對方一側的精神、情感衝擊或重創。男人的光榮與夢想，女性的單純與浪漫，這些美好的天性在理智與情感的拐點上，會像刀子一樣，變得狹窄而鋒利，都會剔出掉它最後的原生態質地。在這裡，我想進一步探究的是，金仁順能在多大的程度上來認真地印證什麼是健康的、積極的、人性化、具有美好品質的生活或者選擇。因此，我們可以將「彼此」，看作是金仁順情感敘述的一個整體性的隱喻。人的夢想若要植根於現實，「彼此」的世界就一定要完整和默契。我不知道，最終，這個令我們快慰的世界，會在生活、現實中可以不斷呈現，還是只能在金仁順的小說裏被合情合理地虛構出來？還有，在小說文本之外，我們究竟還想看到一個什麼樣的世界呢？十餘年來，金仁順的寫作，平靜而自然，一如既往地按著自己的「可能性」尋找自己的最佳狀態和境界。我們已經意識到，金仁順對情感世界的感悟和思索，早已不是僅止於敘述一個或熟悉、或陌生並且好聽的故事。

如果，小說僅僅侷限在對現實本身的打量、揣度和判斷，就會窒息我們的想像力，就不會發現更多的隱藏的秘密和命運的變數。因此，短篇小說寫作就需要伸展到超出具象世界的邊界，呈現出另一種空靈的敘事走向。這樣，一些喜歡超越現實的作家，就可能因為「寫實」的文學理想迫於現實的壓力，終至變奏、「飛翔」的寓言。

我始終認為，一個作家以所以要寫作，其內在的動因之一就是源於他對存在世界的某種不滿足或不滿意。他要通過自己的文本，重新建立起與存在世界對話和思考的方式。而一個作家所選擇的文體、形式和敘述策略，往往就是作家與他所接觸和感受的現實之間關係的隱喻、象徵或某種確證。我在讀畢飛宇的《地球上的王家莊》時，就一直在想這樣一個簡單而複雜的問題：

為什麼我們的寫作總是喜歡在對生動、具體、鮮活的生活現場描摹時將世界做抽象的把握？同樣，我們憑藉經驗、歷經艱難磨礪所抽象出的波詭雲譎的事物理念，為什麼又確實無法覆蓋存在世界的真實影像？當你貼近生活、近乎沉醉其中，並孜孜不倦地進行表達的時候，你可能突然意識到這個空間是如此朦朧和幽暗。但小說的敘述就是這樣義無反顧般前行的。也許，虛構的發生和魔力，就在無中生有或者有中卻無之間的轉換時，才使小說變成了藝術的衝動，變成動人而實惠的細節，才變成一個簡潔而令人意外的事實。而實現這些的途徑或方式，一定是作家能夠讓自己的想像貼著地面飛翔。畢飛宇在這篇僅僅五千字的短篇裏，通過讓一個八歲的孩子想像地球、想像整個屬於他和不屬於他的世界，去尋找這個世界的真相，以排除我們對這個世界最基本的疑問。局促的篇幅，卻沒有讓我們感到一絲的逼仄，而且格外地充盈，顯示出他一貫充分的自信。任何一個人，都可能向這個世界發出自己的質詢和猜測，正是這種人類普遍的天性，激發起一個孩子超越成人的奇思異想和幻象、意象，並且身體力行、勇往直前地開始一場「地球考古」。這時，一切疑問似乎都變得可笑了。王家莊人可以將自己的村落視為地球的一個支撐點，烏金蕩、大縱湖就連著太平洋和大西洋，當父親面對穹隆乃至整個宇宙發呆的時候，這個八週歲的數不清一百位數字的孩子，用自己的想像力完成了一次思想的飛翔。現實，立刻就遁入了無邊的想像。可見，有多少種飛翔的方式或姿態，就有多少種期待和夢想，就有多少種意外和可能，也就會有多少種各式各樣的小說。近乎職業閱讀多年以來，我發現了許多我熟悉和我不太熟悉的作家的寫作癖好，這些癖好或者說是選擇，體現在他們各自對不同的小說元素的接納或排斥。漸漸地，成為他們的虛構的出發點和靈感的助力器。而且，作家們懷抱著這些癖好，表現出他們驚人的自信和堅定。當然，我們既不必對寫實的可靠性質深表懷疑，也無需憂慮那種穿透表象、抵達心理現實或精神現場的飄逸圖像是否真實。尤其對於短篇小說這種文體而言，作家一坐下來寫作它的時候，一定是全神貫注和屏神靜氣的。像蘇童說的那樣：「世界在作家們眼裏是一具龐大的沉重的軀體，小說家們圍著這具軀體奔跑，為的是捕捉這巨人的眼神、描述它的生命的每一個細節，他們甚至對巨人的夢境也孜孜不倦地做出各自的揣度和敘述」〔註3〕。不同的是，由於

〔註3〕蘇童：《我為什麼不會寫雜文》，《河流的秘密》，第217頁，作家出版社，2009年版。

對虛構不同的理解，有的人面對現實世界這個軀體，他的處理方式是果斷的、一意孤行的「庖丁解牛」式的，還有的人是扼腕歎息、一籌莫展的，也有的作家，在虛構中尋求一種自己眼中的世界平衡的狀態，他或許在深沉地考慮「如何讓這個世界的哲理和邏輯並重，懺悔和警醒並重，良知和天真並重，理想與道德並重，如何讓這個世界融合每一天的陽光和月光。這是一件艱難的事，但卻只能是我們唯一的選擇」。〔註4〕

三

我堅信，沒有人會懷疑，相對於同時代的作家，蘇童，是我們這個時代最穩健、最富才華和靈氣、最傑出的短篇小說家。近三十年的短篇小說寫作史，使他對這一文體的把握得心應手。他出色的想像力、語言感受力和敘述、結構能力，一開始就鑄就了他高起點的短篇小說寫作。近十年來，他的短篇小說繼續攀升到一個新的境界，顯示出短篇小說寫作新的可能性及其價值。也許，正是蘇童這種從容的短篇小說寫作，使這種文體在喧囂、聒噪的時代環境中，形成一種不可替代的潛滋暗長的藝術力量。正是這種自然、率性、唯美的寫作，也使短篇小說這種文體在當代文學世界裏顯示出春天般的和煦和持久性的力量。

我這裡所選取的《白雪豬頭》《拾嬰記》和《西瓜船》三個短篇小說，無疑足以代表著這十年中國當代短篇小說的一個新的高度。在這裡，我想特別提到《西瓜船》，這是一篇結構獨特的短篇小說。蘇童在這篇小說中，成功地完成了在一個短篇小說結構內對於兩種語境、兩個故事的講述。這篇小說看上去是講述進城賣西瓜的松坑鄉下人與城里人的一場激烈衝突。陳素珍買了一隻壞西瓜不能退換而遭賣瓜人福三譏笑、拒絕，兒子壽來用刀捅死福三，引起一場血案。接著，福三家鄉親人蜂擁至「香椿樹街」，對壽來一家實施報復。敘述到此，即使立即終止、結束故事，也已經是一篇結構完整的作品。但是，蘇童接下來又用大量篇幅寫了福三母親如何來城裏尋找西瓜船的故事。這顯然給這篇小說建立了一個敘事單元。小說寫福三母親如何在城北地帶尋找西瓜船，並得到大家的熱心幫助，最後，福三的母親將「西瓜船」搖離了「香椿樹街」，這個故事令人異常地感動。小說的前半部分是一個殺人的「暴力故事」，後半部則是一個助人的「溫暖的故事」。在一個短篇小說的結構裏，

〔註4〕蘇童：《虛構的熱情》，《河流的秘密》，第217頁，作家出版社，2009年版。

如此處理人物和事件的迅速更迭，極為鮮見。前面那個單元，人物的行動是迅速、激烈的，敘述話語也具有強烈的衝擊力；後一個單元則由於人物行動性的減弱而放慢了敘事節奏，敘述間隙彌漫著細膩的情緒性，這時的敘述話語使文本充滿抒情性風格，形成了自己新的敘述秩序和場域。這種敘述將短篇小說結構和語言的內在變化做了有效的嘗試，敘述視點的選擇和變化，有機地調整了敘事的邏輯力量。而結構的獨特，深入地開拓了小說新的表現空間和維度。可以說，這是短篇小說寫作，經由「故事」轉向「敘事」的一個創造性突破的經典範例。

短篇小說《拾嬰記》，再次體現出蘇童這位天生的「說故事的高手」出眾的想像力，以及他作為小說家推斷、「扭轉」生活常態的能力。在這裡，他將一個棄嬰的故事講得如此神奇，如此飄逸和灑脫：「一隻柳條筐趁著夜色降落在羅文禮家的羊圈」，這個句子在小說的開頭和結尾兩次出現，正是用「時間」先後打開和關閉一個既離奇又獨特，既簡單又複雜，既詩意又怪誕的結構故事的方式。一個嬰兒深夜被棄置在羅家的羊圈裏，這個原本已算不得奇異的故事就顯得有些傳奇和神秘了。嬰兒和羊之間顯然不會相互對話和觀照，他們在某種意義上還有異質同源性。因此，「神秘的迷宮般」的氛圍就此確立。接下來的敘述使蘇童完全擺脫了落入某種套路的危險。一個名為「拾嬰」的故事實則衍變為一個「丟嬰」和「棄嬰」的過程描繪。但其中蘊含無限的多義性和可能性。可以說，作為一個有驚人想像力和虛構能力的小說家，蘇童是不會輕易放棄虛構給敘述帶來的種種便利的，當然這也是小說魔力的起源。但他的寫作絕不會陷入一種故弄玄虛的噱頭。這一次，蘇童同樣又毫不猶豫地選擇了把小說和現實混淆起來的策略。面對一個兩個月大的棄嬰，蘇童通過鄰居們的集體出場，以及先後讓少年羅慶來、幾個保育員、李六奶奶、張勝夫婦、婦聯女幹部、老年、食堂女師傅紛紛與嬰兒發生必要的聯繫，為嬰兒劃出了一條「行走」的路線和「活動」軌跡，嬰兒的一次次裸露和亮相，使看上去極為客觀冷靜的敘述不斷地泛起波瀾，世態人心清晰可見。我們看到，小說敘述的直接力量來自對人物自我意識的舒緩流露或揭示，人物的自我意識在與環境、與一個無言的嬰兒的互動過程中被漸漸發掘出來，這些偶然甚至有些怪戾的不同的人物意識活動，被一步步地展開，編織成一條無形的心理之索，呈現出世道人心的現實圖景，單純的事件引導出曖昧而複雜的生活表情。蘇童對短篇小說文體的駕馭和準確把握，可謂出神入化，他常常能在敘事中捕捉到生活的過程和斷片後製造生活的奇觀，顯示出自己推斷生活的浪漫品質。因為，他從不為那種探究生活的深度或者深刻與否所困擾和焦慮。所以，他也就總能在抒情、輕盈而智慧的敘述中，找到表達的自由與快樂。

我以為，蘇童的短篇小說，在相當大的程度上傳承了孫犁、汪曾祺短篇小說的餘韻。其實，短篇小說在一定程度上，也像詩歌一樣，其本然的品質注定了它較高的藝術含量，它是要「戴著鐐銬舞蹈」的。汪曾祺先生對短篇小說的理論和創作，都是身體力行的實踐者。他認為短篇小說藝術的精髓是空靈和平實，是恬淡、瀟灑、飄逸。〔註5〕看得出，蘇童的短篇小說基本上是與這種理念和感覺相契合的。總體美學傾向上的內斂、含蓄、和諧，以及不同文本所透射出的或詭譎、或清晰、或朦朧的種種人生況味，顯現著藝術的曠達和智慧的幽遠。

阿來的寫作，早已構成了我們這個時代一個重要的存在。最初，我們被他優秀的長篇小說《塵埃落定》和《空山》所吸引，忽略了他不可忽略的短篇。他是以一種與蘇童短篇小說「異曲同工」的面貌，呈現出我們時代短篇小說的魅力的。從阿來的文本品質來講，一方面，是他寫作內在氣質和風度上的「樸拙」；另一方面，是短篇小說本身天然的結構謹嚴的要求，力求完整、和諧，前後不參差的文本形態。那麼，這兩者如何在阿來這裡自然而然、順理成章地統一起來？也許我們會憂慮，由於短篇小說藝術自身對敘事技術的要求，阿來的敘述，難以產生出樸素、率性的結構和散淡、本然的風貌，但阿來卻在作品中呈現出了空前的自由。我之所以肯定地說阿來在他的短篇小說中獲得了自如的舒展，是我意識到，阿來小說的「拙」是「大拙」。這個「拙」不是感覺、感受的遲鈍，視野的侷限，思路和寫作語言的僵硬刻板，而是一種小說內在結構和氣場的大巧若拙。我曾這樣概括阿來的小說美學形態：「詩意埋藏在細節裏，歷史的細節、經驗的細節、寫作和表達的細節，自由地出入於阿來敘述中的虛構和非虛構的領域之中，在單純、樸拙與和諧之中表達深邃的意蘊。這種「拙」裏還隱藏著作家的靈性，特別是還有許多作家少有的那種佛性，那種非邏輯的、難以憑藉科學方法闡釋的充滿玄機的智慧和思想，在文字裏蕩漾開來。不經意間，阿來就在文本中留下超越現實的傳奇飄逸的蹤影。同時，他還很好地處理了小說形式與精神內核的密切關

〔註5〕汪曾祺：《晚翠文談新編》，第284頁，生活·讀書·新知三聯書店，2002年版。

係，不僅是講故事的方式，而且包括短篇小說的敘事空間的開掘。我們能夠意識到，阿來在短篇小說中尋找一種新的寫作的可能性。他在努力地給我們呈現一個真正屬於阿來的世界」。〔註6〕這裡所選的《阿來小說二題》之《秤砣》和《番茄江村》則是阿來短篇小說「拙態」的最經典的代表。

小說終究是語言的藝術，這是文學敘述的根本。而文體是一個更為複雜的綜合性的小說元素，它關乎小說的整個敘事，是包括語言、結構、敘述方式在內的諸多方面在心靈集結後的外化。它是能夠彰顯出一個作家整體藝術選擇和個性風格的範疇。所以說，語言和文體應該是評價小說的重要標準。

毫無疑問，蘇童和阿來小說的敘述語言極好，都明顯受過純粹的語言訓練，尤其這種詩性的語言自然與他們早期的詩歌寫作經歷有關。更主要的是，他們都能將這種感覺不斷地保持到小說的敘述中。這種感覺，是作家特有的將現實的生命體驗藝術地轉化為文字的能力和特質，是一個作家的必需。從這個角度講，阿來小說的魅力不僅是語言和結構帶來的，也是這種與眾不同的藝術感覺或直覺帶來的。我覺得，阿來的短篇小說較之他的長篇，更能體現他的這種藝術感覺或直覺。而這種感覺的直接外化和體現，就是敘事的「樸拙」。小說所聚斂的「幽韻」或「氣場」，藝術的靈動性和表達的生動性，即文脈的變化與流動，都不事張揚地潛伏在他的「樸拙美學」之中。這既與阿來內心的誠實有關，也與他選擇的看似不事雕琢的「非技術性」結構方式相關。也許，「樸拙」恰恰是一種最高明、最富有境界的小說技藝或小說意識。我在想，不知這是否還與他的藏族及其宗教背景有關。總之，這在相當大的程度上豐富了當代短篇小說的審美藝術形態。

可以這樣講，蘇童和阿來的短篇小說，鑄造了近十年短篇小說抒情和詩性的一脈風格。這一點，在許多作家的短篇小說中，也有很好的文本實踐和努力。像范小青的《蜜蜂圓舞曲》、艾偉的《水上的聲音》、葉彌的《明月寺》、全勇先的《妹妹》、於曉威的《圓形精靈》等短篇小說，都是從現實、從歷史、從存在世界的堅硬中，梳理出埋藏在深層凍土中的詩性的短篇佳作。

四

賈平凹、莫言和王安憶，都是當代重量級的作家。在新世紀，他們各自都有重要的長篇小說問世，無論是賈平凹的《秦腔》《古爐》，抑或莫言的《生

〔註6〕張學昕：《樸拙的詩意—阿來短篇小說論》，《當代作家評論》2009年第1期。

死疲勞》《蛙》，還是王安憶的《啟蒙時代》《天香》，都可以說是代表著我們這個時代長篇小說的最高成就。有意味的是，這三位作家不僅善於進行這種大體量的文學敘事，在短篇小說這一文體上亦有不少作為。他們在新世紀所發表的一系列短篇小說，均顯示出不俗的藝術功力。如果說他們的長篇創作是以宏觀的眼光，觀照社會歷史與世道人心的變化，那麼，他們的短篇，則表現出一種洞燭幽微、舉重若輕的能力，將城市的細節和人心的褶皺，在我們面前舒張開來，枝蔓橫生、趣味無窮。讓我們感受到短篇小說所特有的細膩和沉鬱，以及語言和存在之間那種神秘和綿密的呢喃。他們在我們自以為很「世俗」的空間，面對結結實實的存在，將生活的源頭活水演繹成一種文化的境界。

王安憶近年來對短篇小說的理論思考用心頗深，一方面可能和她在復旦為學生授課有關，一方面也是她創作時深入探求寫作玄奧的必需。她在新世紀寫下的一批短篇小說，確實達到了一個新的高度。《髮廊情話》，就是讓人印象深刻的一個短篇。這篇小說把王安憶綿密的文筆發揮到極致，她對一個髮廊空間的工筆細繪，使整篇小說像是一席浮動的油彩。我們甚至能夠感受到髮廊內部的每一個細節，呼吸到髮廊內的獨特氣味和個性氣息。與此同時，我們在王安憶的敘述中，體會到的更是一種從容。她幾乎是在不經意間，就把上海一個嘈雜小街上的人心世相講透了。她的文筆是一點點氤氳開來的，似乎是溫吞的，根底卻老辣無比。她甚至只在人物的衣著或一個微小的動作上，就窺視到了他們的各自歷史，他們與這座城市來龍去脈的關係。所以，題目雖是《髮廊情話》，我們卻彷彿看到了上海市井市民的「風俗史」和「生活史」。在看似隨意的「髮廊閒談」中，我們對這個城市卻有了精微的瞭解，好像你就坐在那個髮廊中，看著那個蘇北的理髮師傅，安徽的洗頭姑娘還有那個有故事的淮海路「氣質」女人。這就是王安憶的小說美學，她不是依賴於爆破性的情節來展示自己敘述的力量，而是通過一種綿密和看似隨意的點染，揮發出一種綿長和耐人尋味的力道和勁道。

與王安憶選擇「髮廊」，以空間來寫時間相似，賈平凹也是通過「餃子館」這樣一個看似普通的社會俗世空間，把西安城的一個側面寫了出來。我們都知道，賈平凹最為人稱道的是「鄉土敘事」。其實，「都市寫作」又何嘗不是他小說的一個重要面向呢？在這個選本中，我之所以選入賈平凹的《餃子館》，而忽略掉他另外一些也非常優秀的短篇，就是想讓人們注意到賈平凹對近年來都市變化的書寫也是非常有價值的。如果說王安憶的《髮廊情話》寫的是蘇北人、安徽人築起了上海的底部細節，那麼賈平凹的《餃子館》，則是寫一個河南移民在西安的成敗史。這其實是新世紀十年來，特別重要的一個社會景觀。那些外省的移民如何與在地人相處，如何在一個新的文化和市場空間內「弄事」？賈平凹的《餃子館》不僅很好地處理了這樣的主題，還將我們這個時代的「成功邏輯」以及人心、人性的種種弱點呈現了出來。在這樣小的一個篇幅內，我們看到，賈平凹把文化名流的酸腐和農民的狡黠寫得窮形盡相，把河南文化與陝西文化的相遇，寫得幽默迭出，精彩紛呈。可以說，這篇小說充分顯示出賈平凹深厚的藝術功力。

無疑，莫言是當代最為活躍和最具創造力的作家之一。他在 80 年代的文學探索，是當代小說敘事變革的先聲。迄今，他對中國當代文學的意義遠遠沒有被充分意識到。但是這些年來，也常有一些「酷評家」質疑，說莫言的寫作不關心現實，沉浸在蕪蔓的語言和花哨的形式中不能自拔。我想，持有類似觀點的人，一定是對莫言的創作缺乏最基本的瞭解和深入的美學判斷。實際上，我們不僅能在他的小說中感受到一種現實的關切，還能對種種虛偽的文化現象抱持一種反諷的姿態。他的小說《倒立》和《與大師約會》，就是這方面的代表作。《倒立》以一個修車師傅的視角講述了一次同學聚會的過程。過去調皮的中學同學孫大盛現已成為省委組織部副部長，那些企圖以此榮身的同學們在聚會現場紛紛露出醜態。權力的大小，穿透了真正的同學情誼，過去的校花雖已呈現出幾分老態，卻在孫大盛的要求之下，為同學們當場表演「倒立」，並由此露出肥胖的大腿和紅色的內褲。這個場景如此滑稽，如此醜態畢現，權力可以使同學變成「大聖」，時間可以使人變得如此荒謬不堪、不忍卒睹！莫言用戲謔的語言為我們呈現出一個充滿笑鬧的場景，它是如此歡騰，卻又讓我們感到如此無言。我們從中可以看出莫言對當代精神衰變的現實的關注，權力與情誼，似乎也已經本末倒置，這不得不讓我們產生一種懷舊的情愫，這其實也是對近年來社會愈來愈浮躁，愈來愈功利的一種歎惋。《與大師約會》，也是莫言一篇非常優秀和精彩的小說。在這篇作品中，莫言不斷地對「大師」進行建構與解構。在一開始，幾個藝術青年是作為「大師」的崇拜者出現的，但在酒吧裏，他們卻聽到了藝術學院的學生們對「大師」的負面的議論。特別有意味的是，酒吧的老闆對「大師」進行了更徹底的解構。他滿口詩篇，口吐蓮花，隨即被供奉為新的「大師」。但關鍵是，莫言敘述的魅力更在於，他要不斷的推倒前面的敘述。在小說結尾，「大師」金十兩出現，又解構了那個酒吧老闆。我們可以感覺到莫言這篇小說濃烈的反諷色彩，他不斷地翻轉敘事的走向，即是要拆解掉「大師」這一稱謂的確切的意旨。在一個相對主義的時代，我們看到藝術合法性的來源如此依賴於敘事，究竟誰是「大師」變得如此捉摸不定。莫言寫下這篇小說，或許就是要反諷當下藝術的後現代狀態，以及「大師」滿天飛的藝術現狀。這其實告訴我們，莫言始終和現實保持著一種緊張的關係，他的寫作絕不只是形式主義的藝術探索，在他小說的形式背後，其實始終保留著一種「形式的政治」，這是那些粗心的評論者所未能察覺的。

其實，在我們這個時代，短篇小說這個領域最需要更多的大師級的人物，因為，短小的文體、文字，同樣能造就、蘊藉那種雄渾、不朽的「史詩」氣魄。

最後，我想特別推薦一位近兩年浮出水面的短篇小說作家蔣一談，這個作家的出現，在一定意義上，可能預示短篇小說寫作某種新的生機和可能，尤其是信念和信心的支持。我對此滿懷期待。

我之所以用「短篇小說作家」這個稱謂評介蔣一談，主要是因為蔣一談一踏上寫作的旅途，就執著於短篇小說創作而心無旁騖。他在幾年內先後集束推出《伊斯特伍德的雕像》《魯迅的鬍子》和《赫本啊赫本》三本短篇小說集。其中的作品，並不在雜誌先期發表，而都是以小說集的方式一次亮相。他勇敢而小心翼翼地、充滿激情地將伊斯特伍德、魯迅、赫本、馬克·呂布、吳冠中等真實人物植入小說，並使之成為他短篇小說的強有力的生長點。在近年短篇小說寫作能力式微的狀況下，看得出，他不僅是要擺脫對現實題材處理上的乏力和尷尬，而且試圖讓歷史上曾經閃爍星光的文化智慧符碼，重新被激情點燃。從他迄今創作的以《魯迅的鬍子》為代表的三十幾個短篇看，蔣一談是一位懂得短篇小說的作家。蔣一談雖然寫作的履歷不長，但已經表現出出色的才華，他還能夠借助一個資深出版人的出版經驗，對寫作、作者與讀者、接受美學作有條理的分析、揣摩和考量。他既能聰明而智慧地深入探索短篇小說的技術，又能清醒地透過表象，踏實、樸素地去發現和表現生活。特別是，「他躊躇滿志地攜帶著他的短篇小說寫作計劃，進行十年、二十年的短篇小說的遠征。畢竟，寫作不是一廂情願的事情，我在前面曾提到，寫作的發生和成敗，不僅取決於某種不懈的努力和才華，它還是一種機緣或宿命。而且，也並非投身於短篇小說寫作，就顯得精神上有多麼的高尚和優越。但至少，如果有一種「純粹」的文學存在的話，如果有人願意用掉自己半生的時間長度，致力於一種被時代、甚至被「圈子」所「邊緣化」的文體，願意以自己的文字作一次破繭之旅，而且，可能為了一種信仰或信念，也可能為了短篇小說的不朽，有足夠的敘事耐心，九死不悔，那麼，我有理由堅信，這個人的身後一定會留下真正的短篇小說的經典」〔註7〕難道我們不需要和期待這樣的作家嗎？

在一定程度上，從短篇小說寫作意義和方法的角度考慮，我們可能會將「形而上」的東西轉變成「形而下」的東西，把內在的東西變成外在的東西，把心靈的探尋轉化為審美的表達。而短篇小說這種文體，或者說，這種敘事藝術面對世界的時候，對一個寫作者的精神性和技術性的雙重要求會更加嚴謹。同時，一部優秀短篇小說的誕生，還是一種宿命般的機緣，它是現實或存在世界在作家心智、心性和精神座標系的一次靈動。其中，蘊籍著這個作家的經歷、經驗、情感、時空感、藝術感受力，以及全部的虔誠與激情，當他將這一切交付給一個故事和人物的時候，他命定般地不可避免地建立起一種全新的有關世界的結構，也一定是精神境界和文體變化的一次集大成。一個作家寫出一篇小說，就是對既有的小說觀念和寫作慣性的一個更新、一次顛覆。甚至可以說，像契訶夫、卡夫卡、博爾赫斯和雷蒙．卡佛那樣，完全是在不斷地開創短篇小說的新紀元。他們不僅是在世界範圍內使「小說觀」發生著很大的變化，而且，從重情節、虛構故事發展為依照生活或存在世界已有的生態，自然地敘事，巧合和真實，敘述和「空白」，情緒和節奏，精妙絕倫。進而，從戲劇化的結構發展、衍化為散文化的結構，深入地凸顯真正的具有現代意義的現代短篇小說。

按著汪曾祺先生說的，「托爾斯泰說契訶夫是一個很怪的作家，他好像把文字隨便丟來丟去，就成了一篇小說了。托爾斯泰的話說得非常好。隨便把文字丟來丟去，這正是現代小說的特點」。〔註8〕這樣看來，近百年來，尤其新世紀以來，中國當代短篇小說的「現代」進程還是緩慢的，儘管小說觀念和小說整體的態勢始終呈現為發展變化和探索的局面，但還遠遠不夠灑脫，還缺少更多的寬厚、質樸和生氣。也許，真正現代的短篇小說都是最為樸素

〔註7〕張學昕：《如何穿越短篇小說的窄門》，載《當代作家評論》2012年第1期。
〔註8〕汪曾祺：《晚翠文談新編》，生活．讀書．新知三聯書店，2002年版，第69頁。

的、自然的和具有「神與物遊」般的境界的。

我們何時才能有更多這樣素樸而現代的短篇小說？

蘇童與中國當代短篇小說的發展

一

相對於同時代的作家，蘇童無疑是近二十年來最年輕、最富才華和靈氣的短篇小說家。這可以從他的《桑園留念》《飛越我的楓楊樹故鄉》到《西瓜船》《拾嬰記》等約一百五十個短篇小說得到有力的證明。如果從 1983 年發表於《青春》雜誌的短篇小說《第八個是銅像》算起，蘇童已經有二十五年的短篇小說寫作史了。儘管蘇童的長篇小說《城北地帶》《米》和中篇《妻妾成群》《罌粟之家》曾給他帶來巨大的聲譽，但我感覺蘇童面對這三種文體的時候，最為自信也最得心應手的還是短篇的寫作。一般地說，一個作家的寫作觀和對於世界、存在的理解，以及他所形成的審美、寫作慣性，在他寫作的前七八個年頭才會清晰地顯現出來。實際的情形是，蘇童一走上文壇，他的每一篇小說的寫作，都無不深深地浸染著深長、靈動、唯美的濃鬱風格底色。並且，他的出色的想像力，他的語言感受力和敘述、結構能力，使我們特別地驚異他高起點的寫作。這些，在他的越寫越成熟的短篇小說中日益顯出咄咄逼人的力量。即使是那些發現其寫作「存在一些問題」的批評者和研究家，也不能否認蘇童寫作的靈性、出色的虛構能力和行文的唯美氣質。而且我們在蘇童的短篇小說中看到了一個作家，如何憑藉智慧運用最精練、最集中、最恰當的材料或者元素，去表現複雜、豐富、開闊而深遠的內容。我們在他的一篇篇小說文本裏，不僅體驗到一個作家的想像情貌，還被敘述帶入一個有重量、有精神、有隱喻和無限張力的存在和現實當中。就短篇小說這種文體的凝練、精緻和唯美品質而論，蘇童的作品在中國當代短篇小說中是首屈一指的。他的寫作，從文學的繁雜、多變的 1980 年代到紛紜、喧囂的世紀之交的文學氣場，長達二十餘年裏總是顯得踏實穩重，不焦躁也不算計，完全可以用快樂、從容不迫、豐饒多產來描繪他短篇小說寫作的旅程。這或許也是他能將短篇小說寫得如此空靈、精妙的重要因素。我們可以在蘇童身上，充分地感覺到一個真正小說家的天分和執著。這一點，不僅在他那一代作家當中是出類拔萃的，就是將其置於整個當代文學創作的視野中，我們也無法忽視他在短篇小說寫作方面的重要貢獻。

對一位同樣也擅寫長篇和中篇的作家來說，我還是忍不住將其稱之為「短篇小說大師」，這似乎並不會掩抑住他整體創作上的魅力。當然，我對蘇童的「短篇小說大師」的稱謂，並非那種類似文學史的「蓋棺定論」，而是表達著一種尊重和敬畏，是對其短篇小說寫作品質和魅力的真切肯定和強調。因為蘇童對短篇小說寫作的酷愛，孜孜不倦的精心耕耘，不僅給他的寫作帶來激情、興奮和快樂，而且給它的閱讀者帶來了無比的幸福。談到短篇小說的寫作，蘇童甚至放棄掉一個作家擅用的含蓄的表白而直言：

我想我患有短篇病，儘管它在我的創作中曾被莫名的壓制了，但我知道它在我的內心隱匿著，它會不時地跳出來，像一個神靈操縱我的創作神經，使我深陷於類似夢幻的情緒中，紅著眼睛營造短篇精品。我不知道我是否已經寫出了理想中的短篇精品，也許這對於我將永遠是一個甜蜜的夢幻，而我也樂於沉浸在這個夢幻中。我希望輝煌的、流行的、聲名顯赫的中長篇給我一個好作家的名聲（這是我對時代和文學潮流的妥協），然後我可以有足夠的資本讓我的短篇病成為我真實的標簽。這個想法也許同樣顯得一廂情願，而且多少有些俗氣之處，但我不想隱藏我的陰謀。

上帝，有朝一日讓我成為一個優秀的短篇大師吧，我將為此祈禱。〔註 1〕

我想，這看似多少有些「戲言」的表述，其中必定有著蘇童內心不言而喻的渴望與期待。關於蘇童對短篇小說寫作的迷戀，蘇童在給自己五卷本短篇小說「編年」集的序言中還坦言：「很多朋友知道，我喜歡短篇小說，喜歡讀別人的短篇，也喜歡寫。許多事情恐怕是沒有淵源的，或者說旅程太長，來路已被塵土和落葉所覆蓋，最終無從發現了，對我來說，我對短篇小說的感情也是這樣，所以我情願說那是來自生理的喜愛」。〔註 2〕我覺得，在這裡，

〔註 1〕蘇童：《我的短篇病》，《小說林》，1993 年第 1 期。
〔註 2〕蘇童：《自序》，《桑園留念》，第 1 頁，人民文學出版社，2008 年版。

蘇童一方面為自己寫了這麼多的短篇有一種莫名的自豪，他不為自己的崇高自豪，而是為自己的忠實自豪；另一方面，他很清楚，喜歡寫短篇並沒有什麼特別的意義，既沒有什麼可羞愧的，也沒什麼值得誇耀的，也沒有任何殉道的動機，僅僅是喜歡而已。他說這也許就是一種「生理性」的喜愛，儘管不夠貼切或確切，但是我們會感到非常真實和真切。一個作家喜歡一種文體是很自然的事情，這種文體與他擅長的結構方式、語言感覺、敘述節奏，乃至作家的精神狀態都有密不可分的關係。對於蘇童而言，他並沒有因為短篇這種文體，將自己逼向一種狹窄。相反地，他更願意在某種單純或是和諧之中表現深邃的意蘊。我注意到，上世紀八十年代以來的小說家，幾乎沒有誰會像蘇童這樣，會對一種文體如此鍾愛甚至是偏愛，並且對自己少年時代的記憶格外珍視，並虔誠地進行滿懷敬畏之意的表現、挖掘。這其中最大的一個動因，我想一定是蘇童源於對文學的赤子之心。記憶、想像和對文體的偏愛，都成為蘇童寫作寶貴的精神資源。

具體談到小說創作，蘇童認為，「小說應該具備某種境界，或者是樸素空靈，或者是詭譎深奧，或者是人性意義上的，或者是哲學意義上的，它們無所謂高低，它們都支撐小說的靈魂」。〔註 3〕這也可以視為蘇童的小說觀。蘇童完全算得上是一位自覺的、對文學境界有著較高追求的小說家，他的審美態度，他的結構智慧，他節制或鬆弛的敘述，將自己的精神和靈性注入作品的勇氣，都可看作他對小說那種精妙充實境界的沉浸。就像林斤瀾的「矮凳橋」、莫言的「高密東北鄉」、阿來的「機村」、閻連科的「耙耬山」和「瑤溝」，蘇童一下筆就找到自己的精神故鄉和地理座標——「楓楊樹鄉村」和「香椿樹街」。正是在這塊「郵票大的地方」，蘇童的寫作呈現出新的想像和小說的可能性。他通過它，用心地經營、演繹或注釋了南方文化及其人性、歷史、存在的迷魅。而短篇小說的凝練、細緻和謹嚴特徵，使得他能夠從不同的視角和側面，耐心地、逐一地打開生活、人性的皺褶。以「城北地帶」和「楓楊樹鄉村」為視景的南方想像的疆域，在蘇童筆下的小說中，構成獨具特色的蘇童的「紙上的南方」。尤其他的大量短篇小說文本，更加顯現出個性化的、深邃的意味。這些文本，在很大程度上已經構成記錄南方文化的細節和數據。無論是對歷史的模擬和描繪，對家族、個人的記敘，還是對鄉間、市井的營構，都隱藏著詩性的意象和浪漫、抒情的氣息。在這裡，其他文體所無法替

〔註 3〕蘇童：《蘇童創作自述》，《小說評論》2004 年第 2 期。

代的、短篇小說的幽韻，絲絲縷縷地從字裏行間發散出來。這些，都成為新鮮而不多見的小說敘事的美學經驗。因此，從一定的意義上講，正是短篇小說這種文體，宿命般地、靜悄悄地在使蘇童的寫作發生一些根本性的變化。同時，鑄成了許多中國當代「現代文人抒情小說」的經典篇章。

從最早的、也是蘇童最鍾愛的短篇《桑園留念》，到近期寫作的《西瓜船》《拾嬰記》《茨菰》等，我們可以感受到，蘇童在將近二十幾年的創作實踐中，對現代短篇小說藝術有自己獨到的理解。他認為，「談及短篇小說，古今中外都有大師在此領域留下不朽的聲音。有時候我覺得童話作家的原始動機是為孩子們上床入睡而寫作，而短篇小說就像針對成年人的夜間故事，最好是在燈下讀，最好是每天入睡前讀一篇，玩味三五分鐘，或者被感動，或者會心一笑，或者悵悵然，如有骨鯁在喉。如果讀出這樣的味道，說明這短暫的閱讀時間都沒有浪費，培養這樣的習慣使一天的生活始於平庸而中止於輝煌，多麼好！」〔註4〕看得出，這的確是非常唯美、非常曠達，接近文學本性的現代小說理念。文學只能承擔它所能承擔的，不可能負載它無法負載的，這才是真正藝術自然的品質。與此同時，他在寫作中開始重視技術，不斷探索和豐富著這種文體的藝術表現力，並將小說自身的抒情性、詩性、形式感等美學元素和意蘊推向一個新的表現層面。

也許，對於一些作家，包括一些日後可能對文學史來說非常重要的作家，他在二十世紀八十年代的寫作狀況，必然會決定這位作家在此後寫作的文學史評價。但是，對於蘇童這位以「先鋒」姿態出場的年輕作家而言，當「潮流化」的慣性漸漸湮滅之後，他似乎更加清楚文學本身的奧義，更善於從種種西方小說傳統的「影響的焦慮」中掙脫出來。塞林格、博爾赫斯、福克納、雷蒙・卡佛，對他寫作的啟迪和影響，逐漸成為激發他善於敘述和結構的靈感和動因。在既定的文學秩序中，雖然他的興趣或志趣並不像許多作家那樣寬廣，但他卻能不斷地走出所遭遇到的寫作困頓和迷茫，找到屬於自己的敘事形態和固有本色。所以，早在 1980 年代末，蘇童就漸漸脫離了被評論者、研究者們所「界定」的範疇和某些輕薄的命名，愈發顯現出自己的寫作個性。也就是說，離開了「八十年代」，蘇童就已經很難再被「歸類」了。具體地說，在他的中篇成名作《妻妾成群》《紅粉》之後，蘇童的寫作就變得更加「自我」，也更加自由了。對於蘇童來說，這是一次極為重要的變化。後來，他寫作的

〔註 4〕蘇童：《短篇小說，一些元素》，《當代作家評論》2005 年第 1 期。

非功利性，他的小說意識，使得蘇童小說的文字純粹、結構精緻、典雅，清澈而平靜，他的敘事個性也愈發難以為某些理論、概念所覆蓋。而從蘇童對短篇小說寫作最用心的 1998 年迄今，恰是被普遍認為中國當代文學「式微」的一個時段。也許，對於像蘇童這樣的作家，文學「邊緣化」的語境，會給那種甘於寂寞、快樂地從事自己喜愛的工作的人，一個很好的契機，因為豐富的想像力和對藝術的摯誠，都極可能成就一位短篇小說大師的誕生。因此，我們對他的寫作充滿了信心和更大的期待。

回顧蘇童的小說寫作軌跡，進入他二百餘萬字的小說文本世界，我們除了能夠真切地感覺到他個人寫作歷程的錯綜複雜、起伏變化，我們也會強烈地意識到，他的寫作與中國上個世紀八十年代以來的「新時期」文學歷史，甚至與 1949 年以來中國當代短篇小說的發展，有著非常密切的關係。或者說，蘇童的寫作，尤其他在短篇小說創作中的實踐和取得的成就，他對前輩作家的繼承、對小說藝術的探尋，為我們思考和研究中國當代短篇小說在大半個世紀以來的變化與發展，提供了一個新的視角和美學維度。我們雖然還不能說蘇童開啟了一個短篇小說寫作新的時代，但我們可以坦言，蘇童對短篇小說這種文體的敬畏以及其作品所呈現出的極高的文學境界，尤其是游移飄動，幽麗神奇，精緻唯美，蔚為大氣的文本形態，數十年來極為鮮見，確是一種無可爭議的堅實存在。

二

應該說，短篇小說在當代，一直是較為「受寵」的文體形式，尤其在上世紀五六十年代曾備受青睞。這一點，與建國以來的社會生活形態，特別是社會政治意識形態有著密切的關聯。因為這些決定著一個社會的審美取向的變化。多少年來，人們也始終在尋找理想的短篇小說文體，努力地擺脫以往的某些規範，從舊有敘事模式裏跳出來。當然，一種藝術形式或體裁的產生、發展和存在，以及它和時代變化、存在的微妙關係不是可以簡單說清楚的，即使這種文體在今天正日趨成熟。其實，有關「短篇小說」的概念，包括它的起源、傳統、文體界定、主要特徵和基本規範，早在五十年代，一些重要的理論家和作家就有過較為廣泛、深入的討論。其中，茅盾、侯金鏡、魏金枝、孫犁等大家，對此都有各自獨到的闡釋和引申。那時人們所關注的重心，更多的不免還是集中在短篇創作的主題、題材、表現或囊括社會生活容量等幾個方面，以此去考慮這一文體的演變、發展和美學價值。所以，五六十年代談及短篇小說時，最流行的「關鍵詞」大多是如何「剪裁」「截取橫斷面」「以小見大」「以局部暗示整體」「在生活中取用小的紐結」〔註 5〕。特別是，小說如何選擇現實生活世界作為表現內容和對象，是衡定一個作家地位、等級的重要砝碼。並且，短篇小說還被認為是略優於長篇小說的能快速「反映」生活的「尖兵」和「後衛」。也就是說，五六十年代大家對短篇的認識，還基本停留在這種體裁或文體同外部世界的相互關係，如何講好「短篇故事」，主要還是糾纏於它與社會現實之間的外在關係上，尚有許多文學以外的因素左右這種文體的表現形態。在具體的創作中，儘管短篇的「功能」「意義」格外受到關注，但與「五四」時期魯迅所開創的短篇小說的輝煌時代相比，整體的勢頭已大為減弱。由於對生活本身以及政治、歷史的重視和判定大於對藝術本體的思考，「寫什麼」才是決定作家寫作取向、作品形態的關鍵，短篇小說這種文體的藝術品質始終為非藝術因素所拖累。所以，短篇小說的藝術發展遭到根本性、實質性的制約，這也就自然地限制了其表現生活、世界的深廣度。作家小說寫作的衝動和藝術感被「扭曲」為一種「被規訓的激情」，短篇小說的文體魅力和精神風格也已被革命、神性的英雄主題所禁錮或消解。可以說，在整個「十七年時期」，作為一種尚處於發展中的文體，短篇小說的美學功能大體侷限在一個極其狹窄的敘事空間裏。在此，可資用來論述的短篇佳作的範例更是乏善可陳。

儘管如此，在當時的主流文壇，從短篇小說的藝術品質、美學風貌的角度考察，仍有一些重要的小說家在努力地傳承「五四」文學的精神血脈和氣質，使短篇小說的「文學性」得以艱難地延續。「當新中國誕生，各種文藝大軍會師北京的時候，我們在短篇小說領域仍然能看到三位作家的名字：趙樹理、孫犁、沙汀。也許可以說，他們分別代表著短篇小說的各項主要藝術功能——敘事性、抒情性和諷喻性，在那新舊交替的大時代中發揮著作用」。〔註 6〕這幾位作家的藝術風格，在那個年代裏還是十分鮮明而且顯得有些特立獨行的。主要是，他們在短篇小說的寫作理念方面，還是有一定的探索性

〔註 5〕參閱茅盾、魏金枝、侯金鏡等人的《雜談短篇小說》《短篇小說瑣談》《漫談短篇小說中的若干問題》等文章關於短篇小說的討論。

〔註 6〕黄子平：《論中國當代短篇小說的藝術發展》，《沉思的老樹的精靈》，第 202 頁，浙江文藝出版社，1986 年版。

的。趙樹理對人物、故事、情節的處理，顯示出他以短篇形式「概括」當時農村社會現實的功力和「功利」。沙汀想以小說集《過渡》為「過渡」，轉移、變化自己的寫作風格，試圖找到與時代的「契合點」，但不經意間滲透出的陰鬱和沉重，這反而讓我們眼前一亮，使我們從另一個「側面」窺見時代生活的境況。需要我們格外重視的，則是作家孫犁。僅就短篇小說而論，我們就可以視其為「大師級」的人物。他的小說集《荷花澱》和《蘆花蕩》，堪稱開創中國當代抒情小說先河的經典之作。他將嚴峻、殘酷、慘烈、惡夢般的戰爭生活，寫成一首首如生命抒情詩般的文字，他創立一種至今看來仍然是不同凡響的敘事結構和風格，讓我們在一個個生活「斷面」中感受人性的光芒。所謂「於平淡中見濃烈，於輕柔處見剛強，於兒女風情中見時代風雲」就是對他的短篇小說的一種中肯的評價。在此之後的茹志鵑、林斤瀾和峻青等，分別在他們著名的短篇《百合花》《新生》《黎明的河邊》中，在很大程度上拓展了對歷史「偉大瞬間」的把握視角。在非常困難的情況下，張揚了短篇小說藝術的抒情脈絡，藝術傳達的美學情調，極大地豐富了五六十年代短篇的表現力和美學維度。同時，也給那個寂寥、荒涼的文學年代平添了些許珍貴的亮色。

茅盾是較早意識到短篇小說的結構形態，以及各種小說元素相互關係的理論家之一。他在對當時短篇狀況的評價時，就曾指出「故事比人物寫得好」「在故事方面，有機的結構還比較少見」等問題。這種進入小說本體的小說意識，終究還是超越了當時比較流行的對盧卡契關於長篇和短篇相互關係，以及從反映論的角度分析短篇與社會生活關係的理論。雖然，對中國當代文學來說，五六十年代是「長篇小說的時代」。但短篇小說，卻在一定程度上承擔了文體形式的探索性工作。至少，關於短篇小說的「結構功能」，在那時已經成為作家如何有效處理敘事與生活、情節與思想的修辭策略。我們從孫犁、沙汀、趙樹理、茹志鵑的小說裏，也的確感受到短篇小說的「詩意的萌生」。這在一個重視「現實」「時代精神」，強調政治實用性、文化戲劇性的時期，尚能有如此的藝術思考已屬不易。可以說，作家們的這些努力，形成了中國當代短篇小說的最初表現形態。

可以這樣講，任何時期的小說家的目光，都無不在現實和詩性之間遊弋，他們的筆觸，都渴望在現實世界和文本之間所可能建立的聯繫中找到自己寫作的支點。社會總體的意識形態變化這個因素，卻常常影響和干擾作家對文體的選擇或創造。而某種文體的確立，敘事方式的運用也絕不僅僅是一個修辭學的問題。那麼，對於五六十年代的作家來說，用「生不逢時」和「不幸」，來形容他們那一時期寫作上的困窘和尷尬一點也不為過。

中國文學在經歷「文革」十餘年的「短路」「休克」之後，人們開始普遍喜歡用「突破」來形容、比喻這之後的當代文學的種種「復興」狀態。由於「文革後」文學是緊密圍繞時代的思想解放運動展開的，文學與時代的意識形態的關係依然極為密切。所以，在「新時期」開始的相當長的一段時期，文學還難以輕易地確立自身的獨立品格。短篇小說除了繼續充任「輕騎兵」和「先驅性」角色，配合當代主流意識形態實現新的歷史建構，其自身的革命並沒有開始。像劉心武、蔣子龍、陳世旭、張弦、方之、甚至包括王蒙、張潔、高曉聲等人的短篇小說，都積極參與了以文學的方式清算過去的「文革」傷痛，清除思想障礙，呼喚價值回歸。這一時期，如王幹所言：「短篇小說在特定的歷史時期，可以說在意識形態功能方面發揮了最大值，是短篇小說最輝煌的政治時代。」〔註7〕直到八十年代中後期，藝術啟蒙和文體創新的年代才真正來臨。幾波「潮流化」的文學現象「現代派小說」「尋根文學」「先鋒小說」和「新寫實主義」，使得短篇小說在故事、敘述、語言、結構等小說元素，尤其小說與現實、時代的想像關係等文學觀念、寫作方法，發生了根本性、訴求性的變化和歷練。中國作家終於有機會、也極為自信地開始向著個人經驗、向著語言等藝術感覺層面，進行大膽的借鑒和實驗。這時，王蒙、莫言、馬原、張承志、韓少功、王安憶、殘雪、蘇童、格非、余華等都是短篇小說的有力探索者。他們在一個更為複雜的社會文化背景和話語語境中，在曾經處於強勢的現實主義和現代主義風行的縫隙中，重新確立自己的敘事起點，紛紛寫出頗具影響力的重要作品。毫無疑問，這個時期，對當代短篇小說這種文體的革命與創新來說，是歷史性的。無論是前者對外國現代短篇小說形式策略的模仿、借鑒，還是如阿城、劉恒、劉震雲、何立偉、鄭萬隆等對本土文化、文學經驗的深刻體悟，短篇小說已經走向了一個文體自覺地時代。

在這期間，出現了兩位無可爭議的短篇小說大師：學養極深的汪曾祺先生和林斤瀾先生。汪曾祺的《異秉》和《受戒》等一系列作品，顯示出與當

〔註7〕王幹：《三十年短篇小說藝術創作軌跡回顧》，《文藝報》2008年7月24日，第3版。

時文壇語境大相徑庭的「異質性」特徵。同時，它也被認為是對魯迅、廢名、沈從文、蕭紅、師陀開創並延續下來的「現代抒情小說」一脈源流的賡續。〔註 8〕其小說的語言、意境、氣韻、結構，都令人耳目一新，味道醇厚，清雅耽美。我認為，倘若僅從短篇小說文體這個角度考慮的話，汪曾祺的意義，還在於他以身體力行的短篇小說寫作，使這一文體的本體內涵和美學功能獲得精彩、睿智的闡釋，並給當代小說提供了一種深厚的文化精神和歷史積養。這些，在後來的許多文學史敘述中曾得到極高的評價。林斤瀾先生是一位對短篇小說有獨特理解、有藝術膽識的作家。不誇張地講，名之為「系列小說」的《矮凳橋風情》和《十年十癔》，是當代短篇小說中最難以模擬、難以企及、更難以界定的小說文本世界。他在小說中有效地處理歷史、現實時空的現代小說技術和筆法，通過人物、情節結構、寓言、意象所建構的一個完整的、象喻性的、有歷史感的世界，其形式的怪誕和先鋒性，都體現出那種無師自通的「後現代」特徵和複雜的文化成分。孟悅認為，無論面對歷史還是現實，林斤瀾的敘述「要給你一個已經變成話語的現實，一個話語中的現實，而不是透明窗外原封未動的現實」「這樣一種位置和選擇，使林斤瀾的作品往往有別一角度、別一種辯證，別一種洞悟。他的作品似乎自然而然地走向了寓言」。〔註 9〕林斤瀾短篇小說語言、結構、意象和種種「變形」藝術，恰恰與這期間出現的「現代派小說」「先鋒小說」形成有趣的映照。我們體味到，兩位先生的藝術感覺出奇之好，從作品的精妙構思到語言風貌，或莊或諧，或記敘或抒情，或含蓄冷峻，或放達空靈，都能看得出是大手筆，絕對是既文備眾體，又自成一家的大家。他們的寫作，推動了當代短篇小說的藝術發展，其對後代作家的影響也可想而知。

實際上，最難描述、或以理論的方式界定的文學時段，是世紀之交的當代中國文學。對於作家而言，這也是當代文學寫作最困難的時期。整個社會價值觀念和體系的劇烈變化，也在很大程度上，影響或者說干擾著作家的寫作方式。文學寫作的發生，生產方式和閱讀日益變得複雜起來。這也直接影響小說文本的形態。從文學對人們精神生活的影響力角度看，文學敘事也歷

〔註 8〕凌宇：《中國現代抒情小說的發展軌跡及其人生內容的審美選擇》，載《中國現代文學研究叢刊》，1983 年第 2 期。

〔註 9〕孟悅：《從歷史的拯救到歷史的診斷》，《林斤瀾小說經典》，第 280 頁～282 頁，人民文學出版社，2005 年版。

史性地遭遇了前所未有的挑戰。一方面，在我們長達二十餘年的社會物質、精神、文化日趨商品化、娛樂化，思維方式、行為方式的巨大轉型過程中，人們的文化趣味和閱讀興致經歷了複雜的變化。可以說，一些作家的心態及其短篇小說的寫作，出現了極其複雜的景象。短篇小說與其他文體一樣，在經歷了二十世紀七八十年代異常活躍、激情叢生的歲月之後，漸漸進入了一個相對成熟、相對自覺但也相對沈寂的時期。另一方面，人們開始普遍對小說尤其短篇小說這種文類表示憂慮、懷疑，以為文學敘事已經走到了時代和自己的敘事困境當中，進而猜測小說這種文類是否走到終極的跡象。很多作家寫作的著力點很「實際」地轉向了長篇，甚至一些在短篇寫作上有著巨大潛力的作家，也放棄了短篇，成為長篇的「專營戶」或是電視劇的寫手。總體上看，作家的想像力、敘事能力都暴露出相當虛弱的傾向。難能可貴的是，仍然有一些有使命感的作家還在有意地嘗試著、積蓄著有效的突圍。數年來一直保持著對短篇小說的摯愛和熱情。只有這樣，一大批優秀的短篇小說佳作才有可能橫空出世。蘇童、劉慶邦、王安憶、阿來、遲子建、阿成，無疑是這個時代短篇小說的聖手，正是他們繼續著短篇小說這一文體在當代的寫作史。

行文至此，我感到，當代短篇小說發展的基本軌跡似乎仍難以理清。我相信，面對豐富、鮮活的文學寫作，任何邏輯的、理論的、概念的釐定都可能是掛一漏萬、蒼白乏力的。短篇小說的生命，似乎與歷史、社會、現實和想像、虛構之間有著說不清的宿命聯繫。真正的短篇大師一定會深深體悟到個中三昧，他們以極好的個人控制力，在有限的字幅裏擺平其中的各個元素，朝思暮思，構思演繹，獨具匠心，不惜為之消耗自己的藝術生命。

就在短篇小說的寫作，正在成為一件非常奢侈的事情，成為文學在我們時代最寂寞事業的時候，蘇童近二十年對短篇小說寫作的堅持或者說是執著，讓我們感受到文學純粹、清晰而澄澈的生命律動。他代表了一種藝術走向，一種更單純的接近藝術本性的途徑。我並不想誇大這種藝術存在在當代的影響力，但蘇童就像八九十年代的汪曾祺和林斤瀾一樣，在紛紜的文學格局中自成一格，書寫沉穩老到又活力四射，是一個極其珍貴的作家「個案」。我們感到，蘇童彷彿就站在中外前輩大師們的身後，揣摩這種文體的堂奧，探索這門藝術的奇妙路徑。那麼，我們現在需要仔細探究的是，蘇童近二十餘年來寫作的一百五十幾個短篇小說，在一定程度上給這種文體注入了怎樣新鮮的活力？他在寫作中究竟克服了哪些敘述的壓力和困窘，拓展想像的維度，為我們時代的審美提供了多少新的可貴的因子？他是如何以自己的探索、實驗，捍衛著短篇小說寫作的尊嚴？在敘事的殿堂顯得日益黯淡的時分，蘇童怎樣抓住了短篇小說寫作的那根燈繩？

三

在中國現當代短篇小說史上，無數的優秀短篇小說都是依據其不朽的藝術審美力量、結構、抒情或寫實魅力，憑藉作者獨特的生命體驗，經過時間的歷練，留下來成為經典。一般地說，短篇小說對作家的寫作來講，較之長篇、中篇文體有著更高的精神要求和技術指標衡定。這不僅需要作家思考世界的功力，對生活進行有效的甄別，個人性經驗的鮮活與豐厚，超越現實的激情和爆發力，而且，需要作家非凡的藝術創新能力。與長篇小說文體相比較，短篇既不容許任何敘述上的拖沓、冗長或渾沌，也不會給你文本表現上時間、空間的闊綽和鋪張。而且，它還要求結構、語言的智性品質。它看似謹嚴、精緻、內斂，實則需要詩意、靈動，鬆弛、隨形賦勢。上世紀八十年代以來，文學已經逐步建立起漸離意識形態規約的審美敘事。所以，小說敘事，尤其短篇小說的敘事方向及其所承載的使命，包括思想性、精神性，就需要更大的獨創成分，而不是一般性的大眾化經驗和感受。並且，藝術上還要不斷地跳出種種模式的制約。所以，說短篇的寫作是寂寞之道，絲毫也不為過。可以說，近些年來，人們對短篇的要求早已是大大高於長篇小說和其他文體的。那麼，這種期待也就給作家的寫作帶來了更大的難度。近年選擇短篇小說的作家，明顯地越來越少。對一些作家來說，長篇、中篇是主業，而短篇則是「副業」，成了偶而換換口味、放鬆自己的一種調劑。這也是世紀之交短篇小說在整體上呈現頹勢的主要原因之一。

蘇童短篇小說寫作的價值和意義，正是在這樣的話語情境下愈發地顯示出它的魅力和力量的。

從某種意義上講，蘇童的短篇小說，作為一種藝術存在，在當代小說史上具有特殊的意義。其實，從很早的時候開始，蘇童對短篇小說的精心結撰，對短篇小說形式感的追求，就已經遠遠地超出了「表現生活」的主題學限制和範疇。「先鋒小說」的潮頭和命名之後，蘇童的短篇小說就具有自己的個性特徵。構思奇特，想像力豐富，質量上乘，體現了與「潮流」迴異的風格風貌。尤其短篇小說的寫作，後來漸漸成為他自覺的意識和選擇。蘇童似乎竭力要通過短篇小說來表達他的敘事美學和藝術哲學。特別是一九九八年以後，蘇童主要的精力都悉心傾注於短篇小說的創作上。他曾多次表示：「我寫短篇小說能夠最充分地享受寫作，與寫中長篇作品比較，短篇給予我精神上的享受最多」「我覺得很多短篇我可以用成功來形容」〔註 10〕可以這樣講，蘇童在短篇的寫作中，才真正地發現、找到了自我。他的短篇寫作，彷彿始終在一種特有的自我感覺、情緒和節奏中進行。像《祭奠紅馬》《小偷》《巨嬰》《向日葵》《古巴刀》《水鬼》《騎兵》《白雪豬頭》《西瓜船》《拾嬰記》等一大批作品，寫得極其自由、自信，輕鬆、灑脫而從容，其極好的敘述感覺，精緻的結構，想像的奇特，故事的魅力，現代文人的唯美話語，這些，業已形成了獨特的美學形態，他對敘述的有效把握、控制，使他的短篇越來越接近純粹現代意義上的小說，確為當代短篇小說中所罕見。在他的幾部重要的長篇小說《我的帝王生涯》《城北地帶》《米》和《碧奴》中，儘管這些作品宏闊的構思凝聚著一個小說家的出眾的才華和智慧，但我們仍然能從中強烈地感覺到他短篇小說的敘述功力，對他精緻、謹嚴而考究的結構的影響痕跡。也許，我們會不約而同地說：這個長篇小說的作者必定是一位短篇寫作的高手。

關於小說藝術，蘇童曾不止一次地表達過他的敘事目的和敘事姿態：「我是更願意把小說放到藝術的範疇去觀察的。那種對小說的社會功能、對他的拯救靈魂、推進社會進步的意義的誇大，淹沒和扭曲了小說的美學功能。小說並非沒有這些功能和意義，但對於一個作家來說，小說原始的動機，不可能承受這麼大、這麼高的要求。小說寫作完全是一種生活習慣，一種生存方式」〔註 11〕這無疑是一種非常放達、樸實的小說觀，這種對小說的理解更接近文學的本性。當然，我們的社會也需要滿懷憂憤、勇於以文學的形式振臂一呼、披肝瀝膽的時代寫手，發出獅吼雷鳴之聲，這是文字的大力神。但是，以曲折的作品情境，透射人生，隱喻世界，闡釋存在哲學和獨特體驗，寓深度、深刻、深厚於平淡、平靜的敘述，同樣能開啟人們的靈魂之門。蘇童無疑選擇的是後一種方式。這也就決定了蘇童小說寫作的精神起點。這也是蘇童寫作形態、作品形態與眾不同的主要原因。

〔註 10〕蘇童、王宏圖：《蘇童王宏圖對話錄》，第 185 頁，蘇州大學出版社，2003 年版。

〔註 11〕林舟：《蘇童——永遠的尋找》，《中國當代作家訪談》，第 81 頁，海天出版社，1998 年版。

從短篇小說的結構功能角度看，蘇童較早就意識到短篇小說的技術要求，重視作品的內在力量和外部形態之間的關係，努力發掘小說結構的彈性和張力。而且，他不是將其視為簡單的敘事技巧問題，而是對短篇小說這種文體有相當理性和充分的認識和把握。面對這種文體的時候，蘇童是敬畏和謙卑的。他認為，「談短篇小說的妙處是容易的，說它一唱三歎，說它微言大義，說它是室內樂，說它是一張桌子上的舞蹈，說它是微雕藝術，怎麼說都合情合理，但是談短篇小說，談它的內部，談論它的深處，確是很難的。」〔註12〕短篇小說，在一定程度上，也像詩歌一樣，其本然的品質注定了它較高的藝術含量，它是要「戴著鐐銬舞蹈」的。汪曾祺先生對短篇小說的理論和創作，都是身體力行的實踐者。他認為短篇小說藝術的精髓是空靈和平實，是恬淡、瀟灑、飄逸。〔註13〕看得出，蘇童的短篇小說基本上是與這種理念和感覺相契合的。總體美學傾向上的內斂、含蓄、和諧，以及不同文本所透射出的或詭譎、或清晰的種種人生況味顯現著藝術的曠達和幽遠。

這裡，我要特別強調的是蘇童短篇小說的語言。我認為，語言不僅決定了蘇童小說敘述的方向，也決定著蘇童短篇小說藝術的形態和風貌。

在當代作家中，有成就、有影響力的作家一定是非常重視語言的作家。從孫犁、王蒙、茹志鵑、汪曾祺、林斤瀾等，到賈平凹、莫言、王安憶、王朔，再到蘇童、格非、阿來、遲子建、李洱，莫不如此。我想，一個作家終其一生都在與語言搏鬥。小說究竟是語言的藝術，小說家在語言上下工夫是必不可少的、終生不能偷懶的。如汪曾祺先生所言：「一般都把語言看作只是表現形式。語言不僅是形式，也是內容。語言不只是載體，是本體。思想和語言之間並沒有中介。世界上沒有沒有思想的語言，也沒有沒有語言的思想。讀者讀一篇小說，首先被感染的是語言。我們不能說這張畫畫得不錯，就是色彩和線條差異一點；這支曲子不錯，就是旋律和節奏差一點；我們也不能說這篇小說寫得不錯，就是語言差一點。這句話是不能成立的。語言不好，小說必然不好。語言的粗俗就是思想的粗俗，語言的鄙陋就是內容的鄙陋」。〔註14〕語言不好，小說必然不好，這是一位小說家的切膚之感和肺腑之言。

〔註12〕蘇童：《桑園留念．自序》（蘇童短篇小說編年卷一），第1頁，人民文學出版社，2008年版。

〔註13〕汪曾祺：《晚翠文談新編》，第284頁，生活．讀書．新知三聯書店，2002年版。

〔註14〕汪曾祺：《晚翠文談新編》，第83頁，生活．讀書．新知三聯書店，2002年版。

語言是文化的表徵，也是文化的內涵。可見，語言問題，是一個作家寫作的最根本的問題。小說家的語言是寫作的基本功，是內功，並且有天分和後天的感悟共同參與在其中。語言是構成小說敘事美學、風格個性的關鍵性因素。而一個作家在短篇小說的寫作中尤其如此。短篇小說的語言表現方式及其風貌，對作家是一個巨大的挑戰和考驗，是每一位寫作者必須面對的問題。短篇小說的語言究竟應該是什麼樣的？如何講述故事和人物？每一個短篇都需要創造、擁有什麼樣的敘述氛圍？這些都是短篇小說寫作的關鍵性問題，決定著短篇小說敘述的成敗。我覺得在這方面，蘇童是解決得非常好的。蘇童的寫作，一上手就解決了語言的問題，似乎他沒有練筆的過程。語言在他的筆下，近似一種流淌。早在他的短篇《桑園留念》《祭奠紅馬》，中篇《妻妾成群》《紅粉》中就體現出他小說語言方面的天賦。他的語言是一種始終貫注於字裏行間的美學氣韻，不僅極大地擴展了短篇小說表達的話語、意識邊界，而且，作家的心理體驗、文學感覺、想像的故事、人物的情緒情態、敘述人的感受在文字中相互依傍、相互滲透。語言單純、乾淨，甚至沉溺，語流隨著故事、人物和敘述人的意緒起伏波動。句子與句子之間，相互推動、逼仄，體現著邏輯而規整的語言質地和敘述聲韻。這種敘述語式雖然在一定程度受到像塞林格、福克納、博爾赫斯等人翻譯小說的影響，但蘇童主要還是通過語言所建立的「抒情性」和「古典性」，以及漢語獨特的「只可意會，不可言傳」的美妙「通感」，避免了句子的「歐化」意味，形成了自己的「蘇童式」文體。他大量短篇小說文字中的詩性品質，早已超出了一般性語言技巧，關乎著敘述、結構、意象乃至故事和人物形態。這方面，我覺得蘇童潛在地受到林斤瀾和汪曾祺的深度影響，後者在短篇小說表現出的獨異的諸多藝術元素，都可能構成蘇童寫作的機緣和生長點。我們分明已在這些短篇文本中發現了它們與「矮凳橋系列」、和《受戒》《異秉》《大淖記事》等文本上的某種呼應和精神因緣。在這裡，我們可以用「沉潛的神韻」，來描述和概括自孫犁、汪曾祺、林斤瀾、阿城、蘇童、劉慶邦、阿來、遲子建這一脈當代短篇小說大家的精神傳承和文體延續。也許，這更是一種以語言為主體和中軸的文化的積澱。我們不會忘記，作為出生於南方蘇州的作家蘇童，他還要在他的文字敘述中與地域性極強的方言、口語進行「對抗」，在小說文本中建立起自己的具有現代漢語魅力的語言修辭。這無疑是對他寫作的又一種考驗。

關於蘇童小說的語言和濃鬱的抒情品質，近些年來陳曉明、王幹、朱偉、阿城、洪子城、王德威等學者和作家，都已有不少的論述和精到的闡發。他們認為，「蘇童小說的抒情風格，不是實驗性技巧或狂亂的語法句式表達的結果，它是故事中呈現的情境」「蘇童創造了一種小說話語，這就是意象化的白描，或白描的意象化」〔註 15〕其實，蘇童敘述語言在短篇小說有限的結構裏，創造出的特別的語境、意境和情調，以及敘述帶給短篇小說的綿密通透又疏朗的質地，唯美、頹敗、感傷、宿命的氣息，非啟蒙、越出某種意識形態話語規約的抒情語態，都是當代短篇小說中極為少見的。這也是蘇童有別於前輩作家的獨到之處。像《櫻桃》《白雪豬頭》《橋上的瘋媽媽》《拾嬰記》《哭泣的耳朵》《二重唱》等都是這方面的佳作。我覺得，其中有很重要的一點，就是短篇小說雖然看上去篇幅簡短，規模相對很小，但內在的涵泳豐厚，有許多複雜性包含在裏面。讀罷掩卷，又會感覺到小說好像回歸到一個很簡潔、很單純的境地。這也許就是短篇小說的勁道。他彷彿極富生氣，元氣也異常豐沛，尤其是想像力的力量，使得他能恰當地把有限的構想推倒無限。蘇童不惜精力，在敘述方面投入很大的力量，精心結撰意象和營構情境，通過敘述找尋語言與生活、存在相對應的結構，使自己和讀者都能夠更換一種方式去面對事物，這樣，詩意的文本，就必然會創造出一個有別於普泛經驗的小說世界。而且，我們更早在《沿鐵路行走一公里》《木殼收音機》《一個星期天的早晨》《犯罪現場》《像天使一樣美麗》《稻草人》等文本中還看到，蘇童不僅賦予人物基本的、必要的動作，鋪設詭異的場景，隱現空靈的意象，凸現強烈的主觀感受，還加大作品整體的容量。死亡、暴力、荒誕、悖謬、苦難、病態、孤獨、惆悵等母題，大量進入小說表現的視域。這些複雜的內涵因素，就會對文學敘述話語提出更多、更高的要求，這已經遠非是上世紀五十年代至八十年代中前期單一的二元話語所能呈現。在他近年結構最獨特的短篇小說《西瓜船》中，他成功地在一個短篇結構中完成了對於兩個語境或

〔註 15〕我認為，陳曉明的《無邊的挑戰——中國先鋒文學的後現代性》（時代文藝出版社，1993 年第 1 版；廣西師範大學出版社，2004 年修訂版），是最早關於中國 20 世紀 80 年代「先鋒派」以及蘇童、格非、余華為代表的當代小說敘述話語轉型研究的權威著作。王幹的《蘇童意象》（《花城》1992 年第 6 期），《論格非、蘇童、余華於術數文化》（《當代作家評論》1992 年第 5 期），王德威的《南方的墮落與誘惑》（《讀書》1998 年第 4 期），張清華《天堂的哀歌——蘇童論》（《鍾山》2001 年第 1 期），都是近些年來蘇童研究的重要文章。

故事的講述。前半部分是一個殺人的暴力故事，後半部則是一個助人的溫暖的故事。這篇小說，將短篇小說結構和語言的內在變化做了有效的嘗試，敘述人話語、人物、故事在一種特殊的結構裏達到了和諧。小說語言超越日常話語、傳統文學語言所造成的陌生化效果，將具有歷史的、具體的、直覺的、道德的形而下內容，引入超驗性體悟，並被婉約、神秘或輕曼的話語講述、推衍，形成一種蘇童式的「現代文人話語」。可見，對一個短篇小說作家來說，語言對短篇的結構和整體藝術形態這種重大的影響和制約，差不多也是一種宿命式的存在。只有對事物、存在進行詩性的把握，才能激活現代漢語的光芒，並且最終不為任何文體的侷限所囿。

若要回溯當代作家的短篇小說寫作與自身生活經歷、經驗，尤其是與早期生活的關係，蘇童恐怕還要算非常切近或貼切的一位。二十世紀六十年代中國少年的生活，可以說是一個無愛的歲月，沒有自我人格，人性基本被絞殺掉了，更沒有詩意和神聖，生活和生命本身盡是精神的迷惘、靈魂的虛空。蘇童之所以對那些故事極度沉溺，主要源於他想像、重構生活的激情和虛構生活的能力。具有虛構能力，在現實之上自行建構一個存在，這的確是蘇童、格非、余華這一代作家所具有的天分。〔註 16〕蘇童一定是懷著「對舊時代的古怪的激情」，在這一個個可憐、乾枯的故事中，還原出不可思議的與那段歲月切近的苦澀和悵惘。顯然，蘇童不是從某種觀念或文化的繼承上創造短篇小說的藝術文本，而是從獨特的生命體驗中，從自然、自我、自尊的氣質中，找到了自我的文學表達式。

蘇童的短篇小說，幾乎都以「香椿樹街」「城北地帶」為敘事背景。從第一個短篇《桑園留念》開始，蘇童就「陷」在這條街裏「不能自拔。儘管後面的作品在技術上不斷變化和「騰挪」，寫得愈發精緻、飄逸和靈動，但這一系列作品所散發出來的氣息，敘述中可觸可感的甚至有些粗糙的「毛面」，都彌散、灌注於後來的大量短篇小說中。有意味的是，只要蘇童的筆一旦觸及到這個經典的南方背景，就彷彿靈光四射。尤其在短篇小說這種文體中，更加遊刃有餘，揮灑自如。由此可見，經驗的可靠，必然帶來虛構和文字表現的自信和從容不迫。蘇童也就能夠更好地控制住自己寫作的節奏。當然，這也不免會給他帶來負面的影響。由於蘇童始終是在一種文人的常態裏寫作，

〔註 16〕王安憶、張新穎：《談話錄》，第 243 頁，廣西師範大學出版社，2008 年版。

因此，也就難免那種不由自主地對生活的藝術外飾，這種意識也就不可避免地帶來較重的匠氣，甚至伴隨敘述的自信和優越而來的「貴族氣」。許多動人、委婉和含蓄的故事，彷彿都留有絲絲縷縷的雕琢痕跡，裹脅在一種獨有的敘事秩序裏。再加之蘇童語言、結構和敘述上的乾淨、整潔、精緻，特別是他長達二十幾年的短篇寫作，尤其九十年代中後期以來徹底職業化的寫作狀態，對他的寫作就形成了一種新的挑戰。好在蘇童不是王安憶所說的那種「很快就能把經驗變成文字的人」，〔註17〕他所篤信的是，真正的藝術是千錘百鍊和磨礪的結果，真正的藝術都像格律詩、短篇小說所要求的，要「帶著鐐銬舞蹈」。這更符合他的心態和藝術旨趣。「原汁原味是藝術的鐐銬，但是藝術之所以成為藝術，必不可少的恰好就是這副鐐銬。我們讓人類的思想自由高飛，卻不能想當然地為藝術打開這副鐐銬。藝術的鐐銬其實就是用自身的精化錘鍊的，因此它不是什麼刑具。我們應該看到自由可與鐐銬同在，藝術的神妙就在於它戴著鐐銬可以盡情地飛翔。」〔註18〕其實，個性化風格就是這樣形成的。近年來令人欣喜的是，蘇童的短篇小說越寫越平實、樸素，他更加充分地意識到，只有「貼」著現實、「貼」著生活，並修煉敘事的節制、約束和自控，想像的翅膀才會更自由的飛翔。

無疑，蘇童寫短篇小說始終是極其自信的。所以，我們就期待蘇童寫出更多的他感到非常自信的短篇小說，雖然他從未想過或意識到中國當代短篇小說的發展，與他的短篇小說寫作有什麼直接或間接的關係。正如王安憶所說的，蘇童屬於經歷特別旺盛的那一類人，他肯定會一直寫下去。他在今後漫長的寫作行旅中，也許會寫出很差的東西，但並不妨礙他繼續寫出非常好的小說。〔註19〕那麼，就像吳亮說「真正的先鋒一如既往」一樣，我們是不是可以這樣講，真正的短篇小說大師也應該是一如既往的。

〔註17〕王安憶、張新穎：《談話錄》，第44頁，廣西師範大學出版社，2008年版。
〔註18〕蘇童：《蘇童散文》，第204頁，浙江文藝出版社，2000年版。
〔註19〕王安憶、張新穎：《談話錄》，第247頁，廣西師範大學出版社，2008年版。

第二輯

小說的氣象——汪曾祺的短篇小說《受戒》

凡是傑出的作品，好的文字，一定有一種氣象在裏面。大家的文字，大家的構思、結構、脈絡，行文處處，不論按現在流行的說法，是「虛構」還是「非虛構」，也不論所敘述的事物是大還是小，更不必說是論述還是敘事，還不論文章之短長，都會有一種氣象在字裏行間擴散、聚斂、張揚或流溢，或左右逢源，遊刃有餘，或雲波詭譎，出神入化。即使不能夠做到「氣蒸雲夢澤，波撼岳陽城」，也可能會如釋迦的說法，霽月之在天，莊嚴恢弘，清遠雅正，或者寬厚柔和，平實通暢。最深邃的道理，被做出最樸素的鋪排，藝術想像力獲得高度的解放，神異而美好的心象，凝聚其間。其實，小說也是如此。好的小說敘述，必有令人欣喜、欣慰的氣象。氣象的有無，決定了文本的生命；氣象的大小，源自寫作者心象、城府的寬窄。這裡面就不僅僅是單純的敘事美學問題，最終，還是氣象決定文字的境界，即使確有我們常說的「神來之筆」，實則也必定是由作者實實在在的感悟力、文化心理狀態使然。許多寫作者都懂得這個意思，但真的想逼近此境，卻是件很不容易的事情。現在，如果問我，我們這個時代的寫作和文學，究竟缺少什麼的話，我覺得所欠缺和遺失的就是我們文章裏的氣象。這不是現代文明的產物，而是具有高貴的文化價值體系浸染下的人文彈性、精緻意趣等品質和智慧結晶。

在我的閱讀記憶裏，上世紀八十年代，汪曾祺的小說《異秉》《歲寒三友》《受戒》和《大淖記事》等作品一出現，讓人們眼前一亮。其敘事文體、氣韻、格調都立即顯示出與眾不同的形態。大家齊聲說好，但究竟為什麼好，當時並不能馬上說得清楚。現在看來，不僅僅是小說形態獨特的問題，其實，這裡面蘊藏著一種其他作品所不具備的氣象，特別在那時，尤為彌足珍貴。

什麼氣象呢？文化。我並不是說，那時候出現的其他許多小說中沒有文化的蘊藉，況且，這其中的文化究竟是什麼，我也一時說不清楚。只是強烈地感覺到汪曾祺的小說，是極其地道的文人小說。它的語言、敘述，結構，或者說組織，完全迥異於諸多小說的敘述方式，一樣講故事，寫人物，一樣地呈現事物和場景。在汪曾祺的小說裏，卻有一條不會被輕易覺察的經絡絲絲縷縷，細微的鋪展，舉重若輕的描述，耐人尋味的氣息彌散著，而這個經絡，則是由一種特殊的「邏輯」統攝、牽動著。這個「邏輯」，就是傳統文人判斷、解析、理解事物和生活的心理邏輯：率性、睿智，深藏在樸素的文字裏。樸素到極致，便清正、雅致到極致。正是這種所謂邏輯，使得汪曾祺的小說呈現了另一種體態、形貌。在那個時期，與汪曾祺寫作形態頗為接近的，還有一位當時的青年作家阿城。我總覺得，阿城的《棋王》《樹王》《孩子王》和《遍地風流》裏的文字，與汪曾祺小說的氣度、氣象以及「腔調」都非常近似。從一定程度上講，汪曾祺和阿城的小說，自覺或不自覺地撞開了當代文學的一扇門。這扇門，緩衝了文學敘事與意識形態之間的尷尬，還原了小說理應具有的世俗品質。敘述之美開始以極其樸素的面貌呈現出來，使得小說更像小說，或者說，這種小說，讓我們見識了究竟什麼是小說。

而小說作為一種通過虛構建立、完成的文體，就需要某種「異秉」，來覆蓋、重構我們非常熟悉的日常生活，而且同樣不被察覺。個性蘊涵在文字的氣理之中，別有一番韻致。這種「異秉」，實際上就是富於個性化的文化素養。因此，迄今，也沒有什麼人敢輕易給汪曾祺的小說進行「定位」，肆意將其歸到某一類當中去，只能小心翼翼地面對它。對於汪曾祺來說，其寫作的「異秉」在哪裏呢？早有人想發掘汪曾祺創作與他生長的故鄉——江蘇高郵的某種聯繫。這個有很深的古文化淵源的地方，歷史上頗有些「王氣」的所在，雖說「王氣」絲毫也沒有鑄就汪曾祺的「王氣」「霸氣」。相反，平和至極的汪老，倒是在相當大的程度上沾了這個古文化中心區域的地勢和性靈之緣，「地氣」則使得他對歷史和生活的感悟，獲得了一種獨到的文化方位和敘述視點。一個人的寫作，一旦擁有了屬於自己的精神「方位」和敘述視點，才有可能形成與眾不同的氣勢、氣脈、氣象。而且，他對文字輕與重，把握也極其到位，彷彿天然渾成，敘述裏總有一個目光，起起伏伏，不時地射出神性的色澤。雖然在裏面還看不到那麼明顯的哲人的影子，但是，汪曾祺對生活、存在世界的體味都非常自然地浮現著，敘述的單純性，涵義的適量，像是有一股天籟，無需用文字刻意地給生活打開一個缺口，使生活的運轉在某種手工操作之下，而是現實世界本身，就有許多裸露且沒有遮蔽的形態。在汪曾祺的文字，你看不到絲毫的焦慮，生活在他的筆下也就不顯得臃腫，形態飄逸、輕逸但卻紮實牢靠，不折不扣。無論他敘述的是什麼題材和人物，都非常乾淨，細緻、自然。這恐怕是緣於他對事物的態度——不苛求，不抱怨，不造作，可謂是有甚說甚，崇尚簡潔，清晰、明確，還有不同尋常的藝術感覺和功力。生活的結構，在文本中從不閃閃爍爍；對俗世生活，有調侃、戲謔，也有嚴格的批判；在另一方面，也蘊藉浪漫的飛揚，使作品具備了令人尊敬的品質。有時候，時代、社會的面貌在敘事裏經常顯得模糊，難以辨認，但正直的人性始終堅實地存在，生活、生命的存在形態，消長枯榮，具有超然於政治、社會、意識形態的定律，其中蕩漾著恒久、持續的經典氣息，呈現出活潑的表情。正是這樣的文字，才會讓我們拿起來放不下，既令人沉浸、享受把玩，又常讓我們對生活世界恍然間有所感悟。也許，真正是樸實到了極處，才會境界全出，閒話閒說，大道至簡，大雅小雅，從容道來。即便是俗世的雲影水光，都會帶著神韻。

那麼，汪曾祺小說的氣象和個中滋味在哪裏呢？當然在小說娓娓道來的文化氤氳裏。敘述間隙，都會擠出山南水北、風物井然的情致。一唱三歎中，沉鬱抒情，氣定神閒，文化規約籠罩其間。在這裡，我只想以《受戒》為例，重溫、體會汪曾祺短篇小說所呈現出的不凡氣象，真切地感受他的短篇小說「小故事大智慧」的藝術境界。

《受戒》堪稱汪曾祺短篇小說的代表，也是中國當代文學不多見的、具有濃鬱傳統文化流風遺韻的敘事文本。雖然，數年前，汪曾祺先生踏著薄暮平淡遠去了，但他的文本仍平靜地置放在文學的靈地。偶而翻起來重讀的時候，內心的幾許沉重，常常被他精妙絕倫的文字和情境所牽動。漸漸生發的踏實、輕鬆的閱讀快意，真地能讓我們進入到汪老歷經滄桑之後，他作品傳達的人事百相。那是除淨了火氣的，澄澈練達，隨風潛入夜地滲透進骨子裏的文人氣質，我們慣常難以感受到的文字氣象也必然由此而出。

其實，從一定角度看，《受戒》更像是一個奇異的愛情絮語，或者溫暖人性的春夢。它冷不丁地出現在上世紀八十年代，令讀懂和讀不懂的人們都有些咋舌。一開始，就會立即感受到它的好，卻又說不清它好在哪裏，也許好的作品都無法立即說出它好在什麼地方。確切地說，這個小說，與當時的環境明顯是不契合的，或者說是多少有些齟齬和錯位的。因為，這篇小說的美學趣味，與那些所謂「傷痕小說」「反思小說」甚至「尋根文學」都大相徑庭，根本上不是一回事。甚至可以說不可同日而語。在上世紀七十年代末和八十年代中前期，文學所處的環境，那種熱火，非今天可以比擬，實在是後來者難以想像的盛景。而人性和文學被壓抑了許多年，出現井噴是正常的。但是，「噴發」到何處，如何「噴發」現在回想起來，當時還是有些凌亂駁雜。最主要的問題，作家們更多的顧及政治、思想意識層面，包括精神、情緒性的內容，審美化被普遍忽視，甚至都無法做到「政治生活審美化」。而《受戒》的題材和寫法，沒有回顧歷史，沒有批判現實，也沒有後來盛行的「現代主義」。我們能體會到，在汪曾祺的文學觀和作品裏，始終貫穿著一種根深蒂固的意念，那就是他將歷史視為戲劇。雖然人人難以擺脫現實，難免歷史干係，卻並不是人人都願意被裹挾到歷史的漩渦中去。汪老判斷事物清楚，性情隨和，所以，他虛構小說，自然不會將歷史政治化，也不會將戲劇當成現實本身。在 1980 年代，他選擇寫一個小和尚的故事，來表達他對人生、現實生活的感悟，確實是讓人們感到意外的事情。或許，俗世的戲劇性，最貼近真實，也會產生最具有「間離效果」的文本力量和韌性。一種看似很絕對化、有些神秘的事物，若被很任性、率性又很灑脫、輕鬆地表現出來，會是什麼樣子呢？

不能不說《受戒》是一篇極其講究、幾乎看不到技術的精緻佳構。至今，我們翻閱近六十年來的短篇小說，《受戒》確實堪稱經典，它早已經超越了它所寫作的年代，是為數不多的、難得的、具有多重可闡釋性的傑出文本。

寫一個剛出家的小和尚的生活，會有什麼意思出來？而且，讓俗中透出美好和詩意，更是一個有趣的選擇。一個剛出家的小和尚，在受戒剃度前後的生活會是什麼樣子？這些，我們也許可以想像得到，但一個小和尚開始戀愛了，在他身體健壯、發育的時候，身心的變化是怎樣的？他出家前後周遭特別是家人的心態又是怎樣的？這就變得有些懸念了，也使故事立刻變得有意思起來。那麼，怎麼寫呢？寫和尚們的日常生活看似容易，可以做工筆描繪，刪繁就簡。但若能把握住內在心理，寫出人物的命運感，體現出特定的存在維度，並做出富於美感的捕捉，顯然不只是筆力的問題，其一定是一個哲學問題，文化問題。汪曾祺的敘述是智慧的，他寫明海的出家很簡單，如同一個到了年齡來選擇一個普通的可以謀生的職業：「他的家鄉出和尚。就像有的地方出劁豬的，有的地方出織席子的，有的地方出箍桶的，有的地方出彈棉花的，有的地方出畫匠，有的地方出婊子，他的家鄉出和尚。人家弟兄多，就派一個出去當和尚。當和尚也要通過關係，也有幫」。明海的家人，就是因為當和尚有很多好處，可以吃現成飯，可以賺錢，將來也攢夠了錢可以還俗娶親，才決定讓明海去做和尚的。小說寫明海與小英子的初戀也是很簡單的，他們之間萌生出感情是自然而然的，悄然而至的，由生而熟，由近而親，不造作、不誇張，也不做過多的渲染和鋪排；寫和尚們的日常生活也是簡單明瞭的，吃、喝、賭，攜良家婦女私奔，也殺生，也超度，「酒肉穿腸過」，佛祖在何處？散漫、隨便，不拘泥，寫起來一點兒不避諱，不隱藏，不評價；寫他們論資排輩，該有秩序的時候，格外分明，毫不含糊。

小說表面上是寫一個小和尚與一個小姑娘的情竇初開，觸情生情，也寫一群大和尚的日常生活。實際上，是寫一種生命形態，對於他們存在理由和現實依據，卻並不想說明什麼，但分明已經說出許多常人的「難言之隱」。

可見，汪曾祺用最簡單、最自然的敘述，來敘寫景物、寫人、寫意，動、靜之間，消長平衡，對人物的性情、欲望更不事張揚，不駕馭，運筆也不壓制，所以，故事敘述的自然，可謂順水推舟，如影隨形，人物貼著故事，故事牽動起人物，流水一般，不生澀，不黏滯：

明子聽見有人跟他說話，是那個女孩子。「是你要到荸薺庵當和尚嗎？」明子點點頭。

「當和尚要燒戒疤嘔！你不怕？」

明子不知道怎麼回答，就含含糊糊地搖搖頭。

「你叫什麼？」

「明海」

「在家的時候？」

「叫明子」

「明子！我叫小英子！我們是鄰居。我家挨著荸薺庵。——給你！」

小英子把吃剩的半個蓮蓬扔給明海，小明子就剝開蓮蓬殼，一顆一顆吃起來。

大伯一槳一槳地劃著，只聽見船槳撥水的聲音：

「嘩——許！嘩——許！」

小說的文字本身不輕佻、不婉轉、不含蓄，但卻產生出高度詩化的筆調，也會令人產生不可限制的緬想，這體現著一個作家的精神物理學。汪曾祺自己曾說過，他的小說留給一位法國漢學家的印象是滿紙都是水〔註1〕，汪老的家鄉高郵是江南水鄉，水的影像在他的小說裏隨處可見。溫軟多情，純真似夢，水景夢境，有時綿密，有時明快，結構也輕巧自然，這些，便構成汪曾祺短篇小說獨特的敘事美學。

對《受戒》裏的「受戒」，汪曾祺並沒有肆意想渲染什麼，明海受戒後，小英子隔著護城河呼喊明海，隔日划船接他回去。當明海在一個莊重的儀式之後，與善良、活潑、善解人意的小英子，將小船駛進夢境般蘆花蕩的時候，我們多少能夠體味到現實和夢境之間的纏繞，彷彿有一種文化的力量在微波蕩漾的河水裏衝撞，「受戒」的意思從此就迷失了神秘的色彩，不再是「緊箍咒」，而成了舒張人性的戲妝。讀這篇小說，總體上，會產生「逍遙遊」的感覺。我相信汪曾祺是充分理解莊子的，他從哲學的層面理解莊子，卻從審美的層次顯露敘事的「天運」氣象。他將敘述、故事、人物、語言都引向最素樸的層面。那麼，樸素的結果是什麼呢？就是純真，素和純，是最基本的生命哲學，由此，我們才會進入無偽、無畏的境界。這樣看，明海和小英子的生活裏，還是有許多生命的大大小小的意象在其中。

這裡，我們還必須說到汪曾祺的語言。我覺得，汪曾祺的小說好讀，很大程度上應該歸結於他的語言之好。關於小說語言，汪曾祺也有一段非常經典的話：「我認為小說本來就是語言的藝術，就像繪畫，是線條和色彩的藝術。音樂，是旋律和節奏的藝術。有人說這篇小說不錯，就是語言差點，我認為這話是不能成立的。就好像說這幅畫畫得不錯，就是色彩和線條差一點；這個曲子還可以，就是旋律和節奏差一點這種話不能成立一樣。我認為，語言不好，這個小說肯定不好。關於語言，我認為應該注意它的四種特性：內容性、文化性、暗示性、流動性」〔註2〕。汪曾琪對語言的高度肯定，以及他在自己寫作中的身體力行，並且在他的作品中都基本做到了，這也就注定了他小說的基本美學價值取向和文體風貌。

在《受戒》這篇小說的篇末，汪曾祺還寫下了一行字：「一九八〇年八月十二日，寫四十三年前的一個夢」，顯然，這句話是話裏有話。沒想到，

〔註1〕胡河清：《靈地的緬想》，學林出版社，1994年版，第60頁。

〔註2〕汪曾祺：《晚翠文談新編》，三聯書店，2002年版，第43頁。

在小說的結尾處，他憑空又有意無意地杜撰出一層額外的意思，我想，這肯定不是汪老隨意扔出的一個噱頭。推斷一下，四十三年前，是怎樣一種情形呢？那時，1920 年出生的汪曾祺十七歲，正是明海出家當了和尚已經四年的年齡。對此，後來汪曾祺自己的解釋是：「我的小說《受戒》，寫的是四十三年前的一個夢，那篇小說的生活，是四十三年前接觸到的。為什麼隔了四十三年？隔了四十三年我反覆思索，才比較清楚地認識到我所接觸的生活的意義。聞一多先生曾勸誡人，當你們寫作欲望衝動很強的時候，最好不要寫，讓它冷卻一下。所謂冷卻一下，就是放一放，思索一下，再思索一下。現在我看了一些年輕作家的作品，覺得寫得太匆忙，他還可以想得再多一些。」〔註 3〕我想，這句「閒話」或者說「贅語」還依然帶著汪曾祺的體溫，這體溫也許從幾十年前的夢境傳達而來，迄今，仍可溫暖他的想像，滋養他的文字。因此，我們可以說，汪曾祺小說的氣象是有溫度的氣象，這樣的氣象才溫暖。溫暖，肯定是一種讓人感動的文學品質。沈從文和汪曾祺都反覆強調過這種品質，這是渡盡劫波之後，面對生活苦澀，消解怨憤和不良心緒的一種方法。對此，吳玄曾動情地說：「溫暖是接近於宗教的，是慈悲的，是一種智慧。可是，沈從文死了，汪曾祺也死了，溫暖從當代文學中就消失了」〔註 4〕。所以，從一定意義上說，溫暖是文字有大氣象的大前提。而這篇慢慢寫來的《受戒》，就成了一篇經典的「無主題小說」，成了有濃鬱哲學意味的「形象化了的哲學」，成了寓言。汪曾祺說：「現代小說的主題一般都不那麼單純。應允許主題的複雜性、豐富性、多層次性，或者說，主題可以有它的模糊性、相對的不確定性，甚至還有相對的未完成性。一個作品寫完後，主題並沒有完全完成」〔註 5〕。一篇有大的立意和大的格局的小說，不一定就是大部頭、大設計，重要的是要看它的文氣和敘事心態。很多寫了大場面和大人物的作品，顯得拿不起放不下，敘事斤斤計較，而不能做到心平氣和，心無旁騖。但是，《受戒》就是因為主題和敘事的簡潔、單純、輕快、明朗，又豐富、含蓄和自然的描摹、呈現，沒有噱頭，沒有故弄玄虛，才顯示出汪曾祺的大家風範。

　　這裡面，還需要提到一個所謂「雅」和「俗」的經常糾纏不清的問題。

〔註 3〕汪曾祺：《晚翠文談新編》，三聯書店，2002 年版，第 39 頁。
〔註 4〕引自汪凌著《廢墟上一抹傳統的殘陽》，大象出版社，2005 年版，第 40 頁。
〔註 5〕汪曾祺：《晚翠文談新編》，三聯書店，2002 年版，第 42 頁。

汪曾祺的短篇小說，寫的大多是「俗人俗事」。俗世人生的故事，有時被他寫得淡極了。仔細想想，確如我前面提到的，他的短篇小說「小故事大智慧」的體貌和氣質，常常可以用「落花無言，人淡如菊」來形容。說到底，「雅」原是和「淡」連在一起的，所以，有「淡雅」這個詞。清淡的裝束可以襯托出雅，濃妝豔抹就難免俗，文章的寫作與做人的道理顯然一樣。人的審美趣味各不相同，或雅或俗不可軒輊，但無論雅俗都要正，淡雅中蘊含深沉，就是大雅，就會有歷史感和文化感，就會有「趣」，就會自然天真。關鍵在於，作家的感受力能否能觸摸到平淡裏「意趣」和「理趣」。如阿城所言：「世俗既無悲觀，亦無樂觀，它其實是無觀的自在。喜它惱它都是因為我們有個『觀』……世俗總是超出『關』，令『觀』觀之有物，於是，『觀』也才得以為觀」〔註6〕。汪曾祺會「觀」，他在最複雜的事物中看到了俗世的庸常，也看到了庸常裏的高貴，品嘗到了滋味。在紛擾中能看輕塵囂，以一種非常輕捷、寬鬆的感覺方式，感知並獲得了另一種生命形式。在這「趣味」裏談論雅俗，其實是沒什麼意義的，有關小說的本意，也無需在雅俗之間爭辯什麼是非，雅離不開俗的本體、本位，俗若不暗藏大雅，也必然沒有了自己的形態、存在形式。從這個角度看，《受戒》雖然寫俗世生活，但蘊藏了生命的樸實和品質。沒有什麼人能不尊重生命本身的基本需要和渴望，惟有沿著審美的方向，才會使閱讀保持對文本的充分尊敬，才會最大限度地理解小說的意思，看出小說的氣象來。

因此，我們無法按著一般性的寫實文學的標準來閱讀、體會和研究汪曾祺的小說，我們也很難用所謂現實主義、浪漫主義的美學原則去對它進行價值評判。我感覺，讀出什麼樣的味道和感覺，全憑一種「無功利態度」的個性化審美體驗。這樣，許多關於感受作品、闡釋作品的形而上概念，都會變得蒼白起來。

汪曾祺的文字，常常於不經意間體現那種自然、率真和靈性。無論是虛構的小說，還是散文、隨筆，都埋藏著內在的幽默和戲劇性因素，既質樸、厚實又空靈，既老道，又天真。敘述裏面沒有任何工匠的味道，沒有「製造」的痕跡，但文字又像是成了精一樣的自然、老道、純熟。

這種風格，充溢在汪曾祺的各類文體的文字中。他的許多散文、隨筆抑或稱為小品的篇什，其實也完全可以當作小說來讀。

〔註6〕阿城：《閒話閒說——中國世俗與中國小說》，作家出版社，1997年版，第89頁。

汪曾祺寫過一些人物的印象記一類的文字，最有名的幾篇，是寫沈從文、老舍和金岳霖的。那篇著名的《金岳霖先生》，很短，但邏輯學大師金岳霖先生的形象和精神質地，盡顯無遺。金先生教邏輯學，他上課時要提問，那麼多的學生，他不能叫上名字，聯大是沒有點名冊的，他有時一上課就宣布：「今天，穿紅毛衣的女同學回答問題」。於是，所有穿紅毛衣的女同學就都有點兒緊張，又有點興奮。我們會感到，即使是一篇短文，汪曾祺的敘述仍然表現出自由、靈動和睿智的風格。講述沈從文先生將金岳霖拉去講課，題目也是沈從文出的，講《小說和哲學》。大家以為金岳霖先生一定會講出一番道理，結論卻是：小說和哲學沒有關係。「有人問：那麼《紅樓夢》呢？金先生說，『《紅樓夢》裏的哲學不是哲學。』他講著講著，忽然停下來：『對不起，我這裡有個小動物。』他把右手伸進後脖頸，捉出了一個跳騷，捏在手裏看看，甚為得意」。汪曾祺的文字就是這樣，在平淡、坦率裏滲透出不同凡響的風格和雅致。

《多年父子成兄弟》是寫父子倫理、親情的文字。兩代父子之間的關係，都是穿越了所謂世俗倫理的。父子相互間的關愛與隨和，尊重和任性，在一定程度上的「沒大沒小」，完全可以成為一個現代的，充滿人情味的家庭的最寬厚、和睦的形態。父親喝酒，也會給兒子倒上一杯；父親抽煙，也會一次抽出兩根，每人一支；而且，父親總是先給兒子點上火。這樣的場景，我在生活中偶而會見到，父子之間，儼然兄弟。父親沒有大架子，兒子的頑皮裏潛藏著巨大的敬愛。

汪曾祺還有些寫「吃」的文字，也令許多人激賞，他被認為是中國當代文學中，最會寫吃的作家之一。在《故鄉的食物》裏，在對鹹菜、蘿蔔、鴨蛋等食物的描述中，不僅顯示了他廣博的見聞，更讓我們品嘗到中國文化百變多姿的「滋味」，也讓我們知道了真正的「盛宴」在哪裏才有。而小說的深味，恐怕就在於其「小」，在於舉重若輕。一切敘述，無論我們所喜歡的分門別類的題材，還是那有頭有尾的故事，大大小小的人物，其實無非都是事物，都是存在。只有敘述的智慧，才會讓這些元素都變得氣象萬千，愛不釋手。汪曾祺就是敘述的聖手，他可以讓許多事物都成為事物本身，這裡的一個重要原因，就是他做人和作文，都沒有一點兒架子，沒有絲毫職業作家的強調，從來不將自己端起來。我們在那個時代乃至今天，能夠讀到他博識閒適、疏朗清雅、素樸乾淨的文字，確實是我們的福氣。

小說的「明白」——林斤瀾的幾個短篇小說

汪曾祺說，有的作家自以為對生活已經吃透，什麼事都明白，他可以把一個人的一生，來龍去脈，前因後果，源源本本地告訴讀者，而且還能清清楚楚地告訴你一大篇生活的道理。其實人為什麼活著，是怎麼活過來的，真不是那麼容易明白的。我想，汪老的意思是，作家可能沒有那麼大的本事，能在小說裏把人物和故事講述的極其清楚，無所不知，即我們所說的「全知全能」。也就是說，作者有時候是硬撐著。現在看來，全知全能，不僅是一個敘述視角，它其實是一種敘事態度。許多人都說，林斤瀾的小說不好懂，林斤瀾自己也說：「我自己都不明白，怎麼能讓你明白呢？」〔註 1〕那麼，如此說來，一個作家寫作的態度，可能主要就有三種：一種是他可能「自以為是」地告訴你一切，他知道的以及並不知道的，對於他不清楚的那部分，他往往採取虛構來補足，也就是裝作明白。另一種是對於他想不清楚，沒有搞清楚的，他就「擱置」它們，這就是林斤瀾自己說的，「自己都不明白」，也就沒有辦法讓讀者明白。可以說，這是真不明白。還有一種，作家是有意不讓讀者明白。作者寫的是什麼，心裏非常清楚，但故意閃爍其詞，雲山霧罩，撲朔迷離。

林斤瀾的短篇小說，究竟屬於哪一種呢？我感覺主要是第二種和第三種。就是說，他明白的，寫得有時明白，有時卻故意不寫明白；他自己不想徹底

〔註 1〕汪曾祺：《林斤瀾的矮凳橋》，載程紹國《林斤瀾說・序》，人民文學出版社，2006 年版。

明白或沒有搞清楚的，也就隨它去了。無論是聰明的讀者，還是憨厚的讀者，都要在林斤瀾的敘述道場裏用心用力地折騰一通，才可能試探出究竟。那麼，是林斤瀾先生存心如此，刻意製造閱讀障礙嗎？看上去也不是。

實際上，仔細想想，小說家的使命是什麼？他對自己的敘述，或者說，他對自己所創造的文本，究竟應該承擔什麼樣的責任？對於一個作家的內心與文本間的內在關係，應該怎樣判斷和測量？哪些敘述是自覺的？哪些想像和描述具有強烈的不可遏止的虛構性？這個話題其實是非常複雜的。既涉及作家的審美觀，也牽扯到作家的世界觀。

我們還是結合具體的文本來看。

《溪鰻》和《丫頭她媽》是林斤瀾比較早的兩個短篇。這兩個短篇像是姊妹篇，幾個人物之間聯繫密切，相互纏繞。故事看上去很淡，卻有很大的蘊涵。而《溪鰻》就像是前面提到的，介於第二種和第三種之間的寫法和形態。寫法上，既想讓人們看懂個中滋味，卻又不會輕易揣摩出內在的真正寓意和玄機。其實，這一點，對於敘事具有極高的要求，需要智性和技術含量滲透在裏面。

《溪鰻》只有約萬餘字的篇幅，卻幾乎要寫出兩個人的一生。三十餘年的人生，在幾個情節和細節的閃回中，隱隱若現。我認為，林斤瀾在這個小說裏所要採用的，是一個「既是又非」的結構。這是一個由「是」與「非」虛實相生的隱性結構，令文本飄忽繚繞，含糊與明晰，許多意蘊雜陳其間。整體上看，作家到底要告訴我們什麼，還真的無法一時判斷出來。作家表達、表現得也並不清晰，他明顯是有意讓我們陷入一種迷惑之中。整個文本，就彷彿一個多謎底的謎面。袁相舟本是溪鰻一家的鄰居，作者就借了他一雙眼睛，來看溪鰻一家的生活狀態，並且讓他幫助作家去回顧這對夫婦的來龍去脈。讓我們在虛實相生的場景裏，觸摸到生活最真實的柔軟和堅硬。溪鰻這個女性，與一個禍不單行、不斷倒楣的鎮長之間，究竟存在著怎樣的關係？作者一直不明說。溪鰻在選擇一輩子照料這個癱子鎮長的時候，到底下了多大的決心？林斤瀾通過一個小鎮的平凡女人，是想告訴我們什麼？故事講述的簡潔而平靜，踏實而細緻，其間，作者有意省去許多應該交代的「關鍵詞」而留白一片。比如，孩子究竟是誰的？這個鎮長接二連三的倒楣，包括莫名的「癱」下來，都沒有細說原委，但我們卻能夠從中感知到，些許時代風雲在小鎮的隱隱振盪，鎮長個人命運的起伏跌宕，都成為敘述中故意隱藏的一些秘密。

溪鰻的「能」，與倒楣鎮長的「衰」，被反差極大地呈現出來。溪鰻這個人始終處於平衡的狀態，鎮長卻一直是「失衡」的，向下走的。開始的時候，兩者的關係，貌似「對峙」的狀態，接著則是若即若離的，再後來便是膠著的。這種「膠著」，還暗含些許命運多舛的無奈和冷寂，澀澀的，泛著隱隱的悽楚。也許，人與人之間就是在一種不平等、不平衡的狀態裏，才明白更多的人生況味。

林斤瀾在寫作時，對社會現實、倫理、家庭、風俗和性，似乎都有許多處心積慮的思考。在他的小說裏，所謂「主題」也必定是多元的，沒有明顯確定的指向。而且，它的呈現，是「淺嘗輒止」，點到為止。這種「淺嘗輒止」，就是作者對故事和人物的敘述，都有「保留」和「預留」。人和故事不斷有「機變」「空缺」和「留白」，即便沒有「險象環生」，也會有柳暗花明式的驚奇。由此製造的敘述張力，增加了人物、世俗、人情的豐富性，並且在小說的整體結構上，讓人感到總有一種定力在隱隱地起作用。

在林斤瀾的小說裏，一種情緒、一個人物、一個畫面，或者一種聲音、一個詞語，都可能構成作家一篇小說的寫作發生。這篇《溪鰻》的構思，無疑與白居易的詩「花非花，霧非霧／夜半來，天明去／來如春夢幾多時／去似朝雲無覓處」有著妙不可言的內在關係。這首詩很像李商隱的「春蠶到死絲方盡，蠟炬成灰淚始乾」那幾首，具有極強的朦朧意味，有關它們的闡釋，至今沒有確定性的指向。倘若以這樣一首詩，作為一篇小說的構思玄機，或者寫作暗示，所起到的是舉重若輕的藝術效果。這也許就是林斤瀾的自覺的文體策略。這種策略就是汪曾祺說的，打破小說結構的常規。破了以往的套路和常規，往往就會產生奇效。著筆精確有致，敘述雖然簡潔，卻創造了一個新的框架結構：簡潔，輕便，空曠，悠遠。因此，林斤瀾的短篇小說，與當代許多小說家相比較，的確是另闢蹊徑。而且，以任何現成的理論來圖解、闡釋他的小說，都會不得要領，無功而返。也許，能夠顛覆以往雄渾理論窠臼的寫作，才是真正的創作吧。

汪曾祺，可謂林斤瀾一生的知己，他這樣評價林斤瀾的小說：「斤瀾的小說一下子看不明白，讓人覺得陌生。這是他有意為之的。他就是要叫讀者陌生，不希望似曾相識。這種做法不但是出於苦心，而且確實是『孤詣』。」〔註2〕可

〔註2〕汪曾祺：《林斤瀾的矮凳橋》，載程紹國《林斤瀾說・序》，人民文學出版社，2006年版。

見，林斤瀾原本是想寫出一個人不明白的一生中，能讓我們明白的那一部分。結果，小說的含蓄的品質，將我們引入了敘述的叢林，玄之又玄，眾妙之門的迷宮。

那麼，究竟又有多少人是明白地過了一生呢？明白的人，活得一定就是明白的嗎？小說實寫出人物的明白，可能僅僅是作者明白而已，而惟有混沌又鮮活的人物，也許才可能讓我們從不明白中感到明白。

《丫頭她媽——矮凳橋沒有名字的人》，寫另一位與溪鰻極其熟悉的女人。前面的《溪鰻》是想釐清一個女人與一個男人之間的「傳奇」，實際上並沒有表現得很清楚。也許是有意為之，懸念和猜測自始自終環繞著我們。而這個小說，是想寫一個女人幫另一個女人，如何搞清楚自己的故事。溪鰻，這個人物偏又夾在中間，並在這個小說，變得更加神秘起來。她好像一位解夢大師，在給丫頭她媽解析一個又一個夢境的過程中，讓這個沒有自己名字的女人，從一個被生活和日子推著走的人，開始有了自己的方向。實際上，丫頭她媽整個人是湮沒在市井生活裏的普通人，她就是願意在這樣俗世的平淡裏生活，過自己的日子。用後來時尚些的詞彙叫「擔當」，她活得幾乎沒有自己的聲音，我們以往在文本中所強調的諸如人物的「價值觀」「道德感」「主體意識」，在這裡完全是被「束之高閣」的。這個人物的種種模糊的日漸鼓動起來的「念想」，都流連在自己的一個個夢裏，不斷地將夢衍變成「夢想」。在這裡，林斤瀾有意將個人的夢，串連起時代和社會的風雲變幻，搖曳閃爍。溪鰻則把丫頭她媽的夢，由模糊、朦朧引向了清晰的圖景。沒有夢想是可怕的，惟有在夢裏，才是人人平等的，溪鰻讓丫頭她媽在夢裏找到了自己的平衡點和方位，在對夢的解析中，打開了一扇生活之門。丫頭她媽開始漸漸擺脫不自覺和困惑，日益活得明白起來。也許，我們覺得丫頭她媽是寂寞的，而她自身卻是踏實的，其樂融融的。實質上，林斤瀾在這裡寫了一個永遠沒有任何負擔的人物，這個人物，自己走著一條追求明白的路。

從另一個角度看，在這個小說裏，溪鰻和丫頭她媽，這兩個人物的分量，難分伯仲。在敘述上，丫頭她媽差不多是被溪鰻推著走的。走著走著，故事也變得出人意料起來。夢與現實不再擦肩而過，人物所處的社會性、時代性和存在感，都紛至沓來。其實，這也是一個「圓夢」的故事，一個人的鬆散、零亂或破碎的自我，常常要依靠某種事物或信念聚攏。生活在許多人那裡其實是很「混沌」的，一路走來走去，並不是十分清晰的，也許始終就是在一個屬於自己的夢裏逡巡。丫頭她媽，就是這樣，直到最後才從夢裏走出來。人生可能正是因為所遭遇的強大的偶然性，才使得人生常常在某種宿命冥冥之中的牽引中，顯示其個性、魅力，不可預料。

看上去，在林斤瀾的筆下，人物之間，包括人物的自身性格，都很簡單而不過於複雜。林斤瀾所重視的是，彰顯出人物特有的一個獨立的品格。這就給敘述提出了更高的敘事倫理要求。尤其在一個短篇小說裏，想完成這樣的設想，其實，是非常困難的。

在這個時期林斤瀾的短篇小說中，接連在幾個文本裏都出現的人物，除了溪鰻、袁相舟，還有女人李地。林斤瀾一口氣寫了五篇關於李地的系列小說，可見他試圖想通過這個人物，要實現其更多的小說創作理想。這個人物，似乎也蘊含了作家許多難言的苦澀，時而濃鬱，時而清淡，對其有入木三分的雕刻，有洗人心肺的詩意打量，有對生命底色的發掘，還有透過細節和細部的智性敏感，更重要的還有，寫出了在一個年代的政治、文化碎影下，一個小人物的隱痛，包括她個人的心理史，精神史。看得出來，林斤瀾對這個人物是下了工夫的。這五個短篇，將一個人物從三十年代寫到八九十年代，這種寫法，在當代是不多見的。高曉聲寫的「陳奐生」，試圖表現一個中國農民在近二十年的社會變遷、發展中的心理變化，命運的興衰沉浮。但是這幾個小說的敘事重心，明顯地並不在於個人性的呈現，而是要凸顯時代的宏觀大義。就是說，高曉聲寫的是，當代中國社會轉型期中的一個人，而不是一個人在中國當代社會的轉型期。進一步說，他主要是要講述一個時代，而不是去刻意呈現這種特定時代一個人的生命形態。當然，呈現一個時代和社會的劇變，這幾乎是 1980 年代到 1990 年代中國文學、中國作家所面臨和肩負的責任和使命。林斤瀾走的則是另一條線路，他寫人物，也注意人物存在和活動的時代背景，包括社會、政治的波詭雲譎。但是在文本敘事中，那只是一個非常清淡的背景而已，我們雖不容易感受到某種社會、時代風雲，及其色彩的鮮豔或者黯淡，卻能深深地感知到人物被賦予的存在感，情感機變。有關李地系列的五篇小說《驚》《蛋》《茶》《夢》《愛》，貌似寫這個女性貫穿在不同年代的五個「表情」，但林斤瀾究竟想表達什麼，我們的確一時還很難理清。但我們深信不疑的是，其中必然隱匿著不容忽略的「微言大義」。前面我們說，這幾個短篇小說所呈現的，也許就是李地這樣一個生活在鄉鎮的女人，在幾個不同年代稍縱即逝、曇花一現的表情而已，但我們一定會注意到，這裡的每一個短篇，都在隱隱地凸顯人物表情背後的種種社會、精神的困惑。

困惑，無疑構成了這些小說需要破譯的「紐結」。這些困惑，與時代、社會的大勢有關，更與「矮凳橋」這個小鎮的風俗、風情息息相關。也正是這些所謂「困惑」，推動著這個人物不折不扣地一路前行。林斤瀾的構思，總是別出心裁，思路縝密，敘述到了一定關口，常常峰迴路轉，疑義叢生。這時候，倘若憑以往的閱讀經驗進入作品，恐怕很難理解人物及其「矮凳橋」世界的風情韻致。所以，我們必須將李地的每一個「表情」都理解成一個奇態，只有這樣，歷史、文化、革命、政治和人性的豐富及其變異，才會從這副表情上綻放出來。

《驚》是一篇讓人閱讀起來頗費心思的文本。如果不具有上個世紀五六十年代的生活、存在經驗，是很難理解其中的堂奧、蹊蹺、荒誕不經和曼妙多姿。「學習班」「翹尾巴」「割尾巴」「甩掉尾巴」，這些上個世紀的詞語，對於四五十年代甚至六十年代出生的人，是毫不陌生的。「翹尾巴」這個詞，至今在生活中仍然被沿用，顯示出了語言或話語頑強的生命力。可見，一個時代的行為方式或觀念被語言符號化之後，就會長久地積澱下來，成為歷史的活化石，口口相傳。我們看到，一群人，男男女女的基層幹部，被集中在城裏的一座小廟——「陳十四娘娘宮」來「學習」，目的就是要割掉每個人身上的「尾巴」。這個「尾巴」，我們今天仍然可以理解為是某種不良的、錯誤的、必須糾正的心理或思想狀態，實際上指的是在那個年代不能見容的所有「文化」「傳統」。學習地點的選擇，在今天看來就具有極大地反諷意味，在一個「舊」的地方，進行盲從地批判和自我批判。更具反諷的情境是，林斤瀾細膩地描述了「學習班」第一個夜晚的「炸營」。夜半三更時分，一些來「改造」「學習」「割尾巴」的人，被一聲突然無端的喊叫所驚魂，各自從自己的睡夢中驚懼、驚慌而起，男男女女，衝出宿舍，狼奔豕突，在黑暗中亂作一團。讀到這裡，我們立刻就想到魯迅在三十年代寫的一篇雜文：一個人無聊地蹲在地上，看自己剛剛吐出的一口痰，接著他身邊開始聚集很多人，不明就裏地也圍攏在一處看，他們都不知道發生了什麼，突然，人群中發出一個聲嘶力竭的喊叫，人們不知所措，相互衝撞、擁擠、掙扎，慌不擇路，一哄而散，其實，原本什麼都沒有發生。

> 擠擠撞撞的人們應聲摸屁股後面，也有摸了前邊的，也有摸著別人的，也有兩隻手都動不得只好乾喊的……

這時，刷地，後殿的電燈亮了。

刷地，兩廊的路燈亮了。

刷地，前後進中間的門燈亮了。

好像清涼的水朝人們頭上澆一下，又一下，再澆一下。頭腦清醒過來，面面相覷，沒有地震，沒有火災，也沒有階級敵人破壞⋯⋯

各回各的屋裏去吧。

林斤瀾寫日常生活、人情世故，常用模糊、含蓄的方法，點到為止，往往是意在言外的。而其中的蘊籍，則需要細細地品味。那麼，在這裡，他如此詳盡、具體地描寫一次群體的「驚」，顯然自有其潛在的深層用意。所以，我們完全有理由將這個場景，視為一個大的文化、歷史隱喻。人人清楚，上世紀五十年代以來的當代社會生活，屢受時代政治及種種運動的深度影響，人的精神境遇和個性心理，實際上處於一種蒙昧、瘋癲、盲目、渾然的狀態。人們的驚悚、無序、茫然，構成人的常態。看得出來，林斤瀾是一位有大抱負的作家，他沒有忽略必須他所要呈現的那個時代個人性的存在。李地，這個人物的個人性，在這五個短篇小說裏，從不同的視點和側面得到展示。林斤瀾巧妙而隱諱地將她內心的隱秘，以及那個時代人所少有的存在感，在不經意間絲絲縷縷地袒露出來，成為我們今天常說的那個時代的「異類」。這個小說，讀到最後，我們才恍然頓悟，李地和她腹內孕育的生命，是一種可以讓人心安的存在，李地之所以能「處驚不變」，鎮靜自如，沒有混進一場無端的騷動，是因為她自有一種「定力」在，無論自覺意識到現實的困窘與否，她都不得不被政治糾纏，而她對人與妖、黑與白的辨析力，便顯露出難得的人性之光和個性堅守。有趣的是，一場政治性的「學習」活動，還沒有開始，「鬧劇」就驚魂般地演繹出來，那個特定時代的荒誕和荒謬，可謂令人忍俊不禁。

另一個短篇《愛》，在生活情境和氛圍上，與「李地系列」的其他篇章大有不同，而與《溪鰻》和《丫頭她媽》十分相近，充滿了那個年代少有的人間煙火氣。而且，這篇小說更具典型的「林氏迷宮」語體，古怪、奇異、神奇，不好把握，恍兮惚兮，沉浸下去後，妙處和韻味可能會噴薄欲出。一個作家智性的光芒，在敘述的迷宮中雜花生樹般地彌漫開來。

《愛》這個小說，表面熱鬧，其實，是寫一個「明白」女人隱忍的苦澀，寫她一生中最渴望也最缺失的愛情。林斤瀾是在描繪一幅人生灰冷的圖景。

「這個故事不論年代」，這句開篇的話告訴我們，這是一個可以「抽象」的寓言故事，或是某種象徵。沒人想到，在李地的少女、青春時代，戰爭中對英雄的愛情憧憬，瞬間，就被追求民主和解放的大「英雄」的一個不堪入目的庸俗場景徹底顛覆了。在李地看來，英雄可以肆意地吻她，那裡有浪漫和激情，並且有「革命」相伴，但是，英雄卻萬萬不能在隱秘的聯絡站，捧著一個鄉下美人的赤腳，「勾背，偏頭，拿著剪刀修剪腳指甲……飄飄的英雄形象變化了，變作佝僂著的肮裏肮髒的角色」。理想、責任、正義、犧牲和道德，都同樣不可或缺，當然，愛情也不可或缺，而李地偏偏沒有愛情。此後二十年，李地也生下三個女兒，被她養大成人。這裡，林斤瀾絲毫都沒有寫到三個女兒的父親，三個女兒的出現無根無由，飄渺恍惚，雲山霧海，緣何吝嗇筆墨至此，的確需要深思回味。也許，文本所傳達的意思是，性和生育，都是不可缺失的，無須文字來張揚。生命裏重要的恐怕還是愛。繼而，李地又當了幹部，從此起起伏伏、風風雨雨地走過來，直到年逾半百，唯獨沒有愛情現身。直到最後，竟然是一條活力四射的泥鰍魚，不斷躍出魚缸，攪擾得李地心神蕩漾不寧。我們是否可以這樣理解，正像一條魚一樣，一個女人，無論什麼年代，最恐懼的，就是愛的被囚禁，以致身體被幽閉，被囚禁。特別是愛情缺失所衍生的孤寂，會令一個真正的女人沒有眼淚。這實在是最可怕的事情。

總體說，林斤瀾的小說敘述，自有其行文的邏輯，語言、思維、意境和人物，閃爍其詞，似真似幻，拈手即來，風情、俚俗、韻致，肆意轉換，非理性表達，無刻意，筆記體隨性呈現。歷史、時代、革命、風物，表現看似漫不經意，實則別有洞天。

在林斤瀾大約近三十年前的小說語境中，隱匿著在今天才能理清楚、體悟出的歷史的弔詭。我想，如果幾十年以後再來讀林斤瀾的這些小說，或許依然會感到有些滯澀和難懂，但仔細地對照歷史的蹤跡，就會恍然大悟，茅塞頓開。甚至可以這樣想，林斤瀾的很多短篇小說，就是寫給未來的，因為，在時間的長度裏面，價值判斷的變化幾率是很大的，因為這裡面有歷史、政治、文化和道德諸多因素的存在。而不同時代的人們，也會在時代的變動不羈中發生認識論、審美觀的修正和變異。從一定角度講，文學文本的含蓄、形象和符號性質，使得它具有極大的包容性。即它可以「藏污納垢」，具有「混沌感」。虛中有實，具象中含著抽象，靈魂附體，以實寫虛，體無證有。許多作家聲稱，自己寫作的作品其實就是在寫自己。雖然我們會覺得未必盡然，但作家的世界觀、美學觀包括精氣神，定然是難免滲透其間的。但我認為，林斤瀾卻難在此列。我們會感慨，許多傑出作家的作品，有細節，有細部，也非常接地氣，生活化，「原生態」，而林斤瀾走的則是別一路徑。他的小說情境、細節和人物，也許都沒有貼切的「原型」，人物和細節，都是他「編織」虛構的。這一點，也是符合短篇小說文體的簡潔、精緻和勻稱品質的。但晦澀、玄奧、若隱若現的隱喻，也不同程度地會構成敘事上的滯澀和羈絆。

李健吾在評價沈從文《邊城》的時候，提到兩個外國作家，一位是巴爾扎克，一位是福樓拜：「我們甚至可以說巴爾扎克是人的小說家，然而福樓拜卻是藝術家的小說家。前者是天真的，後者是自覺的。同是小說家，然而不屬於同一的來源。他們的性格全然不同，而一切完成這性格的也各各不同。沈從文先生便是這樣一個漸漸走向自覺的藝術的小說家。」〔註 3〕自「五四」以來，曾出現了無數的小說家，而真正所謂具有藝術自覺的，有強烈的小說文體意識，並且具有超越意識形態的審美獨特品質的作家，並不多見。沈從文、廢名、錢鍾書當屬此類。那麼，在當代，汪曾祺、林斤瀾在一定程度上講，無疑是這一脈的傳人。

仔細想，我們可能會從林斤瀾的這些人物身上，得到另外一些啟發：一個明白、透徹、清晰的年代，人的表情和面貌定然是清爽和飽滿的，所謂人的生命主體性，必然是自覺的；而在一個浮躁、喧囂、胡塗亂抹甚至蒙昧、盲從的年代，每一個人過的可能就是一種不自覺的、偽詐世故或裝瘋賣傻的日子。那麼，我們前面提到的，一個人明白或不明白的一生，不僅是一個人自身的精神、心理和修為所致，尤其與他（她）所處的年代密切相關，不可分離。一個人的力量，究竟能有多大呢？並非每個人都有某種強大的精神力度，而人的高貴或卑賤與否，幸福感或苦寂，自覺或不自覺，關鍵在於是否有一種人的尊嚴站立在那裡。所以，一個人的一生，究竟明白還是不明白，似乎也就並不是一個必須解決的問題。這一點，林斤瀾是再清楚不過了，因此，他才會常常從表象裏看到相反地東西，引出別一種感覺和體驗，令文本呈現如此獨特的形態，也才會走出這樣的寫作路數來。孫郁對他的評價非常到位：「林斤瀾其實更喜歡魯迅的氣質。什麼氣質呢？那就是直面灰色生活時的無序的內心活動。他不願意在作品中直來直去，而是在一個點上開掘下去，

〔註 3〕李健吾：《李健吾文學評論選》，寧夏人民出版社，1983 年第 1 版。

進入思想的黑洞，在潛意識裏找尋精神的表達方式。汪曾祺評價其小說，說讀起來有點費事，故意和讀者繞圈子，大概是為了陌生化的緣故。比如『矮凳橋系列』，在小說結構上多出人意料之筆，意蘊也是朦朧不清的。這大概是受了魯迅的《彷徨》和《野草》的影響，但更多是夾雜了自己的體味。在一種恍惚不清的變形裏，潑墨為文，林斤瀾走的是與傳統完全不同的路，也是與當代人不同的路。」〔註 4〕

2016 年 9 月 29 日　名古屋

〔註 4〕孫郁：《革命時代的士大夫——汪曾祺閒錄》，生活·讀書·新知三聯出版社，2014 年第 1 版，第 223 頁。

苦澀的黑氏，或何謂「人極」——讀賈平凹兩個短篇小說兼及「寫作的發生」

一

我一直在想，即使是一位傑出的作家，他在小說文體方面也會有自己的偏好，在長、短不同的敘述結構中，自己的作品，也定會有差別和高下。賈平凹無疑是當代長篇小說寫作的聖手，幾十年如一日，十六、七部長篇小說，已經赫然矗立於中國當代文學的崇山峻嶺之巔。我感興趣的是，他的短篇小說處於一種什麼樣的狀態和水準。他駕馭這種精緻文體的時候，是否會如寫作長篇小說那樣，依舊「四兩撥千斤」般地顯示其大氣磅礡，從容自如呢？

最近，我幾乎遍閱他的所有中短篇，感受、感悟他的「短敘述」，體會他布局、結構、語言句式和如何掌控敘述節奏的變化，果然可以發現他用力的方式和敘事姿態的騰挪，以及體式的變化，尤其是其短篇與長篇文字「間距」的濃密度、強度的細微差別。思索能夠「引爆」他一個個完整而富於使命感的敘述的淵藪是什麼？無論長或短，他的故事的內核，人物幽靈般的存在，是如何在文本中獲得新的隱喻、象徵、新語義框架的？無疑，這是一個寫作發生學和敘事學的問題，我對這個現象充滿了興味。

我曾遍訪三位中國當代作家的寫作「出發地」，或者說是寫作「發生地」。這都讓我更加意識到，他們寫作的精神起源和物質「原型」之間，存在一個無法分割的精神「氣場」。蘇童的蘇州，還有那個「城北地帶」和「香椿樹街」，阿來的阿壩州馬爾康的「梭磨河」，賈平凹商洛丹鳳的「棣花鎮」，它們儘管在文本中僅只是一個敘事的背景，或者虛擬的敘述平臺，但凡是有過這種體驗的人，都會覺得這個實際的存在與文本之間，存有一種「神以知來，智以藏往」的默契和神光。我感覺，一個作家的寫作是有一個「原點」的，這個「原點」決定著他想像的半徑，而他們不同於常人的「異秉」，則使他們對歷史或現實可能獲得重要的精神解碼。蘇童仰仗江南詩意、詭譎的氤氳，溫濕的氣息，生發出神秘的幽暗和飄忽；阿來的馬爾康，那條整日整夜奔騰不息的「梭磨河」，源頭是蒼莽的雪域高原，曠世的險峻，滋生出的雄渾，依然透射出浩渺的氣息。那麼，賈平凹的商洛呢？並不高聳但奇崛的秦嶺，有股撲面而來的鬼斧神工之妙。而幾十年來，貫穿賈平凹文字裏的「勢」，遊弋其間，山嶺上的奇石怪坡，培育了他行文的奇崛和沉鬱，面對貧瘠和荒寒的時候，他表達出的卻是另一種沉重和滄桑。所以，一個作家早年生活的環境，會令作家的寫作「無可救藥」地伴隨他的一生！地域環境與相應的人文狀況，構成了作家揮之不去的獨特氣息，潛移默化地滲透在文字裏，與寫作者的志趣渾然一體，也就鑄就了文本的個性和獨特風貌。我十分贊同早逝的天才評論家胡河清以「全息」論的思維，審視作家的寫作和對文本的闡釋。他當年所倡導的以「全息主義」視角闡釋作家文本的文化學密碼，現在看來，是頗有道理的。特定的寫作發生的場域，或者作家很長時期的敘述背景，在很大程度上，決定著一個作家進入、深化文學對於人類生命景觀的描述能力。「從全息的角度感知生命，可以掃除某些附麗於生命本體之外的虛假表象，而直接接近人性、人的靈魂的核心層次。」〔註1〕我們這樣來揣度寫作的發生，並不是要將作家的寫作侷限在「地域決定論」的樊籬之中，而是為了強調因地域性因素而生成的，作家感悟生活和透視生命心史秘景的能力，中國作家的這種感悟，顯然具有東方神秘主義的通靈性質。也許，好作家、傑出作家，都是通靈的，他一定是以一顆少有世故、沒有功利和沒有算計的心，體驗、輯錄並呈現生活及其存在世界的可能性。說白了，作家在文本裏面所呈現的世界，也許就是在生活中與他的「貌離神合」之處。

三位作家的長篇、中篇、短篇雖都很擅長，但又各有所長。在一定程度上，地域影響也許會決定敘述的格局、色調和節奏，卻無法度量虛構的質地。其實，作家的敘事美學，主要還是源於作家的才情和天分，還有，與天分和才情相關的，與地氣的銜接能力，對往事和記憶的「再生」能力。而賈平凹

〔註1〕胡河清：《靈地的緬想》，學林出版社，1994年版，第204頁。

寫作的意義和價值，就在於他的「再生」能力。所以，他的作品，「既傳統又現代，既寫實又高遠，憨厚樸拙的表情下藏著的往往是波瀾萬丈的心。他在靈魂的傷懷中尋求安妥，在生命的喟歎裏審視記憶」〔註2〕。

二

前不久，在陝西幾十年來最冷的一天裏，我穿越了秦嶺，去了丹鳳，到了棣花鎮。面對秦嶺和丹江，遠望「筆架山」，拜謁了棣花鎮中的兩座古廟，魁星樓和賈氏老宅。我一下子連通起眼前的實物與賈平凹的文字，我喜歡探究作家的「寫作發生學」，以往賈平凹所虛構世界的山川草木、風俗人物，立刻在眼前晃動起來。兩者雖說還不能「重疊」一處，但這塊土地及其場景，竟然也喚起、滋生出我自己的一種敘述衝動。我願意猜想，在「現實」和虛構之間，究竟存在怎樣的一種「玄機」和「眾妙之門」？小說之法，或文字般若，對一個作家的經歷和經驗來說，它們相互間的作用力到底有多大？我不得不重視賈平凹小說中的諸多「原型」，所給予他的創作力量。因為我堅信，一個真正小說家的寫作，骨子裏完全是某種自我命運的神奇驅使。

在棣花鎮，在凜冽的朔風中，大作家賈平凹在我前面疾走的時候，我以為，他正是在他自己文字的密林裏踽踽獨行。他從一個小小的村落走出去，又不斷地一次次走回來，以小見大，感知大地的蒼涼與浩蕩。人世間的有血有肉、紛紛擾擾、酣暢淋漓的萬象，在他的窮形盡相的敘述中，毫髮畢現。他對歷史、現實、人性的敘述充滿了張力，邏輯與無序、悖論與詭譎、簡潔與浩瀚、偶然與必然，都從他小說的結構和故事裏，呈現或隱逸著。而商洛、丹鳳和棣花，就像是賈平凹寫作的母體，他一刻也離不開這個母體，也一刻不曾離開這個母體。在這個巨大的「母體」裏，他自己也像一個孕婦，不斷地孕育出孩子般的作品。棣花，如同是賈平凹寫作的座標或中軸線，當年這裡的每一個人、每一個物象，都與他的文本發生了新的關聯，滋生出新的生機與活氣。「人和物進入作品都是符號化的，通過象，闡述一種非人物的東西。但具體的物象是毫無意義的，現實生活中瑣瑣碎碎的事情都是毫無意義的。這樣一切都成了符號，只有經過符號化才能象徵，才能變成象。」〔註3〕如此說來，在賈平凹的記憶

〔註2〕《說賈平凹·〈華語文學傳媒大獎·2005年度傑出作家：賈平凹授獎辭〉》，遼寧人民出版社，2014年版，第67頁。

〔註3〕賈平凹、韓魯華：《關於小說創作的答問》，載《當代作家評論》，1993年第1期。

深處，已經有許多符號般的物存在著，但都處於一種沒有「場」的靜物存在狀態，這些，一旦進入賈平凹的審視視域，一切就都變得富有生命力了。所謂「仰觀象於玄表，俯察式於群形」，對於寫作而言，就是一個作家選擇一個什麼樣的角度，重新看待生命、生活和存在世界的意思。「整合」生活和記憶，重新注解生活世界和人心世界的隱秘而複雜的關係，是作家創造新的世界結構的途徑和方式。賈平凹一口氣寫了四十多年，我堅信，像《秦腔》《古爐》《商州》以及《黑氏》《人極》《油月亮》這類作品，沒有他這種對生活有過切身體驗的作家，是無法寫出來的。也可以從另一個角度說，許許多多有過這種體驗的人，因為缺乏這種特別的想像力，也無法將這種體驗轉換到陌生的文本領域，重新構建豐富的細節和生活的結構。這個結構，是文本的結構，也是敘述所產生的新的世界的存在秩序。賈平凹的寫作，之所以能夠始終保持長盛不衰的狀態，主要是因為他在構建一種人倫關係的時候，既不背離生活本身的邏輯，不隨波逐流，同時又不忘記在寫作中反思人的處境、人性的變化。尤其是，他對於人性、欲望在社會發生變革時，對於其間發生的裂變和錯位，所做出的超越社會學、政治學和文化的思索。

《黑氏》和《人極》，是賈平凹寫於八十年代中後期的兩篇小說，有的選本把它定為中篇，有的將其歸為短篇。關於中、短篇，通常，我們往往從字數差別來劃分，三萬字左右可能被歸入中篇，也可能納入短篇，實際上，這種單純以字符來釐定的方法，很不「科學」。其實，這二者的結構和體量相差無幾，很難細分。我覺得，中篇和短篇，與長篇小說的差別，關鍵還是應該從結構、布局，以及故事和人物的複雜程度、相互關係的變化來確定。西方文學理論在文體、體裁上就沒有中、短篇之分。因此，《黑氏》和《人極》，我都將其列入短篇的序列。我很想通過這兩個短篇所蘊籍的自然之力和結構形態，揣度和解析賈平凹小說中最具磁力、最敏感、最活躍的生命氣息，在蒼涼的生存圖像裏，捕捉到人性中最渺小、最無助、最惶惑、最脆弱的神經。早在上世紀八十年代，賈平凹就曾經與一些搞創作的朋友聊：「幾十年都叫嚷深入生活，但真正深入進去了，卻常常叫生活把人嚇住了。如果你敢於睜大眼睛，那麼遍地都是小說。」〔註4〕可見，賈平凹以往許多的經歷或者「經驗」，都成了他寫作的「原始積累」，難以窮盡。所需要的只是他在敘事中，要建立一種貼己而獨特的敘事結構。

〔註4〕孫見喜：《賈平凹之謎》，四川文藝出版社，1991年版，第303頁。

三

對於《黑氏》中的黑氏，我似乎爬梳出了最早的「出處」或「原型」。這個時候，我猛然意識到，往事記憶中的哪怕一點點情愫或者感念，都會在平凹後來的文字中爆發出無盡的靈感火焰。在這個女性人物身上，賈平凹潛意識或無意識中，都流露出苦苦生存境遇中的「救贖」情懷。這個簡單又複雜的人物，蘊藏著許多生存、命運、宿命和幽暗的玄機。可以推斷，他在「救贖」黑氏的時候，實質上是在「救贖」自己的生命記憶。作家的這種「自私性」和「自戀」，在一定程度上，往往會構成寫作的原動力。

> 忘不了的，是那年冬天，我突然愛上村裏的一個姑娘，她長得極黑，但眉眼裏面楚楚動人。我也說不清為什麼就愛她？但一見到她就心裏愉快，不見到她就蔫得霜打一樣。她家門口有一株桑椹樹，常常假裝看桑椹，偷眼瞧她在家沒有？但這愛情，幾乎是單相思，我並不知道她愛我不愛，只覺得真能被她愛，那是我的幸福，我能愛別人，那我也是同樣幸福。我盼望能有一天，讓我來承擔為其雙親送終，讓我來負擔她們全家七八口人的吃喝，總之，能為她出力即使變一隻為她家捕鼠的貓看家的狗也無上歡愉！但我不敢將這心思告訴她，因為轉彎抹角她還算做是我門裏的親戚，她老老實實該叫我為「叔」；再者，家庭的陰影壓迫著我，我豈能說破一句話出來？我偷偷地在心裏養育這份情愛，一直到了她出嫁於別人了，我才停止了每晚在她家門前溜達的習慣。但那種鍾情於她的心一直伴隨著我度過了我在鄉間生活的第十九個年頭。〔註5〕

我相信，這是賈平凹的一段真實的經歷。很難說清楚，靈感的火焰，會在哪一刻開始燃燒。我想，黑氏這個人物之所以寫得這麼好，原來在賈平凹的記憶中，是早就有某種情結和積澱的。

我知道，賈平凹在成為小說家之後，正逐漸擺脫另一個「自我」，脫胎換骨、如釋重負般地將自己內心最隱秘的情愫和惆悵，都轉移或投射到小說中的人物身上，這並不是每個作家都自覺不自覺地樂意追求的。《黑氏》中的木犢和來順，在小說裏完成了他曾經夢想的擔當。雖然，木犢和來順，都不是那個當年的平凹，但是，當年燃燒的激情在後來的發酵，並澆築成一個小說

〔註5〕賈平凹：《五十大話．自傳——在鄉間的十九年》，人民文學出版社，2008 年版，第 110 頁。

的結構，卻並不是一件不可思議的事情。

《黑氏》這個小說，講述了一個女人與三個男人的故事，她與他們婚姻、家庭和感情的種種糾葛。看上去，賈平凹似乎在表達鄉村生活的苦難和艱辛，無論是男人還是女人，都生活在一個無法實現和滿足自身基本存在的環境裏。其實，這裡最重要的是，人在一個什麼樣的環境和狀態裏，才可以獲得基本的存在價值，才有尊嚴，才是真正自由的。人的自由，在當時鄉村這個古老、封閉、陳腐的禁錮中，能否構成一種可能。我們現在可以這樣反思，賈平凹為什麼在那個時候會寫出這樣一篇小說。這個短篇，在彼時的意義和在現在的價值，究竟有多大。這仍然是一個寫作發生學的問題。我們現在清楚了，賈平凹絕對不是為了挖掘中國鄉村的苦難而寫這類小說的，而是發現了一種真相，感受到中國鄉村裏，人的一種艱難的、長期的生存處境，靈魂狀貌。賈平凹筆下的黑氏，也許是封閉、落後鄉村很醜又極素樸的一個普通女性。但她醜陋但不粗鄙，有鄉村女性才可能有的善良和細膩，她的倔強與軟弱，她的純粹和寬容，她的怯弱和困窘，她的智慧和風情，在一個兩萬多字的短篇裏被呈現的無比豐沛、充盈。我以為，黑氏這個女性形象，應該說，是上世紀中後以來，中國當代文學中少有的鄉村女性形象，在她身上，多元的、異常豐富的元素盡顯無遺。

> 黑氏稍稍充足的精神又消乏了，最害怕的秋雨到來，她坐在炕頭上，看門前水灘裏明滅雨泡。再往遠處，是田埂，是河流，是重重疊疊的山。黑氏文化淺，不懂得作詩之類，但卻全然有詩的意味，一種沉重的愁緒襲在心上，壓迫著。她記起了在娘家做女兒的秋雨天，記起在小男人家的秋雨天，今日淒淒慘慘可憐的樣子，心中悲哀怫鬱無處可泄，只在昏昏濛濛的暮色下，把頭埋在兩個手掌上，消磨了又消磨，聽雨點嘁嘁嘈嘈急落過後，繁音減緩，屋簷水隔三減四地滴答，癡癡想起作寡以後事情，記出許多媒人和包括來順在內的許多男人，覺得都不過一個當時無聊而一過去即難作合的夢幻罷了。

應該說，賈平凹是當代文學中最早表現鄉村女性情感豐富性、複雜性的作家。當破敗的鄉村正日益復蘇，生活不斷地發生變奏的時候，賈平凹敏感而敏銳地洞悉到，沉睡的古老鄉土的生存方式，尤其人的內在精神秩序，他們看待世界的方式，確確實實地在急遽發生變化。人的覺醒，或者說人的生命主體的自覺、自由，特別是女性生存意識的蘇醒，才真正代表了鄉村的蘇醒。小說的敘述顯示出一種新的現代文明，人對自由、自覺與自然的嚮往。黑氏由無奈而壓抑地接受傳統、接受現實的隱忍，到自主地聽憑情感的召喚與木犢結合，最後與來順私奔，對於這樣一個鄉村女性，賈平凹在有限的字幅裏將其寫得一唱三歎，令我們想起沈從文有關湘西生活的許多作品。在這裡，黑氏的命運，彰顯出二十世紀八十年代初期人的既有生存狀態的貧瘠與荒誕。一個人在社會格局和世風發生轉換的縫隙裏，如風中蘆葦，在一切都匆忙突兀中顯現出尷尬和無助。但是，這個小說最有力的結構和布局，就在於，一個女人的命運，支撐或影響著三個男人的命運，社會和時代之變，通過一個女人的命運起伏，讓我們感知它內在的沉鬱和蒼涼。

敘述，表現出有關生命、生存的一種無盡的苦澀和可怖的真實。道出了命運中遇到的各種偶然性堆積起來而出現的極其荒謬的場景，但它又符合存在邏輯和人性發展變化的結果。而這正是恰恰可能震撼人心的地方。

這個小說，還表現出強烈的文體感和美感色調。敘述的語調始終是向下壓的，樂觀的性情愈來愈寡淡，而清冷、玄黑的色調，充斥在字裏行間。整個敘述，悲苦的況味在不斷地加劇，黑氏的命運和際遇，越是明朗妥帖，人物的心理卻愈發複雜和躁亂，人性始終處於一種被驅使的憂心忡忡的狀態。黑氏的性情，漸漸由卑怯、「中和」，偏移向乖戾和張揚，直至一種只可意會的孤獨境地。「先抑後揚」或者「欲擒故縱」，這種敘事的路徑，作為一種筆法，使人物和故事都充滿了張力，體現出獨特的中國敘事美學精神，這讓我們真切地感受到賈平凹敘述的「法道」。孫郁在談到賈平凹創作時，提及孫犁對賈平凹的評價，認為賈氏文脈的源頭不在我們今天的傳統裏，在其文字後面有古樸的東西〔註6〕。也許有人會覺得，這時的賈平凹，與沈從文、廢名這些前輩作家相比較，賈平凹的敘述語境和情境，除了氣勢上的優勢，在體味世界的眼光上還在低空盤桓，在審視人性的根本層面上，還沒有徹底顛覆泛道德化的思想。只有在進入《廢都》的寫作時，他才從拘謹的思維中真正走出來。其實並不然，賈平凹在寫作《雞窩窪的人家》《小月前本》《天狗》和這兩個短篇《黑氏》《人極》的時候，他已然具備了現代知識分子對舊式文人的自我沖撞之氣。而不同於前輩作家以及同代其他作家的是，賈平凹的精神激流和心理走勢，比他們更加富於擔當的情懷，更加沉鬱感傷，更加「向內

〔註6〕孫郁：《賈平凹的道行》，載《當代作家評論》，2006年第3期。

轉」，更能夠在內心承受無邊的苦澀和黑暗。那麼，這一切的「發生」，也就決定了賈平凹小說敘事結構和語感、敘事情景的充分「個性化」趨勢。誰都知道，最初，賈平凹也是作為一位詩人開始寫作的，但歷史和現實的厚重，使他培育了自己「站高山兮深谷行」的素樸、謙卑之心。因此，文本也呈現出一種靈魂的擔當，一種忘我的情懷。

從另一個角度看，短篇小說的力量，就在於看似講述的是一個簡單的故事，它往往依靠人物一味地推進情節，但在關鍵處，好的小說，一定是要停下來延宕情節。這時候的「延宕」，其實是作家試圖在「扭轉」生活。這種「扭轉」，就是讓敘述的方向，背離我們慣性思維的軌道。人物和故事，甚至細節，開始被作家的激情或衝動所覆蓋。這恰恰是需要想像力的地方，在人物和故事之外，作家就是想要在這裡另外告訴你別的東西。賈平凹的短篇小說，充滿獨特語感、有意味的地方，就是從這裡開始的。因此，《黑氏》和《人極》這兩篇小說，有許多敘述的關鍵處，無論是人物還是細節，都有著更大的負載和隱喻。這種負載，莫不如說就是情懷的賦予。

《人極》這個小說寫於 1985 年。寫這篇小說的時候，正是賈平凹對「商州」的故事浸淫最深的一段時間。無疑，「商州」是他認識世界的法門。「不能忘懷的，十幾年裏，商州確是耗去了我的青春和健康的身體，商州也成全了我作為一個作家的存在。我還在不知疲倦地張揚商州，津津樂道，甚至得意忘形。」〔註 7〕實際上，對他而言，商州早已不是行政區域的商州，它已經完全是文學意義上的商州，它是一個載體，這裡雄秦楚秀的地理環境和文化氣息，使賈平凹沉溺於幻想之中難以自拔。

《人極》這個小說，也是寫一個男人與兩個女人的故事，仍然是上世紀六、七十年代的中國鄉村背景。在這裡，賈平凹極寫西北鄉村的飢饉、荒涼和粗鄙的原態，但卻寫出了世道人心，寫出了生活暗流中的浮生，寫出了一個極其善良、樸拙、倔強的性格和人生。在一個「商州大旱，田地龜裂，莊稼歉收，出門討要的人甚多」的亂世光景中，主人公光子，先後與白水和亮亮的遭遇、婚姻故事，既富於傳奇性，又帶有神秘感。這篇小說曾被「劃歸」上世紀八十年代的「鄉土小說」。這也似乎沒什麼不妥，我想，賈平凹寫作這篇小說的初衷，似乎還要單純許多。儘管小說涉及「衛劉總隊」「平反昭雪」

〔註 7〕賈平凹：《五十大話·〈商州：說不盡的故事〉序》，人民文學出版社，2008 年版，第 200 頁。

「上訪」一類時代政治的背景，但是，強大的鄉村和鄉土原生態的生存狀況，人倫關係，人性的粗暴和刁蠻、溫暖與敦厚，雜糅在鄉村的複雜渾濁的民間荒漠之中。在《人極》這個單純、簡潔的敘事結構裏，可憐、困苦、孤獨的鄉民，他們羸弱、無奈、哀哭，清寂、灰色的人生和命運，盤根錯節般在鄉土虯龍狀的歷史根鬚中交織著。光子、亮亮和白水，三個人的命運、身世，在大的時代和歷史煙雲中，像浮萍，像秋葉，隨波逐流，或隨風而去。亮亮欲逃離「政治鬥爭」的漩渦，結果自己卻撞進了生活的險灘；白水是想要逃離不幸婚姻的牢獄，而人性的執拗、堅執，在鄉村的封閉性、世俗性和愚昧中則被徹底窒息。也就是說，在這樣一個時代，就連「苟活」，甚至也成為一種巨大的奢求和幻想。鄉土也好，鄉村也罷，塵埃中都裹挾著生命無盡的苦澀。在當代，絕少作家像賈平凹這樣，能本能地在文字裏，透視出現實生命存在的無限哀涼。至今，我們在賈平凹三十年前的這則敘事裏，雖然還看不出賈平凹到底有多大的主體自覺，尤其是生命和個人，如何進入龐大的歷史陀螺，但是，他的「以人為本」的人本主義敘事倫理，已佔據那時賈氏的現實主義的精神座標。因此，與《黑氏》的敘事色調相同，《人極》所顯示出的黑色、清冷、孤寂的「商州美學」，已經在這類短篇小說裏漸顯微茫。關鍵是，我們在一個短篇小說裏所看到的，感受到的文本的內在能量，同樣是奇異、豐厚和富於魅力的。

四

我之所以選擇賈平凹寫於二三十年前的「舊作」，來考量他短篇小說的結構、敘事和人物的生命力，一是想印證賈氏小說被「重讀」的可能性和價值所在；二是進一步發掘賈平凹小說本身所具有的強大的「原生」力量。究竟是什麼力量，造就他持續寫作四十餘年，且經久不衰？尤其是在這種二、三萬字的短篇結構裏，他一上手就顯示出整飭生活「碎片」，把握人性糾結，處置荒誕的藝術能力，以及超越歷史、現實和敘述對象的天分。我們還可以由此推斷，一個作家在處理短篇結構和長篇結構時，他是如何仰仗生活的底蘊、精神的定力，在有限的篇幅裏，感應，整合，深化經驗等諸多元素，完成對生活世界的認識與重構的。還有一點，也是一直深深纏繞我的刻骨銘心的問題，現在，我們在賈平凹早期的小說中所看到的現實，如今，已經被證實是一個強大的存在或者可能：中國鄉村的未來並不樂觀，或者說，中國的鄉村正在失去未來。任何一種未來，都需要一個精神的、心理的、靈魂的縱深度，而中國的鄉村卻沒有自己的縱深。另一位中國作家阿來的分析，頗具理性地闡釋了鄉土或鄉村的悲劇性存在：「中國大多數鄉村沒有這樣的空間。在那些地方，封建時代那些構築了鄉村基本倫理的耕讀世家已經破敗消失，文化已經出走，鄉村剩下的只是簡單的物質生產，精神上早已荒蕪不堪。精神的鄉村，倫理的鄉村造就破碎不堪，成為了一片精神荒野。」〔註 8〕在這個荒野之上，可能會有更多的苦澀的黑氏、白水和亮亮，塗抹著鄉村冰冷的色調。可見，三十年前，賈平凹就已經為今日的鄉村構建了如此哀婉的圖景。

當然，我們在賈平凹後來的創作中，在《秦腔》《古爐》《帶燈》和《極花》等更闊大的敘事中，看到了中國鄉村衰敗而孤獨的現實。時間和空間，現實和夢想的邊界，已經被肆意地突破了。也許，歷史本身就只是一個遙遠的回聲，現實本身也常常是剩餘的隱約背影，

由此，我們會為我們的鄉村感到無限的惆悵，哀傷。

（本文係國家社科基金項目「中國當代短篇小說文體研究」12BZW019 階段性成果）

〔註 8〕阿來：《看見》，湖南文藝出版社，2011 年版，第 253 頁。

短篇小說魔術師，或品酒師——蘇童的《祭奠紅馬》《拾嬰記》及其他

一

其實，早在上個世紀末，蘇童就已經開始喜歡甚至迷戀紅酒。我清楚，像他這樣一個小說家，對紅酒的品鑒和感受，不會如品酒師那樣，在龐大而博雜的葡萄酒世界裏，刻意地去進行確立主題、尋找酒樣，不斷地進行盲品式體驗，以期獲得對葡萄酒「準專業」的自信。但他也不會僅僅停留在發燒友的水準，顯示和張揚一種狂熱，他也不可能只是對他喝到的每一款酒，就顏色、香氣、口感、陳年能力、配餐建議做一種量化評定。蘇童是一位有極強的身份感的人，無論面對日常生活，還是寫作，他更像是一個「極簡主義者」，且持有一顆平常心，不執不固，不躁不厲，只有一旦進入寫作狀態，他在虛構的世界裏才會顯露應有的精神張力。因此，我想，他對葡萄酒的鍾情，本沒什麼可誇張的，也沒有任何神秘、懸疑的參數在其中。也許，僅僅是喜歡而已。感覺超好，正如他之於短篇小說寫作，是一種喜愛，喜愛就會心甘情願地投入，甚至這種喜愛可能是生理性的，幾乎沒什麼淵源。我在想，既然任何事物的存在都有其堅實的理由，那麼，一種事物與另一種事物之間的潛在聯繫，只有在人的介入之後，才可能引申出各自的異端性，沒準兒就成為一種有機的串聯，而每種事物各自的意義也許就在此產生。從蘇童與這迥異的兩種事物的關係，我能體會到一個小說家對事物的感受方式，以及內在感受力的強弱，就如同面對不同款式的葡萄酒，撲面而來的是複雜的氣息和

味道，而蘇童小說恰到好處的遣詞造句，天然渾成的結構和敘述，融會其間的雅致、華貴、平衡、色澤或醇厚、飽滿、強烈，一定令他產生作為一個作家巨大的滿足感。癡迷或喜愛葡萄酒的人，一定會充分地感知到其內在的魔力。葡萄酒和短篇小說，對於一個小說家而言，就不似常人看來是兩件風馬牛不相及的事物了。在葡萄酒的世界裏，蘇童已經足可以成為一個「準品酒師」，立刻就能抓住酒體瞬間產生的感受和質地；在處理生活和文字精妙關係的小說虛構中，蘇童卻更像是一個魔術師，時時處處都體現出個性十足的靈性和自由的氣度。因此，一個人在享受紅酒和寫作快樂的同時，他或許會很自然地選擇屬於他自己獨特的寫作方式，用自己的感受去體味生活世界的玄妙，重新構想，或者平衡地建立起他所體驗過的生活與事物的相互關係。於是，灑脫和靈動，結實和凝重，張揚和內斂，似乎「混釀」在他的許多文本裏。就像葡萄酒的釀製，葡萄生產的緯度、年份、地區，以及這個地區的氣候、濕度，還有橡木桶的品質，都隱藏在製作的過程裏；而小說的品質，包括敘述的綿密或疏朗，結構的堅實或靈動，語言文字的質地，能否在想像力的作用下揮發得淋漓盡致，雖與自然的造化有關，更關乎靈氣在事物中的再次發酵。繼而，在有效的結構裏，揮發出「醒」過之後的價值和意義。所以，任何一篇意味深長的小說，都類似一種精心釀製的葡萄酒，它在被閱讀者真正喚醒的時候，才可能徹底實現其應有的魅力和魔力。或者說，葡萄酒對於我們來說，在一定程度上與小說是一樣的，簡直就是一座迷宮，而小說本身則是迷宮裏的迷宮。倘若我們進行一種不嚴肅的猜想，假設小說迷宮的製造者，是一位故意要挑戰閱讀者的釀酒師，他身上又散發著像雷蒙・卡佛那樣的酒氣的話，很難想像，誰能清醒地走出他在如此複雜的精神和心理情境中所預設的迷宮？

熟悉博爾赫斯的人們都知道，他在與威利斯・巴恩斯的一次談話中，談起他夜裏做噩夢的經歷，其中最基本的內容主要有三種：迷宮、寫作（讀書）和鏡子。博爾赫斯的小說，也常常將鏡子和夢作為敘述的主題，特別是夢，他常常寫它，也常常夢到它，而且大多是關於噩夢的迷宮。1984 年，在北師大讀書的蘇童，就讀到了博爾赫斯。他曾細緻地表述自己閱讀博爾赫斯的感受：「深陷在博爾赫斯的迷宮和陷阱裏，一種特殊的立體幾何般的小說思維，一種簡單而優雅的敘述語言，一種黑洞式的深邃無際的藝術魅力。坦率地說，我不能理解博爾赫斯，但我感覺到了博爾赫斯。」〔註1〕我感到，博爾赫斯此後一直若即若離地伴隨著蘇童的寫作，他的一個個短篇小說，都或多或少地充滿了博氏夢幻般的玄機因子，支撐起他那些凌空蹈虛般的想像。也許，蘇童的一些重要作品的構思，就是博爾赫斯夢和迷宮的另一種延伸。像「楓楊樹鄉村」系列小說，以及後來的《蝴蝶與棋》《水鬼》《巨嬰》等，都彌漫著夢的氣息和迷宮的意味。蘇童在讀卡佛的時候，曾有過這樣的感慨：「讀卡佛讀的不是大朵大朵的雲，是雲後面一動不動的山峰。讀的是一代美國人的心情，可能也是我們自己這一代中國人的心情。」〔註2〕蘇童將在卡佛的作品裏品味出的感受，用一個他自己都認為不恰當的比喻，情緒化地貼給了卡佛，那麼，他自己呢？而我們對於蘇童的判斷，所依賴的標準，根本沒法按著老套的思維方式進行，那樣，我們就會變得自欺欺人。這不僅是因為蘇童身上沒有令人焦慮的酒氣，而且，我覺得最主要的是，蘇童並不是一個很複雜的作家，他有自己判斷事物的審美軌道，那麼，他通過敘述布置下的迷宮，我們應該怎樣破解或繞出來，可能更是一件很費心思的事情。

二

毫不諱言，我最喜歡蘇童的兩個短篇是：《祭奠紅馬》和《拾嬰記》。前者，寫於 1988 年，這個時候，蘇童已經漸漸開始最大限度地按著自己的方式處理小說了。我相信，這個小說已接近了一流的水準。其實，在上世紀八十年代末，拿出這樣一篇具有滄桑感、縹緲、悲涼和寂寞的東西，的確是很「先鋒」的。當然，在那個時候，也許是很「可怕」的一種敘述風格和想像方式。其時，蘇童正在構思他寫作生涯開始以後最有影響力的中篇《妻妾成群》。所以，我感到，蘇童在短篇和中篇寫作的相互轉換中，也正是從對塞林格等人的模仿秀中掙脫出來的過程，從此前的敘事形式圈套騰挪出來的過程，這時的蘇童，充滿了敘事和虛構的熱情，他對小說的理解開始進入一個新的層面。可以說，《祭奠紅馬》和《妻妾成群》，也正是蘇童短篇寫作漸趨於熟練，並且嘗試以古典的寫法創作中篇的一個重要拐點。我們知道，對於這樣一個傑出的作家來說，蘇童青壯期的寫作時光在這個時候開始了。好像早已預料到的，此後的二十餘年，正是蘇童的一段並不短暫的河流般奔湧的創作史。蘇

〔註1〕蘇童：《河流的秘密》，作家出版社，2009 年，第 164 頁。
〔註2〕蘇童：《河流的秘密》，第 203 頁。

童不經意間就讓人們記住了他的諸多的小說，尤其是中篇和短篇，故事、人物和語言，都是不易忘卻的。而他的短篇小說實踐，也足以聳立起一座了不起的山峰。

先簡單談一下短篇小說《祭奠紅馬》。這是蘇童早期「楓楊樹鄉」系列中的一部極具代表性的短篇小說，但卻是相對較少受到重視的一篇。在這篇小說中，蘇童最早地表現出「先鋒小說」敘述方面的開放性特徵，也是最先在小說中體現敘事自由和尋找幻覺、追蹤幻覺的作品。具體說，這是一個關於「外來者」的故事，也可以說是一個關於生命、生存、命運、欲望或者衰老的傳說，還可以說是關於「古老的」敘述母題的某種演繹。小說雖然只是寫了一個怒山老人，一個被稱為鎖的男孩和一匹紅馬在「楓楊樹」短暫的生活經歷，但這裡所有的一切都為這匹富有靈性的、神明的紅馬而牽動。我感到，蘇童試圖在這個有關「回憶」的敘述中找尋解除束縛生命的密碼。他意識到，包括「我爺爺」「我姑奶奶」在內所有人物，無法擺脫命運的實際存在的境況，也深諳人的命運的沉重不堪。因此，蘇童想表達的「何處是家園」「何處有夢想」的敘述動機，只有寄託於這匹有性靈的神奇的紅馬。他妙悟到了紅馬所具有的詩性，它的魔力、它的壯美、它的隱忍和勇敢，人所無法實現的夢想和樸素的願望都可以被它所承載。

> 你聽見我爺爺的銅嗩吶再次吹響，模擬鎖的哭聲，你要把鎖想像成一個滿身披掛野草藤的裸身男孩，他站在河川裏撒尿，抬起頭猛然發現紅馬正在遠去，一匹美麗異常的紅馬鬃毛飄揚、四蹄凌空，正在遠去。鎖將手指含在嘴裏開始啼哭。鎖的哭聲對於我們來說持續了一百年。你在四面八方聽見他的哭聲，卻再也看不到他。紅馬的小情人隨著紅馬一起遠去。
>
> 復歸永恆的馬，復歸永恆的人，他們將一去不回。

說開始和結尾都重疊性地寫到俊逸的紅馬的「遠去」，寫到它在掙脫人對它的束縛後自由自在消失的情境。蘇童領悟到怒山人和楓楊樹人的精神差異，他們對世界和生活不同的理解方式，怒山人與紅馬之間神秘而默契的關係，而這一切是很難以寫實的手段來表達和處理的。於是，他從一匹馬的到來和消失，一匹馬的隱忍和憤怒，寫到「拉磨」生活對它的天性的扼殺。那個紅馬好似一個精靈，出神入化般在我們的視野中自由騰挪，進而發掘和凸現其身後主人的性格和內心的表情。我們或許會發出這樣的疑問，在這裡，誰是故事真正的主人公呢？蘇童對人與馬都心領神會，捕捉到了兩者相似的神韻，可以說，這也是蘇童得之於自然的「神思」。其中蘊含著情，這種「情」並非止於一般的日常情感和情緒，而是經過提純、昇華、且加以形式化的審美情感。寫作這篇小說時的蘇童，作為中國當代先鋒小說的重要作家，其時，正對後現代主義文學精神情有獨鍾，但仍然能看出他對文學的古典主義傳統的眷顧。這時，他極少在敘述中探索人物的深層心理狀態，人物的「幻覺」已經不再作為揭示生活和人的內心隱秘的通道，幻覺也已成為生活的實際存在，與現實相互轉換。敘述人，人物的感覺、體驗、乃至行動都在「現實」和「幻覺」的中間狀態漂移不定。生活的虛幻性和人物命運的不可把握，在一匹馬和一個孩子身上自由地表現出來，它說來就來了，說走就飄走了，它如此誇張，如此神奇，又如此真切，顯示出獨有的神秘和靈氣。由此，蘇童寫作中的靈氣，也伴隨抒情性的文字蕩漾而出。如果說，蘇童的短篇小說，隱隱約約地存在一個難以描述或概括的界定的話，那一定是他夢寐以求的敘述的境界：樸素空靈，詭譎深奧，迷宮風格中浸潤著敏感、簡潔、智慧和虛擬的現實。

這些年，我一直極力推崇的蘇童短篇小說《拾嬰記》，發表於 2006 年。我認為，《拾嬰記》無疑是蘇童迄今最好的短篇小說之一。好的短篇，有種渾然天成、偶然得之的機遇，《拾嬰記》當屬此列。

無疑，在這裡，蘇童是想寫一個「無中生有」的故事，而且，到了後面，又成了一個「有卻還無」的迷幻或幻象。在文本的敘述中，沒有人出來擔當什麼，也沒有人感覺缺失什麼，嬰兒和小羊，這兩種不相同的生命，生長出了相同的命運。但是，力量和控制，使小說變得更具「城府」和「內爆力」。這裡，顯示出蘇童小說敘事的另一面：貌似柔軟而霸道地「扭轉」生活的能力。永遠不能說話的羊，與不會說話的嬰兒，他們還能幹什麼？蘇童究竟想要衍生出什麼意義來嗎？

這篇小說敘事的靈動，體現在它被一種也可以稱為「敘述圈套」的形式感所駕馭，蘇童虛構生活的能力，在這裡得到了進一步的證明。所以，《拾嬰記》同樣也是展示蘇童寫作靈氣的經典之作。在這個小說中，也再一次顯示了蘇童對小說的獨特理解，以及作為創作主體的敘事美學氣質。蘇童體悟到了中國文學敘事傳統中，關於輪迴與可逆性時間的小說結構邏輯，借助其機敏的想像力，將故事講述得神奇、飄逸和灑脫。「一隻柳條筐趁著夜色降落在羅文禮家的羊圈」，這句話，先後作為小說的開篇和收束，任意地打開和關閉一個既單純又複雜、既詩意又怪誕的故事結構，不僅顯示出蘇童敘事方面的自信和堅定，尤其讓我們感覺到他能夠銜接不同的「時間斷層」的靈氣。飛去的嬰兒與飛來的小羊，在敘述中像《祭奠紅馬》中的紅馬，來去自由，輕靈變幻。寫實與虛擬、樸拙與修辭互為激活又相生相剋，既實在又浪漫，因此，小說不落凡俗地將「棄嬰」的故事渲染成一次抒情和「狂歡」的奇妙旅程。一個小男孩拎著一隻籮筐，裏面是一個從天而降的嬰兒，所到之處，都會立刻點燃每一個成年人內心的幽暗。小說的敘述，在一條很「世俗」的道路上，自由自在地張揚一種意緒和生活的哲理，是蘇童不經意間種下的果實。這樣的構思，這樣的文字，製造的幻覺和空靈氛圍，雖然在它結構的精緻和敘事策略下，使故事的本意變得更加含蓄、隱晦，但依稀迷離的意境，曲徑通幽，從另一個角度接近了唯美的、略帶魔幻成份的敘述風貌。當然，迷宮的魅力，並非生產於智商的植物裏，而應該將它歸之於遊戲感、浪漫神秘和好奇心的誘惑，也潛伏著巨大的藝術創造的衝動，蘇童不擅長也不屑在敘事中闡釋人物的思想和觀點，他所著迷的是將所發生的事和人物存在的價值都藏在字裏行間。

這篇小說，敘述的方向感極強，一條為嬰兒尋找歸屬的「棄嬰」的線路，曲曲折折，一連串的動作性極強的「向外推」的意志，無法打通的人性深處的幽暗隧道，更無法整飭的真實的道德空間。現代人脆弱的心理意識，都懸浮在一個城鄉結合的邊緣地帶。嬰兒的一次次裸露和亮相，使看上去極其客觀、冷靜的敘述卻不斷泛起波瀾，世態人心清晰可見。沒有誰願意擔當，沒有一雙有力量的手臂抱起嬰兒，一條無形而冷酷的心理之索，生長為一根僵硬的靈魂軸心。讀到這裡，我們都會為蘇童捏一把汗，替他憂慮這個故事該如何結尾，擔心他落入俗套地讓棄嬰被一個真正的好心人領走，或是被「組織部門」收編，而蘇童則選擇了一種開放式的結局：首先，棄嬰竟然被一個溺水身亡的女孩的母親——瘋女人「拿」走了，可見，這是小說家發明的「沒有道理的道理」。然後，重啟一個章節，「一隻柳條筐趁著夜色降落在羅文禮家的羊圈」，實質上，這句話應該是「一隻柳條筐趁著夜色再一次降落在羅文禮家的羊圈」，那麼，究竟是誰還原了最初的場景，掩蓋了一個「彌天大謊」？只不過，隨著柳條筐一起飄回來的不再是嬰兒，而是一隻同樣也不能說話的小羊。追根刨底地探究是誰的嬰兒和誰的小羊，已經沒有絲毫的必要了。嬰兒最終將遭遇怎樣的命運，似乎也不構成敘事最大的動力和懸念。我們當然不會相信，羅家夏天時走失的那隻小羊回到了主人的身邊，可是，我們是否可以延伸蘇童的想像進行推斷：那個被遺棄的嬰兒，終有一天也會靜悄悄地突然撲到母親的懷裏。一個簡單的故事，細緻地、漣漪般地滲透出許多令人回味的世情和情境。

這裡，我還是忍不住提及蘇童的另一個短篇小說《橋上的瘋媽媽》。我一直以為，這篇蘇童寫得令人深感哀婉、悽惶的短篇小說，蕩漾著無盡的幽怨和幽韻，一個女人的身世，就像遠逝的蹤影，雲霧之間，縹緲一生。我猜想，這個瘋女人，一定和《拾嬰記》中那個女性是同一個人。在蘇童早期的中篇小說《紅粉》《妻妾成群》《婦女生活》等作品中，就曾大量寫過那種頹廢氣息中呈現出的感傷的情懷、女性的溫柔與薄命。而這篇《橋上的瘋媽媽》，更加體現出蘇童寫作中的哀愁、感傷情結，彰顯著女性命運、情調和文本內在湧動的不竭的詩意。其中，宿命的悲天憫人感和紅顏薄命的情境，也由此而生。如何去把握、表現一個患有精神疾病的漂亮女人的內心，如何寫出她與周圍人群的關係？顯然，這也是對一個短篇小說提出的一個挑戰。我們看到的是，蘇童在悉心地依照「我」的一種感覺方式，想像、充實、感悟出他所描繪的生活事件，他引進了一種反常規的經驗和不協調的情景，使原本可能詭秘、神奇、怪異、不可思議的人物和事物變得鮮明、生動和易於理解。小說對「瘋媽媽」內心或者說心理流程的呈現異常的緩慢，敘述幾乎是在顯微鏡下記錄事情發展的過程。「瘋媽媽」從最初的平靜，到最後的瘋狂，紹興奶奶、崔文琴和李裁縫，他們內心的微妙而「瘋狂」的行為，直接逼視出人心的「魔境」和隱秘。一枚蝴蝶胸針，一枚琵琶紐扣，竟能牽扯如此的世道人心。究竟誰才是正常的呢？蘇童在尋找、體悟中推衍「瘋媽媽」和所有人的「魔根」「魔性」所在。我們在「瘋媽媽」這個人物身上所看到的，並不是她對常人世界的叛逆和拒絕，而是她對人心中真正的「魔性」和「魔道」的恐懼，善良在這幾個人身上也出現了錯位，發生了畸變。蘇童這裡表現的，不僅是人在某種苦境中的生活，主要是再次發現了人與人之間對話的盲點和死穴，這不免令人心生悲涼之感。飄逸和滄桑，悠遠和怪吝，交織在一個敘述結構當中，拉動出美感和神秘感的糾結，也彌散著某種「下沉」的味道，湧動著河床之下的「暗流」。

這時，我們會不斷看到一個在寫作中充斥著靈氣的、在文字裏自由、舒展的小說家蘇童。

蘇童寫作的靈氣，源自於他的感悟，但這些精妙神諭般的感悟又緣何得以生成？又為何持續不斷地生成？這是最令我們感興趣的問題。蘇童不止一次在談話中表達他喜歡寫作的緣由：「許多人在他的生活當中都有他自己的表達方式。對作家來說，我覺得這個表達是比較神奇的。他寫作的整個行為是生活的一部分，他面對的對象其實是個虛擬的空間，並不是面對一個人或一群人，這種表達不被打擾，自己的思維、想法，可以一瀉如注，創造一個供自己一個人徘徊的世界。它恰好是一種最自由的表達：一方面它滿足了我內心的擴張，另一方面也滿足了表達的欲望。」「寫作最有意義的一面對我來說是，它使我的生活變得豐富。我常喜歡說，我的生命很單薄、很脆弱。但是因為寫作，我的整個生命變得比較豐富、柔韌一些，自己對自己的生命質量會滿意一些。」〔註3〕在這裡，我們能感覺到蘇童寫作的「關鍵詞」和內在邏輯就是：一、寫作會使單薄、脆弱、寂寞的生命豐富而柔韌；二、寫作已經是生活、生命的一部分，而且是自己最自由的表達方式，惟有自由的表達，才有可能觸摸、跨越靈魂和精神的邊界；三、寫作更是神奇的表達，也是作家內心的擴張，也是對於現存世界的不滿意，滿懷著改造現實的強烈意願對世界的征服；四、個性品質鑄就的氣質，令文本透射出不可複製的「貴族氣」。由此，我們也更明晰蘇童寫作中那顆敏感而敏銳的心，以及他特殊的想像力，對生活、生命充滿唯美色彩的如夢如煙般的演繹方式和寫作衝動。

可見他寫作中的靈氣、妙悟的強大基礎，主要是對自我生命的獨特體驗和與眾不同、不同凡響的美學激情，以及因敏銳、敏感之心生發的悵惘、愁緒、悲憫和詩意。仔細想想，「靈氣」「靈機」或「靈犀」，合成或者說成就了一個作家的個性化「氣質」「性情」，它和笨拙、愚鈍相對，也就是說，「靈氣」是作家在寫作和文本中體現出的悟性、敏感、睿智、聰明等氣質，最終在寫作中體現為一種罕見的「筆性」，在每一個輕盈而起伏的句子裏迴蕩。一個作家有多大的文學天分和靈氣，從其作品的面貌就可窺見一斑。清代一位文藝理論家袁枚，在著名的《隨園詩話補遺》中，曾經提到了「筆性」的靈與笨拙的問題。這裡的「筆性」，其實指的就是靈氣，它是人性中的可貴品質。他認為，人有靈氣，詩才可能會有生氣、生機和才氣。當然，不同的作家有著各不相同的性情和靈機，有著對生活和世界不同的感覺和妙悟，獨特的玄思

〔註3〕蘇童、譚嘉：《作家蘇童談寫作》，《當代作家評論》，2002年第5期。

和想像方式。這一點也與中國古代文論中「自得」的命題和範疇頗為接近，它強調、重視詩人、作家自身體驗的鮮明性、獨創性等直覺思維色彩，以及智慧的天賦性。在審美發生的視域裏，靈感的「自得」是一種自然而然的生成，而非刻意地苦思覓求，是寫作主體對世界的意向性精神投射。也可以說，「自得」和獨創是「原生態」文學產生的重要因素。從這些道理或角度看蘇童，他有靈氣，而且是與眾不同的、非凡的靈氣。那麼，對於蘇童來說，每一次寫作也許都是一次機緣，由偶然的事物的感受觸發而導致了靈感的天機，成就了一次次作品的有機生成，凸顯出靈氣的無處不在。蘇童的靈氣，在於他對世界、生命、自然、人物林林總總的深切體驗，尤其對於人性空間的細膩而富有哲思的感悟。這體驗和感悟的程度，往往超越平時他對於生活的判斷與思維。還有，很早的時候我就強烈地意識到的，蘇童小說中彌漫的那種十足而高傲的「貴族氣」，這一點，又使得蘇童的「靈異之氣」更為厚實、貼切。我想，這一點恰是許多中國當代作家所不具有的一種獨特氣質。

品質尚好的葡萄酒，一定蘊藉著那種彰顯高貴的氣息，傑出的小說文本，也同樣具有盡顯「貴族氣」的魔性和神性。這時，我想起另一位同樣在文本中充分體現出「貴族氣」的傑出作家阿來。他近年來對植物的迷戀也達到了無法割捨的程度。從他新近出版的那本《草木的理想國——成都物候記》，我們感受了阿來對植物的極度喜愛、陶醉，文字中所表現出常人所罕見的堅執。他是在稍稍離開了物質層面的世界裏，鍾情並發掘植物與環境、人與環境之間密切而神奇的聯繫。似乎，植物改變了他的性情，或者說，性情過濾著植物。因此，我後來重讀阿來的《空山》時，會很強烈地感受到，阿來在人與自然這個互為環境中，所體現的寬柔而包容的氣量。由此，我很樸素地以為，一個優秀作家，一定會在特定的時候，因為某種特別的機緣，會對某種事物或者存在有所眷戀，有所寄託，保持恒久的熱愛，因為，這是一生樂於懸命於寫作的作家，對生命、事物和自然的執著糾纏，這是生命中深厚情懷的起源。我們民間通常所說的「通靈」，對於一個作家而言，至關重要。萬物皆有靈，小說家無需算計，「天人合一」「神與物遊」，才是藝術創造的至境。而魔性和神性，卻都是來自於人與自然的某種不期而遇的神示，無論是植物，還是葡萄酒，都可能會幻化成小說中的某種情緒，以及敘述的動力，給文本帶來純屬偶然巧合的好運。然後，或孤注一擲，或率性而為，去發現人物、人物關係和與之相應的故事，發現小說的另一種新的可能性。可見，這是一件多麼美妙的事情啊。

三

我喜愛和熟悉蘇童的小說由來已久，尤其是他的短篇。我自己都經常問自己：我何以對蘇童的短篇如此格外偏愛，甚至到了無以復加的地步？他的短篇的魅力究竟在什麼地方？1998 年以後寫的，我幾乎篇篇愛不釋手。我想，也許，這與我們古代文論所推崇的「氣、定、慧」有一定的潛在關係。或許是由於我的所謂「氣」，於經意或不經意間可以輕鬆而喜悅地進入蘇童文字所彌散的「氣場」之中。其實，這與人和人之間的接觸是同樣的道理，所以，當你發現拿起了一本根本不喜歡的書，就可以立刻放下，這與感覺遇見了不喜歡的人可以馬上走開是一個道理，但前者往往會體現得更強烈、更直接。而面對你喜愛的文字，就如同精神和力量扼住了喉嚨。

我一直以為，蘇童是最具短篇小說大師氣象的作家，十幾年的蘇童閱讀史，使我越來越相信這一點。有時，我會猜想，蘇童這位擅寫短篇的小說聖手，他身上一定具備一種與生俱來的東西，才能夠讓他將短篇小說的各種元素，得心應手地把玩於股掌之間。萬把字的敘述，何以會入情入理，優雅從容，起承轉合，幽韻靈動，於平實處見起伏，於波瀾中現婉約，於恬淡中藏乖吝，倒是很像有序的「行板」，絲絲入扣又鬆弛有度。這樣令人迷醉的短篇文本，不是一篇、兩篇、三篇，而是上百個短篇小說都在一個極高的水準線之上，這就不禁令人驚奇和讚歎。而我覺得蘇童小說最傑出的地方，還在於他敘述或者說寫作和文本中的雙重自由。他的敘述，似乎永遠有一如既往的驅動力，而相對穩定的寫作風格，養成了他持久的不同凡響的個性風貌。除了尊重、誠實地對待筆下的人物，平易地講述離奇的故事，以及能夠引發充分的聯想和內斂、溫婉的文字，還有一種粗心的讀者不易察覺的溫度感和味道，敘述者不斷變化的豐富表情，都讓我們感知他文本的特別。是的，他能夠從骨子裏越出現實存在的邊界，虛構的世界與現實也不再有僵硬的界標，文本和現實似乎都是虛擬的場景，舒展、飄逸。

我曾仔細研讀過可能對蘇童寫作構成影響的一些中外作家的文本，像塞林格、麥卡勒斯、福克納、馬爾克斯、納博科夫和雷蒙・卡佛等人，想從「寫作發生學」的視角進入蘇童的小說文本。但我知道，那極可能是浮光掠影、捕風捉影般地劫掠一些皮毛而已。為什麼這樣講呢？我覺得，評論者的職業慣性，慫恿我總試圖能夠找到一些語詞或一種事物，能精妙地來描述或妥帖地喻指蘇童小說的整體風貌或氣度，卻終究還是不能肆意進行比附。於是，我開始實實在在地憂慮我蹩腳的分析，可能輕浮地揣摩了文本固有的本色。我更願意捕捉籠罩在他諸多小說中的那種神韻，體驗閱讀蘇童小說過程中特有的微妙感受，判斷出他如此自由灑脫的文字和舒展敘述的由來。我竭力杜絕任何粗陋的閱讀，唯恐漏掉敘述中的細緻精微之處。而且，我現在越來越不認為，蘇童的小說是仰仗「講故事」取勝，所有的精彩和意蘊都隱含在字裏行間，敘述的過程裏，短篇小說的妙處是在一個長度中完成的。應該說，真正傑出的寫作，根本無法對其一言以蔽之。這就彷彿蘇童自己坦誠的那樣，小說就是一座巨大的迷宮，作家所有的努力，似乎就是在黑暗中尋找一根燈繩，企望有燦爛的光明在剎那間照亮你的小說以及整個生命。從另一個角度說，蘇童的小說文本，也像一根燈繩，期待每一個讀者用心地抓住它。

這時，我還是想到蘇童的寫作與紅酒的關係。這可能是一個無法避諱的問題。因為，在我看來，葡萄酒和短篇小說，都是太過神奇的兩種存在。蘇童在某一篇小說裏，當然是短篇小說，他琢磨、處理生活經驗的時候，是否與此時正喝的某一款葡萄酒有什麼微妙的關係？那麼，我告訴你，事實上它們一定毫無關係。我猜想，每當蘇童喝到一款尚好的葡萄酒的陶醉和欣喜，可能絕不亞於他寫就一個短篇之後的快慰，但寫作與他是血濃於水的關係，決定了能夠改變他、影響他的卻只有寫作。蘇童不是一位「嗜酒者」，更難成為一個「酒鬼」，酒精永遠不會對他起任何負面的、不好的、致幻的作用，因為他絕對懂得酒的內涵，會有節制地把握酒精的度數，他太清楚應該享受葡萄酒的哪一部分品質了。最重要的是，蘇童是一個有強烈道德感和崇尚人格尊嚴的人，他率性和厚實的為人品質，使他飄逸、靈動的文字充滿了敘述上的節制和控制力，內斂的熱情和張力，遍布在字裏行間。因此，在小說和葡萄酒的世界裏，他只能是一個儒雅的魔術師或高貴的品酒師，而不會成為一個巫師或掌控無度的酒鬼，葡萄酒，或許只會成為作為作家蘇童寫作的一個不易察覺的一個元素。所以說，這一點，蘇童與雷蒙・卡佛完全是兩回事。確切地講，卡佛對酒的感覺和接受，主要是吸收這種神奇液體中乙醇的成份，酒精依賴症的狀態，使得他在寫作中經常混淆生活與虛構的關係；而蘇童所能享受的，是儘量地刪節掉葡萄酒這種令人癡迷、愉快的液體中酒精這個危險的元素，他可能更渴望在更多的機會裏「自豪地吐酒」，風度翩翩地吐酒是自覺而有力度的，能讓吐出的葡萄酒形成一條美麗的弧線，並充分地「咀嚼」徜徉在口腔裏的單寧及其整個酒體的揮發性力量，從而盡情地感受舌苔傳導出的紅酒的芳菲，感受事物奢侈的一面或細密的一面。也許，在我，或者讀者，也如此這般地喝了尚好的葡萄酒之後，再開始閱讀蘇童小說的時候，會對故事和人物的目光透射出奇異的神情，萌生出碎金般的迷亂。這時，就可能完全像穿越葡萄酒的迷宮那樣，破解小說迷宮所產生的無盡的詩意。

葡萄酒為我們提供了萬千多變的可能性，小說也是如此。

分別寫於 2007 年、2010 年的短篇小說《茨菰》和《香草營》，也是蘇童近年所寫的兩個非常好的短篇小說。這兩篇小說基本保持了以往的結構方式。不同的是，故事和人物的倫理成分和道德感，開始佔據、進入敘述的核心地帶，人性的面貌及其呈現方式，開始隱隱約約發生些許的變化。這期間，蘇童正開始長篇小說《河岸》和另一部新長篇的寫作，幾乎再沒有寫新的短篇，於是，我就經常徘徊在他那些數量不菲的短篇舊作裏，如同享受那種曾令我可以深情地回憶往事的舊日陽光，內心沉醉、悠遠，而且平靜。

小說的「倒立」，或荒誕美學
——莫言幾個短篇小說閱讀劄記

一

在今天，我們該怎樣面對作家莫言及其文本？如何重新闡釋其近幾十年的創作？這恐怕是當代小說研究和評論界所面臨的一個新問題。莫言獲得「諾獎」之後，我也曾撰文表達過類似的憂慮。我認為，莫言獲得「諾獎」，難免構成當代社會的重大文化事件，因為它所蘊含的種種複雜的政治、文化、精神、民族心理、大眾傳媒等等因素，必然會造成諸多文學的、非文學因素相互雜糅的「轟動效應」。這就在很大程度上使得莫言從一個「有限度」的著名作家，躋身於一個民族的「文化英雄」的行列。這些，對於我們時代的文學和文化，就顯得過於「奢侈」，衍生出極具個人性的「喧嘩」，而且，這些外部因素帶給我們的認識和效應，不免使得莫言有可能成為一個文化符號而已，甚至，也許令一位依然可以不斷地、繼續創造新的文學可能性的莫言，變成一個僵化的、固化的、世俗化的存在。現在，我們所關心和重視的，更應該是那個與文學本體密切相關的莫言。所以，在面對莫言及其文本的時候，我更願意思考有關莫言寫作本身的種種文學價值。因為無論莫言獲獎與否，他所創作的作品，都是當代中國文學最具有闡釋性的文本之一。從莫言幾十年具體的文學創作實績看，無論從精神性、文化性，還是文本蘊含的豐富性、奇崛性，莫言無疑都可能成為一位「說不盡的莫言」。從我知道莫言起，莫言在我的閱讀印象裏，就從未間斷過對於他敘述方式和形態的思考。我們應該深入思考莫言作為一個「中國故事」「中國經驗」的講述者，他為什麼能夠如此變化不羈地、不停頓地講述有關歷史和人性的故事？他的身上有著一種怎樣的精神美學的「氣力」和「氣理」？他對現代漢語寫作的真正貢獻是什麼？他給中國文學乃至世界文學所提供的新的文學元素是什麼？究竟是什麼因子在最初的寫作中，或者在數十年來迄今的寫作中，依然能不斷地點燃莫言的寫作激情？他持續表現這個民族的歷史以及人性的存在生態和靈與肉的變異，其敘事的動力何在？也就是說，我們需要探究的是，莫言的想像力是如何借助他天才的表現力，穿越歷史和我們這個時代的表象，創造出一種獨特的語境和想像的世界？還有，莫言通過如此大體量的敘述，他在文本中所提供的關於整個存在世界的圖像，究竟有多少深層的「意味」？也就是說，莫言是憑藉什麼力量和靈感，寫得如此狂放不羈，文字像江河一樣自由而不息地流淌？

我想，自稱自己是「講故事的人」「訴說就是一切」的莫言的敘述，首先最能打動人心的，是具有一種超越歷史、尤其超越時代的激情和強大的精神力量。他彷彿永遠都有敘述的激情，永遠有自己獨特的藝術表現能力和方向，他從不站在自以為是的立場和角度進行藝術判斷。這個世界需要怎樣被講述，有什麼東西最值得講述，講述它的時候，作為一個講述者，他的內心該有怎樣的方向和選擇，決定了故事的方向，同時也決定了故事的價值和意義。那麼，講述的方式和出發地就顯得非常重要。聰明、智慧的講述者，未必能講述出世界的真相，但能夠真誠面對歷史和現實的作家才有可能道出存在的種種玄機。莫言曾經說出了一個作家自身強烈的寫作欲望和需求：「所謂作家，就是在訴說中求生存，並在訴說中得到滿足和解脫的過程」，我最能夠理解莫言說的那句「許多作家，終其一生，都是一個長不大的孩子，或者說是一個生怕長大的孩子。」我感覺，莫言格外喜歡這種「皇帝的新裝」式的「看見」和盤詰，在他的文字裏，詭異的世界之門對他訇然中開，讓他刺探虛實。其實，莫言，包括許多試圖發現生活內在質地的作家，都願意具備一雙孩子的眼睛，因為文學的敘述是不能使用謊言的。

我曾在《誰發現了荒誕，誰就發現了歷史和現實的「扭結」》文中提到：「是否可以說，莫言是中國最早、最成熟地表現歷史、時代和生活荒誕的作家之一。他在發現了中國歷史和現實的荒誕之後，以一種『狂歡式』的傾訴呈現這種荒誕，而且，持續地表現這種荒誕。我覺得，莫言的發現，其實是發現了歷史和現實生活本身的慣性和日常性；他所選擇和表現的生活，實際上就是當代中國的日常生活。所以，在這個時代，誰發現了荒誕，誰就發現了日常生活的『扭結』，或者說，誰發現了日常生活的變異性，誰就能真正建立起關於這個世界最真實的圖像。我想到另一位傑出的作家余華，想到他的長篇小說《第七天》。許多人認為他利用了新聞和媒體的材料，『串燒』了當下中國的現實和新聞案例。其實並不是這樣。余華小說中的現實，就是荒誕的現實，但在我們這個處於高速變異的時代，以往荒誕的概念已經被徹底顛覆了，荒誕不再是荒誕。與莫言不同的是，余華還是把以往的荒誕當作荒誕來呈現，以荒誕擊穿荒誕，而莫言始終將一種整體性的荒誕當作日常生活，並繼續將這種荒誕進行變形。面對荒誕的時候，莫言選擇的是更大的荒誕，魔幻、民間的志怪方式和手段，走的是一條用力敲碎生活和歷史邏輯的道路，而余華是貼著現實，觸摸荒誕中人性的無力和現實的絕望。我在理解莫言意義和價值的同時，也理解了余華的強烈介入現實的勇氣。」

我們能夠體會到，莫言較早就具有與同時代作家有所不同的「酒神精神」。必須承認，這是莫言小說所具有的一股強大的美學力量。這種來自作家創作本體的力量，使他在上個世紀八十年代較早而迅速脫離被種種文學潮流所裹挾的敘述慣性，迅速地擺脫和突圍，特立獨行，不再被文學之外的因素所干擾和束縛。這就使得他以一種新的敘事美學形態，呈現出與眾不同的藝術風貌，創造出許多令人歎服的文學意象，進而生成神奇的文本氣息和文本形態。上世紀八十年代的文學環境和意識形態場域，使許多有才華的作家脫穎而出，但也使得一些作家深陷「潮流」之中而不能自拔，那個時候，只有具有強勁的、狂放不羈的想像力和藝術勇氣，才能調整好自己寫作的美學方位，在「詩與真」的藝術取向上砥礪前行。這從他早期的《紅高粱家族》以及後來的《酒國》《豐乳肥臀》《檀香刑》中逐漸充分顯示出來。現在看，這種貫穿於莫言寫作始終的內在美學驅動力，顯然已經不能簡單地從所謂「民間視角」「民間審美」「民間想像」來籠統認識。許多人喜愛他的長篇小說《生死疲勞》，其中，莫言敘事氣度，直抵那種對人性的願望、精神、靈魂的終極訴求，這是生命大於任何社會和時代的感覺、意識和寓言，是人類存在的終極理由。他在歷史幽深的隧道裏，在現實、存在世界的不同角度，在人與自然和所謂「輪迴」中，發掘出人性的困境和存在本相，發現人類的秘密，生存的秘密，個體的、集體的秘密，洞悉世界的豐富、蒼涼和詭異。在這裡，生命大踏步地跨越了政治、經濟和文化的規約，一氣呵成，實現了徹底的自由和解放。而他對「土地」的理解，對母親、大地和生命的內在聯繫，完全是基於「母親」倫理並超越了任何道德規約的人性本原，充滿著母性和神性的光輝。這是一個大視角、大胸懷、大氣魄和大智慧。這樣的感懷和敘述，必定是大於一切意識形態的事物的「還原」，是充分尊重世間萬物的包容，是任何功利美學所難以企及的。而作為故事講述者的莫言，無所不在，無所不能，像是一個精靈，自由、灑脫。所以，莫言是一位最尊重生命本身的作家，是一位書寫荒誕又超越了歷史和現實荒誕的作家。

莫言的敘事特徵，主要體現在他對經驗和想像的處理上，他被認為是「通約」了馬爾克斯、卡夫卡和福克納的藝術元素和精神取向。而他與眾不同的地方，正是他最出色的地方，這就是他能夠將現實、歷史的真實形態，獨特地轉化成另外一種「非現實的形態」。這也使他能夠讓想像力超越現實，進入一個自由、寬闊的狀態。他對歷史、現實和人性的敘述，可謂有節制，有內斂，也極其開闊。他能夠找到多種視點變幻的方式，恰切得體，在文本中有著揮灑自如、張弛有度的自由而平衡的敘述狀態。

在這裡，具體涉及到的是文體創新的問題。一種敘述方式的選擇取決於想表達的主題意蘊，但文體的限制和規約常常窒息作家的情感和敘述。有膽識的作家就會無所畏懼地挑戰文體的侷限，開始他精神和文體的雙重擴張。文體的擴張，在莫言的寫作中，突出地表現出一種文體的革命性的延展。這是美學的延展，也是一種超越現實的審美的感性，審美的觀照，審美的物化，審美的靜觀，審美的化境。在寫作的激情和「酒神精神」中，莫言讓敘述改變了或變形了以往的固化呈現生活、存在世界的方式，做到了形神兼備的藝術表達，一瀉千里的語言氣勢。任何固有的、被規約的文體，都被強大的精神性表達需求所衝破。中國人精神的盤詰，焦慮和不安，靈魂的沉重，徹骨的荒寒，無際無涯的複雜情感，人性的逼仄和悲情，早已不能被傳統、慣常的表現樣式和模態呈現出來。莫言彷彿「通神」「通靈」般地發現了人性的秘密，關於土地和生命的奧義，他都以一種不同凡響的、「異端」的、荒誕的體貌，讓寓意在敘述中自由地溢漲出來，撐破文體的侷限，原創性地奇詭地「噴薄而出」。小說、戲劇和寓言諸種元素相互交融，既有魔幻與志怪的交合，也有寫實和浪漫的對撞。在機智、智慧的敘述中自由如天馬行空，汪洋恣肆。以曠達的情懷，「狂歡化」地容納、敘述歷史的記憶和想像，憑藉充分的自信和藝術能量超越現實，以修辭的荒誕，擊穿了現實和歷史的荒誕。對於莫言小說的荒誕美學，王德威認為，莫言的《十三步》「情境荒誕無稽，每每使讀者有不知伊於胡底的危機感，但莫言正要藉此拆散我們安身立命的閱讀位置。」〔註1〕《蛙》同樣是絕好的例子，在這裡我無法贅述。在荒誕敘事中凸現存在的真相，將人引向機智和機警，引向自覺和高尚。

歸結起來說，莫言小說的美學形態，也是對所謂「雅和俗」規約的實踐性超越。我相信真正的文學，不僅能登所謂大雅之堂，更能潛入閱讀者的內心。莫言寫作有著寬厚的審美視域，為我們提供了更為廣闊的寫作和審美的可能性。莫言的敘述，即他所講述的「經驗」，是新的敘事美學的建立和漢語寫作的新實踐，這也是我們對莫言的閱讀和喜愛不會感到倦怠的原因。

下面我想闡釋的是，莫言創作的這種美學風格和敘述策略，尤其他所呈現的歷史與現實的荒誕以及他的敘述對生活的「變形」能力，不僅體現在他的長篇小說文本中，而且表現在他的短篇小說中，進而深入探究莫言在短篇小說文體上所體現出的藝術創造精神和審美價值。

二

阿來說：「一個人所以要成為一個作家，絕非僅僅要對現實作一種簡單的模仿，而是要依據恢弘的想像，在心靈的空間用文字建構起另外一個世界。而建構這個具有超現實意味的世界的最重要的目的之一，便是能通過這種建構來探索生活與命運另外的可能性。因為任何一個人在內心深處，絕不會甘於生活安排給我們當下的這個唯一的現實。也許，生活越庸常，人通過詩意表達，通過自由想像來超越生活的願望會越強烈」〔註2〕王安憶也認為：「小說是目的性比較模糊的東西，它不是那樣直逼目的地，或者說，它的目的地比較廣闊」〔註3〕也許，傑出的小說家都能夠超越我們所能看到的庸常的生活，以自己的敘述建立自己的也是讀者的「目的地」。這裡，一個重要的方面，就是阿來說的「建構這個具有超現實意味的世界」——文本世界。當然，從文體上講，它可以是有一定敘事長度的長篇小說，也可以是一個精緻的、令人拍案叫絕的短篇。

〔註1〕王德威：《當代小說二十家》，生活．讀書．新知三聯書店，第219頁。
〔註2〕阿來：《看見》，湖南文藝出版社，2001年版，第205頁。
〔註3〕王安憶：《王安憶讀書筆記》，新星出版社，2007年版，第217頁。

我們相信，一種經驗，即生活中的「片段」或「噱頭」，一經作家靈感的激活或者敘述的調製，在文本中就會生成想像力的爆發，創作出令人震撼的小說文本。在莫言看來，小說敘述就是對生活邊界的徹底打破，他就是要將歷史和現實、人的種種表演、人的傳奇及人與現實的錯位呈現給我們。既揭示現實的荒誕，又解剖人性的複雜、內心的幽暗，奇觀化、戲劇化、魔幻性地表現人的生存本相和精神本相的豐富和複雜。同時，在敘述的技術層面，無論是長篇還是中短篇，他都儘量地體現出作為寫作主體對世界和生活的認知方法和藝術表現策略；無論是長篇小說敘事的大開大合、跌宕起伏，還是短篇小說的細膩、精緻、簡潔，他都試圖在相應的時間和空間維度，任由敘述的河流奔放自如，那種敘事的自由、「任性」、感覺的碎片，消解著拘謹、「工匠化」的結構。因此，他的小說結構、細節和語言，往往是最「隨便」的，信手拈來，率性而為。這一點，就像王蒙所言：「真正好的小說，既是小說，也是別的什麼」。那麼，「別的什麼」究竟是什麼呢？我想，它一定是小說家的智慧，或者說是小說本身的智慧。莫言早期的短篇小說《倒立》和《與大師約會》可以算是這方面的代表作，它們都不同程度地體現出莫言短篇小說獨特的敘述結構和風格體貌。

短篇小說《倒立》以一個修車師傅的視角，講述了一次同學聚會的過程。這個具有個人性的「私人聚會」所蘊藉的強烈現實性，對人性和社會心理機制的反思，既令人感到驚異，也讓我們倍感沉重。在這裡，「倒立」彷彿一個隱喻或象徵，折射出一個時代生活的鏡象，寓意深遠。當年極端調皮的中學同學孫大盛，現已成為省委組織部副部長。他榮歸故里，衣錦還鄉，大宴賓客，以此顯示自己的地位和威望。那些企圖以此榮身的同學們，則在聚會現場紛紛露出醜態。在這裡，權力的大小，穿透了真正的同學情誼，過去的校花雖已呈現出幾分老態，卻在孫大盛的強烈要求之下，為同學們當場表演「倒立」，並由此露出肥胖的大腿和紅色的內褲。這個場景如此滑稽，如此醜態畢現，權力和地位竟然可以使同學變成「大聖」或小丑，時間可以使人變得如此荒謬不堪、不忍卒睹！莫言用戲謔的語言，為我們呈現出一個充滿笑鬧的場景，它是如此歡騰，卻又讓我們感到如此無言和忍俊不禁。我們從中可以看出莫言對當代精神衰變的現實的關注，權力與情誼，似乎也已經本末倒置，世道人心被功名利祿薰染的慘不忍睹。無疑，《倒立》的深刻寓意，就在於透過一個平庸至極的庸俗、荒唐的場景，揭示人性的粗鄙和生活的荒誕不經。

這不得不讓我們產生一種深沉、真切的懷舊的情愫，這其實也是對近年來社會愈來愈浮躁，愈來愈功利的一種歎惋。

這個短篇小說最重要的地方，就是其所描繪的宴會場面，這也可謂書寫荒誕的登峰造極之筆。仔細想想，短篇小說要寫好大場面，確有極大的難度，道理很簡單，因為沒有充分展開場面的足夠的篇幅。但是，莫言的這個短篇，卻刻意地選擇讓敘述在大場景中實現最後的高潮。宴會場面之前，敘述就已經做了大量的鋪墊、鋪排。作為孫大盛的同學——修車師傅，與他的妻子和修鞋師傅老秦的一場笑談和吵鬧，包括修車師傅修車時收到的假鈔，修車師傅妻子送來孫大盛宴請的「信息」，這些看似「閒筆」的場景，實際上是莫言將一個場景推進到另一個場景，進而產生特殊情境的有力鏈接。整個社會生活的外在環境和個人心理，都盡顯其中。這樣，後面「聚會」中每一位人物的心理畸變和狀態，都不會顯得突兀。修車師傅既是其中一個人物，是「參與者」，也是一個敘述的視角，是穿插在敘述中的一條引線，是一雙幫助我們細膩觀察、體味場景的眼睛。莫言在一雙眼睛的縫隙中也洞見出俗世的滑稽和荒誕性。

> 「放屁！」謝蘭英罵著，拉開了架勢，雙臂高高地舉起來，身體往前一撲，一條腿掄起來，接著落了地。「真不行了。」但是沒有停止，她咬著下唇，鼓足了勁頭，雙臂往地下一撲，沉重的雙腿終於舉了起來。她腿上的裙子就像剝開的香蕉皮一樣滑下去，遮住了她的上身，露出了她的兩條豐滿的大腿和鮮紅的短褲。大家熱烈地鼓起掌來。謝蘭英馬上就覺悟了，她慌忙站起，雙手捂著臉，歪歪斜斜地跑出了房間。包了皮革的房門在她的深厚自動地關上了

從整體上看，莫言在通篇的敘事中，始終「一意孤行」地任由各種吵雜的聲音、複雜的表情和心理「眾聲喧嘩」般泥沙俱下，不厭其煩地為這場聚會做了大量的「預熱」，看似沒有任何敘述的「章法」。而直到小說尾部，敘述在「倒立」中戛然而止時，我們才恍然頓悟，敘事中真正的「包袱」原來就是一個充滿隱喻性的「身體活」。恰恰是這個「行為藝術」，凸顯出人性的扭結和變異。原來，此前所有的敘述，都是為讓這個有失人格、體面、尊嚴的令人驚詫、令人心碎的「誇張」舉動，做出如此漫長的、有耐性的鋪墊。由此，也將短篇小說原本封閉的空間徹底打開，敘述進入到心理學、倫理學、靈魂的層面，探觸生命最實在的層次。

另一個短篇小說《與大師約會》，也是莫言一篇內涵非常豐富、非常精彩的小說。在這篇作品中，莫言不斷地對「大師」的表現、存在和真偽進行著質疑與解構，牽扯出時代、社會生活的重要側面，揭示另一種世俗的怪誕，某些支離破碎的精神的投影，心理主體的自我疏離和遊弋狀態。開始，幾個藝術青年是作為行為藝術設計「大師」金十兩的崇拜者出現的。他們在展覽會之後，深陷在狂熱的對「大師」的盲目的追逐之中。他們苦苦地尋覓那位神秘的「金大師」。但在酒吧裏，他們卻聽到了藝術學院的學生們對金十兩「大師」大量的負面議論。特別有意味的是，酒吧的老闆對「大師」也進行了更徹頭徹尾的解構。一個突然出現在酒吧的長髮男子，自稱自己是一個傑出的詩人桃木橛，先是拼命地貶抑和攻訐了眾人期待到來的「金大師」，接下來便是滿口詩篇，如同是口吐蓮花，表達要像普希金一樣，與「偽大師」及其偽藝術、情敵進行殊死的決鬥。這些舉動，也彷彿是另一種形式的「行為藝術」，立刻引發了藝術學院學生們的狂熱的追捧和崇拜。隨即，這個「長髮男子」詩人桃木撅就被供奉為新的「大師」。至此，那幾位「藝術青年」與這些藝術學校的學生，在對「大師」膜拜的狂熱裏已經不能自己。

> 「是誰在呼我啊？」隨著門響，金十兩大師站在我們面前，眼睛一亮，蔑視地問。「桃木橛子，你個流氓，又在勾引純真的少女！你們——」金大師用食指劃了一個圈子，將我們全部圈了進去，語重心長地說：「你們，千萬不要上了他的當，他方才念的詩，都是我當年的習作。」金大師端起一杯酒，對準桃木撅的臉潑去。渾濁的酒液，沿著桃木撅的臉，像尿液沿著公共廁所的小便池的牆壁往下流淌一樣，往下流淌，往下流淌……

這樣的場景令人驚詫而又頗為滑稽，我感到，莫言敘事的「荒誕美學」再次來到文本之中。我們也注意到，這裡的整個情節，或者說整個場景敘述，一波推動一波，一波「否定」並解構著另外一波。每一個環節都由人物、細節拉動，借著「聲部」的形式，像是一場「獨幕劇」，敘述過程就是逼視人物內心世界的過程，這也正是莫言敘述的魅力所在。面對一個在理念中所形成的「光環」，關於這個「大師」的概念，他要不斷的推倒前面的敘述，在「否定之否定」中，消解既定的觀念或「秩序」，重新整飭、呈現生活現場的真實鏡象。開始是學生們試圖解構掉金十兩「大師」，同時也在解構幾位「藝術青年」的狂熱和崇拜。在小說結尾，「大師」金十兩出現，又竭力地解構了那個桃木橛子。我們可以感覺到莫言這篇小說濃烈的反諷色彩，他不斷地翻轉敘事的方位和走向，以一種「錯置」或「倒立」的姿態，目的就是要拆解掉「大師」這一稱謂的確切的意旨。所以，這裡的感覺和表現上的「錯置」或「倒立」，切中肯綮地表達了一種生活與現實的荒誕，讓我們感知到生活充滿了有趣的諷刺和悖謬。在一個藝術風格相對色彩紛呈的時代，我們看到藝術合法性的來源如此依賴於敘事，或者說，依賴於「講述」和傳說。而究竟誰是「大師」，竟然會變得如此捉摸不定。莫言寫下這篇小說，或許就是要反諷當時藝術的所謂「後現代」狀態，以及「大師」滿天飛的「藝術」現狀。其實這也告訴我們，莫言始終和現實保持著一種警覺的、「緊張」的關係，他的寫作絕不只是形式主義的藝術探索，在他小說的形式背後，其實始終保留著一種對「形式的文化」和「形式的政治」的有效探索。也許，這是那些粗心的閱讀者所未能察覺的。莫言所觸及的，不僅是日常生活的荒誕，還有文化、藝術和存在世界的荒謬。

不能不提及莫言新近的短篇小說《等待摩西》。這個短篇在一定程度上仍保持著書寫現實荒誕的美學慣性，與以往小說有所不同的是，這篇小說更具敘事的「現實的歷史感」和「滄桑感」，以及那種「等待」所衍生出的時代大踏步演進過程中個體生命的無盡蒼涼和戲劇般的宿命感。這篇小說敘述的依舊是「東北鄉」的故事，主要是寫一個人自上世紀七十年代中期直到新世紀初幾十年的生存、奮鬥的經歷，其敘述時間的跨度之大，幾乎讓這個短篇小說難以承載。曾經名為柳摩西的鄉村青年，在不同的年代裏兩次更名。基督教徒的父親給他取名柳摩西，在那個特殊的年代裏，他改成了柳衛東，但幾十年後又改回叫柳摩西。無疑，這個名字的「變遷史」，蘊藉著一個人命運的沉浮史。整體上看，柳摩西是沿著「時代的召喚」和「情境」，在不同的歷史階段竭力地奮鬥並且小有成就。隨之，柳摩西的社會「身份」和真實境遇，也在不斷地發生跌宕起伏的變化。弔詭的是，柳摩西在上世紀八十年代「暴富」之後竟然神秘失蹤三十年。「失蹤」這個過程始終是令人匪夷所思的，而他的妻子、女兒和同胞兄弟，尤其柳摩西的妻子竟然對他違背常理的行為能夠「忍受著巨大的痛苦堅持到最後」。小說敘述，給我們留下一個難以想像和判斷的結局：柳摩西最後「皈依」了，成了虔誠的基督徒，很難猜想他最後的選擇是在怎樣的人生「煉獄」中完成的。「信仰」在浪淘沙般的歲月裏真的能夠淬煉成金嗎？在這裡，何以如此，似乎已經並不重要。也許，在生活中，像柳摩西這樣的人物比比皆是。荒誕也好，世俗也罷，潛在的悲劇性從字裏行間蔓延滋長出來。平實、貌不驚人的第一人稱敘事，不斷讓文本生成奇特的感受，故事的深層內核，隱藏在充滿傳奇性的故事之中。小說潛在的、有關時代、個人、命運、信仰和選擇的深層主題，在跳躍式的「閃回」中碎片般紛紛揚揚。看上去，這個小說由若干相互接續的生活片段或「橫斷面」連綴起來，故事性也不是很強，而其中卻蘊蓄著豐富的多義性，細密的生活流，款款流入時間和空間的容器，令人深思。儘管莫言沒有在小說中流露出自己的任何看法，但個體生命在時代潮湧中的動盪、尷尬、不安、飄浮，盡顯其荒誕性、不可確定性。

莫言不愧為擅寫場面的高手。我們在他的長篇小說《紅高粱家族》《檀香刑》中早有深刻的感受。但是，在一部短篇小說中，讓敘述在一種平緩的鋪排、預設和潛在的「遞進」過程中，在一種意緒的蔓延和彌散中，實現最後的「內暴」。這裡面自然有一個極其重要的敘事邏輯問題，它是作家文學觀念、結構方式、人物塑造和敘述策略的體現。就人物而言，無論是《倒立》中的孫大盛、謝蘭英、修車師傅，還是《與大師約會》中的「藝術青年」、桃木撅和金十兩，《等待摩西》中的柳摩西，他們的行為、心理上都有著纏雜不清、複雜微妙的「扭結」，莫言都以一種不同凡響的「異端」的、荒誕的體貌，讓寓意在敘事中自由地溢漲、凸現出來。可見，莫言擅長於「草蛇灰線，伏脈千里」，人物、情節、故事甚至細部的修辭，先與後、詳與略、輕與重、深和淺都處理得體，有蛇弓杯影、水落石出之惑，也有舉重若輕，水到渠成之快。

那麼，我們是否可以將莫言短篇小說的結構，理解為一種「倒立」式結構？在結構、形象、敘事的「錯置」「倒立」「延宕」的形態下，我們更加深入地看到了莫言的敘述邏輯，也窺見了存在世界和生活本身的荒誕。

三

所謂「非虛構寫作」，在今天，再次成為對虛構文學，更包括對於短篇小說寫法的一個強烈挑戰。具體說，「事實」「新聞」與故事之間生發出不可調和甚至不可理喻的衝撞。顯然，對於敘述來說，這已經不再是一個簡單的技術問題，而是對小說理念和作家個人智慧重新審視的開始。雖然，小說的力量並不只是揭露、暴露的力量，也不是依靠寓意和象徵就能夠立刻深邃起來。也許，只有坦然地揭示靈魂深處的隱秘，探查、揣磨人類不可擺脫的宿命，才是最終的目標。那麼，面對有時看上去很「粗鄙」的現實生活，一個作家究竟該如何下筆？尤其在當代，現實的問題已包裹起整個人類的精神形態，如何表現生活，是作家面對的最重要、最複雜的問題，其實，這就是一種敘事姿態的選擇。

我始終覺得，敘述永遠是小說寫作中一個最基本的問題。敘述方法和策略，包括敘事視角，最終決定著一部作品或一個文本的形態和品質。這不僅體現為寫作主體的一種敘事姿態，它也直接決定著一部作品的整體框架結構。作者的敘事倫理、價值取向和精神層面訴求，都能夠由此顯現出來。實質上，就文本的本體而言，沒有敘事視角的敘述是不存在的，視角是作家切入生活和進入敘述的出發地和回返地，甚至說，它是作家寫作的某種宿命或選擇。選擇一種敘述視角，就意味著選擇某種審美價值和寫作姿態，也意味著作家已經確立了一種屬於自己的闡釋世界、重新結構生活的角度，也就決定了這個作家呈現世界、表現存在的具體方式，這是一位作家與另一位作家相互區別的自我定位。小說的敘事視角，就是小說寫作的文體政治學。因此，視角的選擇，也就成為作家寫作的一個重要的問題。它不僅涉及敘事學和小說文體學，還是一個作家在對存在世界作出審美判斷之後所選擇的結構詩學，其中，當敘述視角所選擇事物或者載體具有了隱喻的功能時，也就是，作家試圖通過一種經驗來闡釋另一種經驗時，視角的越界所帶來的修辭功能，必然使文本的內涵得到極大的主體延伸。

數年前，我就曾將莫言的《拇指銬》和余華《黃昏裏的男孩》進行過比較：「如果說，我們從《黃昏裏的男孩》中感受到的是敏感、脆弱、屈從的忍受形態，而莫言的《拇指銬》一方面將人性的罪惡、仇恨、放縱和邪惡這種非理性的人性異化演繹得極其充分，另一方面，它呈現出對災難和困擾的反抗，以及努力在苦難中建立存在的希望和愛的責任。基於試圖表現生存的本真狀態的強烈衝動，呈現『絕望』、沖決『絕望』似乎是一個更合適的範疇，這也許能夠用來描繪出生存個體的生存和人格狀態。」其實，從某種角度講，莫言的這篇小說，並沒有超越魯迅小說中慣用的「看」與「被看」的敘事模式。我們在閱讀中已深深地感覺到《阿 Q 正傳》《孔乙己》《祝福》那種沉鬱、壓抑的敘述語境和氛圍。前面提及，莫言的很多長篇小說如《紅高粱》《檀香刑》等，都以擅寫酷刑、擅寫看客著名。莫言在談到《檀香刑》的寫作時曾說，人類有這種侷限和陰暗，人類靈魂中都有著同類被虐殺時感到快意的陰暗面，在魯迅的文字中我們也可以看到。但這篇《拇指銬》更有許多獨到之處，它觸及到人生存狀態與本相，人道精神匱乏的問題，絕望的問題，拯救的問題，也表達著對苦難的主動承擔，意志對絕望的反抗。

這篇小說的主人公是一個未諳世事的少年。敘述以阿義為病重的母親去典當、買藥、返回為基本敘事線索和內容。在從黎明到夜晚一整天的時光裏，阿義歷經了世態的炎涼和人性、人心的殘暴。莫言在這篇萬餘字的小說裏，無法掩飾他內心的悲涼和憂傷的生存感悟，向我們清晰而綿密地展示了人在那個時代潰敗的危險及其真實面貌，並昭示了某種群體性的危機。《拇指銬》不似余華《黃昏裏的男孩》那樣，表面冷靜，骨子裏卻異常沉鬱悲痛，而是在整體敘述上有意張揚看似平靜實則驚心動魄的生活場景。莫言為何選擇一個八歲的男孩阿義，並讓「他」承擔人生的道義、善良、軟弱、恐懼、焦慮、希望、血腥和殘暴？

顯然，莫言和余華一樣，在小說中選擇了一種「雙重視角」：小說的敘事者和主人公。小說的敘事者像一個傳感器，是以少年主人公的心靈去感受小說所描寫的人物、事件和情景的「參與者」。主人公阿義「被敘述」著，同時也作為「我」進行著自我傾訴。在一整天的經歷中，阿義遭遇到無數的冷眼、嘲弄、鄙視、奚落和無端的殘害。莫言慣於運用文字營構充滿生活質感的氛圍，將人物的感覺推向極端的境地，造成對閱讀強大的感染力和衝擊力，甚至有令人窒息的感受。

問題在於，為什麼這一切竟然都是如此地無端和無奈？！

他這時清楚地看到，坐在石供桌上的是一個男人和一個女人。男人滿頭銀髮，紫紅的臉膛上布滿褐色的斑點。他的紫色的嘴唇緊抿著，好像一條鋒利的刀刃。他的目光像錐子一樣扎人。女的很年輕，白色圓臉上生著兩隻細長的笑意盈盈的眼睛。

男人用一隻手攥住他的雙腕，用另外一隻手，從褲兜裏摸出一個亮晶晶的小物體，在陽光中一抖擻，發出清脆悅耳的聲音。「小鬼，我要讓你知道，走路時左顧右盼，應該受到什麼樣的懲罰。」阿義聽到男人在樹後冷冷地說，隨即他感到有一個涼森森的圈套箍住了自己的右手拇指，緊接着，左手拇指也被箍住了。阿義哭叫著：「大爺……俺什麼也沒看到啊……大爺，行行好放了俺吧……」那人轉過來，用鐵一樣的巴掌輕輕地拍拍阿義的頭顱，微微一笑，道：「乖，這樣對你有好處。」說完，他走進麥田，尾隨著高個女人而去。

滿頭銀髮的老者，僅僅因為阿義的回頭一顧，便對其施行了令人髮指的現代刑罰。因此，年幼的阿義被置於「希望中的絕望與絕望中的希望」之中。也正是這樣，阿義一天裏的遭際逼出了人性的隱秘部分：殘暴的、陰冷的、非理性的、瘋狂的、黑暗的。在常態生活中，這些因子都隱藏在人的內心深處，一旦有一點點機會或釋放的可能，它們就會從內心裏爬出，泯滅良知和天性，「把人身上殘存的良知和尊嚴吞噬乾淨。人變成非人，完全失去人性應有的光輝」。所以，在人的內心深處尋找一種力量擺脫人性的黑暗是非常艱難的。可憐的阿義陷入了人性的黑暗，正是「偶因一回顧，便為階下囚」，如此荒誕，如此絕望！

魯迅是一個首先覺醒的人，甚至他的徬徨、苦悶、陰冷都是覺醒的表達，歷史和現實都要求他有這樣一雙覺醒的冷眼。魯迅早已洞悉中國人國民性中最劣根的實況，尤其「虛偽的犧牲」的「畸型道德」。人所共知，魯迅對國民性的分析和揭露最令人驚異、令人推崇。因此，他選擇了一個深刻的切入生活和現實的視角。

在《拇指銬》裏，這位銀髮老者很輕鬆、快意地讓幼者阿義無端地做了「長者的犧牲」。莫言的敘述，使我們伴隨著阿義在灼目的正午開始苦熬。這期間，老 Q、黑皮女子、大 P 等一夥人的到來，讓阿義的希望在他們的嬉笑謾罵和不以為然中消蝕。背嬰兒的女子在表達了她僅有一點本能的善意之後，發出了愚昧的疑問：「你也許是個妖精？」「也許是個神佛？您是南海觀音救苦救難的菩薩變化成這樣子來考驗我嗎？您要點化我？要不怎麼會這樣怪？」

阿義感到絕望，但又不能絕望。於是，莫言讓阿義在想像和噩夢中頑強地支撐著自己的存在。作者用「託夢」的手法，將少年阿義推入生的絕地，並發出已超越他年齡、閱歷的幻想與玄思：「我還活著嗎？我也許已經死了」，「他鼓勵著小妖精們，咬斷我的拇指，我就解放了。小妖精，你們有母親嗎？我的母親病了，吐血了，你們咬斷我的手指吧，讓我去見母親」。西邊天的一片血紅，阿義咬斷手指吐出時的那一道血光，連同母親的血一起飛揚起來，演化為對人性異化和墮落的傾力控訴。在這部小說裏，「斷指」是莫言設計的一個具有懸念的故事結構，「血珍珠」和田野上的歌聲，女子的哭聲，中藥的藥香交織成視、聽、味覺的盛宴，加深著這部深刻的具有強烈悲劇性作品的動人的悲劇效果。阿義萬般無奈之下別無選擇地選擇，竟然是如此悲壯慘烈，一個年僅八歲的孩子的行動能喚醒我們嗎？會打動人嗎？會撕咬當代日漸物化、麻木的世道人心嗎？我們幾乎無力也無法選擇沉默和拭目以待。

同屬發掘生存本相、昭示人性扭曲與世態炎涼的小說《黃昏裏的男孩》和《拇指銬》，都選擇「斷指」，這一情節，直指人心。在敘述風格上各有獨特追求，一個是冷靜、沉鬱，一個是活潑、激越，一個冷硬，一個悲愴，但它們都智慧、冷峻、犀利，都具象徵、寓言的屬性和色彩。莫言和余華兩位作家關注人性，「反抗絕望」的文學審美立場，體現出對大師魯迅的自覺繼承。而「拯救」的道義情懷，在敘述中毫髮畢現，呈現著與眾不同的當代思考。作家拯救人性、關注人文的責任感、使命感使小說敘述的母題內涵得到強化，可見其幫助人們走出磨難和困境的執著信念，在當下浮躁、焦慮的表意語境下，實在是彌足珍貴。

張新穎曾經寫過一篇《從短篇看莫言》的文章，特別提到莫言寫作的「自由」敘述的精神，講到上世紀八十年代中期的「先鋒文學」潮流如何讓莫言解放了自己，發現了自己：「很多作家更多地感受得到短篇的限制而較少地感受短篇的『自由』，是件很遺憾的事。莫言獲得了這種『自由』，由『自由』而『自在』。他這樣不受限制的時候，我們更容易接近和感觸到他的文學世界發生和啟動的原點，或者叫做核心的東西」。〔註 4〕汪曾祺在談到小說寫法時，所強調的是寫小說就是「隨便」。所以，我們前面談到的莫言小說的「邏輯」，其實是指小說敘事的策略之一，實質上，小說在寫法上有著多種內在的結構和「邏輯」，這樣才會有「各式各樣的小說」，才可能有敘述的多種可能性。進一步說，小說，有時可能正是一座向下修建的鐵塔，在「詞與物」的某種錯位中完成對存在世界的深度認識和判斷，所謂「執正馭奇」，所謂「真正的好小說，既是小說，也是別的什麼」，都是對小說切實而深刻的理解。

〔註 4〕張新穎：《從短篇看莫言》，《當代作家評論》2013 年第 1 期。

丙崽究竟該如何生長？——韓少功的《爸爸爸》及其「尋根」考古

一

現在算起來，丙崽已經活了三十二年了。無論從文學的視角看，還是從文化的層面分析，丙崽，的確是一個「人物」：他有時候在我們的視線裏，影影綽綽，波詭雲譎；有時候，也隱遁或消失在我們的注意力之外，即使偶而想起他的時候，頗覺悵然若失；而且，他也是一個怪物，一個在魔幻語境下富於強烈隱喻特徵的、符號化文學形象。至今，仍然處於接受美學闡釋的興味之中。

那麼，丙崽是誰？他何以讓我們如此難以釋然？其價值和意義何在？

丙崽，是韓少功的短篇小說《爸爸爸》中的一個文學人物，他和作品一起，「問世」於 1985 年。三十餘年來，這部小說文本，始終作為上世紀八十年代中期發生的「尋根文學」思潮中的代表性文本，與阿城的《棋王》、賈平凹的「商州系列」、李杭育的「葛川江系列」、鄭萬隆的「異鄉異聞」一起，經常在文化研究的視域下被界定和考量，成為中國當代文學史研究中一個繞不過去的話題。仔細想想，在近七十年的當代文學歷史中，有多少文本，有多少人物形象，能夠令我們過目不忘？實際上，像《爸爸爸》這樣的文本和其中的形象，可謂寥寥無幾，屈指可數。

日本學者加藤三由紀，曾在一篇題為《〈爸爸爸〉——贈送給外界的禮物：「爸爸」》的文章裏，較為深入地談到這篇中國當代作家韓少功的小說《爸爸爸》的修改。加藤的文章指出，1985 年《人民文學》第 6 期的本子，在收入小說集《誘惑》（湖南文藝出版社 1986 年 7 月版）的時候，作者「稍微有些修訂」，但差別不大；大的修訂是在 2006 年，修改本已經收入「中國當代作家・韓少功系列」的《歸去來》卷中。鑒於修改幅度很大，這位加藤三由紀就有了如下這樣的判斷：「新版本與其說是舊版本的修訂，還不如說是重新創作」，「新版本《爸爸爸》包含著 21 世紀的眼光」。國內的批評家、研究者這些年在談論這篇小說的時候，也大多沒有注意到版本這一情況，並不說明他們徵引的是哪一個版本。加藤教授告訴洪子誠教授，日本的鹽田伸一郎，早就對《爸爸爸》的修改寫過文章，文章的中譯也已在中國發表。這些，令我們深感慚愧，而我們卻都沒有注意到，或者根本就不知道。由此，洪子誠教授想到「生長」這個詞。他認為「文學作品，包括裏面人物，它們的誕生，不是固化、穩定下來了；如果還有生命力，還繼續被閱讀、闡釋，那就是在『活著』，意味著在生長。或許是增添了皺紋，或許是返老還童；或許不再那麼可愛，但也許變得讓人親近，讓人憐惜也說不定。『生長』由兩種因素促成。文本內部進行著的，是作家（或他人）對作品的修訂、改寫（改編）。文本外的因素，則是變化著的情景所導致的解讀、闡釋重點的偏移和變異。後面這個方面，對韓少功來說也許有特殊意義。正如有的批評家所言，他的小說世界裏，留有讀者的活動、參與的空間，讀者是裏面的具有『實質性的要素』」。〔註 1〕作為當代最有影響力的當代文學史家，洪子誠教授紮實、樸素且謹嚴的治史風格中，其實還蘊藉著靈動、思辨和開放的路數。我由此感慨，面對當代小說文本的時候，也就是在一個讀者有限的數十年的閱讀史中，密切地關注一個文本及其動態的審美演變，既體現出審美活動的複雜性和豐富性，也彰顯出一個文學史家和評論家的激情和責任。所以，我愈發堅信，一個時代，只要有一位傑出的文學史家，偉大的作品就不會輕易地流失掉。

在這裡，「讀者似乎被邀請去作一種心智旅行，……或者被邀請去搜集和破譯出遍布在小說中的線索、密碼」。無疑，作家與讀者的互動，構成了實際意義的美學「互文」。因此，「生長」這個詞變得愈加富有渾厚的內涵和無窮的魅力。我們經常說的「一千個讀者就有一千個哈姆雷特」「說不盡的《紅樓夢》」「說不盡的阿 Q」，其實，講的都是這樣的道理。一部小說、一個文學人

〔註 1〕洪子誠：《丙崽生長記——韓少功〈爸爸爸〉的閱讀和修改》，《中國現代文學研究叢刊》，2012 年 12 期。

物，它是存活在閱讀者的心間的，甚至可以說，它是在閱讀者的呵護下不斷成長的。

可見，從一定的意義上說，一個文學人物的出現、生長和存在方式，不僅顯示出一個文本獨立存在的價值，也構成了文學史發展的重要內容。不長不短的三十餘年，丙崽竟然發生了如此不同程度的變化。沒有想到的是，2006年，他的主人韓少功對他依然「放不下」，甚至對他進行了較大幅度的「整容」。這種作家對作品的修改，雖然在文學史上並不鮮見，但是對於一個短篇小說來說，確實可以看出作家對這個形象、這部小說文本的「耿耿於懷」。作家在完成了文本的寫作之後，並沒有讓它獨自上路，去開始自己的旅程，而是像一位「監護人」，始終陪伴著自己的「孩子」成長。這樣的作家，在文學史上並不多見。這與許多作家，因為政治或一些「集體性」的因素而修改自己的作品，不可同日而語。

在這裡，我不想過於糾結版本學意義上《爸爸爸》的修改，但有興趣對這個小說的寫作發生做一些回顧、梳理、思考和判斷。在歷經幾十年的風風雨雨之後，時間，拉開我們與之曾經過近的那個年代的距離，讓我們對於文學和生活及其關係的理解，更加寬廣和踏實。通常認為，《爸爸爸》是所謂「尋根文學」的產物；韓少功發表於 1985 年的短文《文學的「根」》，被人們視為「尋根文學」潮流的重要理論宣言之一。阿城、李杭育也都紛紛撰文，闡釋小說與文化的關係；或者，討論傳統文化和世界文化雙重語境下，文學何為。阿城乾脆寫下了《文化制約著人類》，試圖從文化的維度，鏈接文學的可能性。那麼，韓少功、阿城等人，似乎也就成為在「尋根文學」中既有理論，又有創作實踐的作家。而此前 1984 年秋天的「杭州會議」，後來更是被評論家、文學史家視為「尋根文學」的「前奏」，不斷地被梳理、澄清或「證實」。這些年來，我也常常在想，這次「杭州會議」以及後來被命名的「尋根文學」，是如何發生的？所尋之「根」，到底是什麼？為什麼在這個時候，會有這樣一股自覺或不自覺的文學思潮濫觴？當時，阿城有一句話，可能真正道出了「尋根文學」的內在訴求：「中國的小說，若想與世界文學進行對話，非能體現自己的文化不可，光有社會主題的深刻是遠遠不夠的。」〔註 2〕仔細思考這句話，可以感覺到，這幾位作家對中國文化的命運，皆懷有深沉的憂患意識，而且，充滿了以文學寫作參與跟世界文學對話的渴望。可以說，在這一方面，這個

〔註 2〕阿城：《又是一些話》，《中篇小說選刊》，1985 年第 4 期。

時期的中國作家，比任何時候都更加具有民族文化的自覺和文學的使命感。

也許，未來的文學史會被不斷地改寫、重寫、甚至「塗抹」，幾十年、上百年的文學史，無疑也將會變得越來越薄。而像「尋根文學」這樣的概念還會不會存留在其間，自然難以斷定。剛剛過去三十餘年的「杭州會議」與尋根文學之間的關係，現在就已經變得撲朔迷離，莫衷一是了。回到當時的語境審視這段歷史，已經變得非常困難了。實際上，即使都是在「尋根」的這一面旗幟之下，當時，也還是存在兩個截然相悖的向度：一個是傾向於繼承中國傳統文化，一個是傾向於否定中國傳統文化。甚至，介於兩者之間的兼容狀態也大有人在。就是說，關注中國文化的哪一個層面，要達到一個什麼樣的目的，人們各懷心思，從來就不是一個聲音。〔註 3〕現在看，尋根終究要解決的問題，無非是要找到並建立一個異己的參照系，重塑我們文化的自信、寫作的自信。但是，我想，理論的爭論和辨析，畢竟只是一個理想的承諾。無論什麼時候，唯有文本才可以說明一切，也唯有文本，才有可能以自身的蘊藉，真正還原文學發生的真相。所以，「寫作之樹常青」這句話，在這裡有著特別的意義。

問題是，韓少功對自己「尋根文學」的代表作《爸爸爸》，數年來仍然難以釋懷，這顯然已經遠遠超出了作家對自己作品的某種偏愛，而一定有某些重要的「情結」隱含其中。所以我在想，2006 年的韓少功，動筆大幅度地修改、「修繕」這個奇特的小說，究竟源於何種敘述的動力呢？韓少功一定是將文學寫作，視為是在一本「練習簿」上的書寫和「塗抹」。未來大師的影像，也許就是在這種刻意的「塗抹」中出現的。這是文學和文學史本身發展的一個積極的動態的過程。

二

現在，我們可以回到《爸爸爸》這個小說。

1985 年，這篇小說作為選本的頭題，被選入吳亮、程德培主編的《新小說在 1985 年》。吳亮和程德培還為這篇小說寫了一段「引言」：

> 韓少功以冷峻的筆調描畫了一幅民俗圖，湘山鄂水，祭祀打冤，迷信掌故，圖騰崇拜，服飾食品，鄉規土語，全都囊括在這篇不足三萬字的小說中。《爸爸爸》的容量龐雜得驚人。它像一把有許多個

〔註 3〕韓少功、王堯：《韓少功王堯對話錄》，蘇州大學出版社，2003 年，第 57 頁。

匙孔的鎖，可以用不同的鑰匙去打開。它的語言表層和精神內涵都具有一種震撼人心的效果。敘事語態或晦澀、或沉重、或幽默、或粗野、或俚俗、或奇幻、或象徵。丙崽和他娘、祠堂、雞頭峰和雞巴寨、樹和井、仁寶和他父親仲滿、穀神、姜涼與刑天，每個詞組後面都繫著一種久遠的歷史，並把它的陰影拖進了現代，讓人感到魂魄不散。人性在那種生存狀態和文化氛圍裏以特殊的形態表現出來，它被某種神話、習俗、謬誤和人倫所淹沒。這部小說儘管非常地凝重、峻冷和超脫，我們仍然能夠覺著生命的活力和深沉的感悟與憂慮。在它的字裏行間時時透出激動人心的意味，使我們浮想聯翩。〔註4〕

由此可見，吳亮和程德培在1980年代的闡釋和理解，已經非常「到位」。他們不僅指出了這個文本的歷史感和現代性之間的糾結，還引申出這篇小說文本具有更深遠的人類文化學價值和意義。時隔三十餘年，我們還能在接受美學的「窄門」裏，找到怎樣的審美「間性」呢？

韓少功在這個小說裏，用他的故事，截取了一個時間的斷面，一個現實的斷面，也是一個歷史的斷面。這個「斷面」簡直就是一個「容器」，它承載著我們無盡的想像。正如吳亮所講的：「容量龐雜得驚人」。這種「龐雜」，幾乎隱喻出了一個村莊的「秘史」，一種生態的原圖，一個族群的流變，一個鄉土世界或有關人性結構的「原型」，一個有關人類的隱形結構，一種「起源」，一種「創世」感。

我想強調，真的不要忘了，這個小說，產生在上世紀八十年代，其中蘊含的「元素」已經足以令人驚歎。它甚至遠遠超越了文學本身的邊界，當然，這也是它迄今仍富於無限閱讀魅力的重要原因。

「他生下來時，閉著眼睛睡了兩天兩夜，不吃不喝，一個死人相，把親人們嚇壞了，直到第三天才哇地哭出一聲來。」這個開頭，疑似卡夫卡的《變形記》，也很容易讓我們聯想到馬爾克斯當年刮起的「魔幻」旋風。八十年代以來，經常有這樣的中國作家，選擇類似一個「半人半神」或「特異的另類」，從一個特別的視角來試探、洞悉人類本身的諸多奧秘。但是，在這裡，我感覺韓少功並不是出於這種考慮。這個小說細緻描摹的，都是與丙崽或多或少

〔註4〕吳亮、程德培：《新小說在1985年》，上海社會科學院出版社，1986年，第1頁。

有較為密切關係的幾個人物：丙崽娘、仁寶、仲滿和傳說中德龍。因此，從一定意義上講，丙崽其實很難說就是一個人物。他沒有性格，沒有主體意識，沒有生活和存在的方向。他既可能成為一位人們膜拜的神靈，也可以被視為怪物、災禍的起源，甚至是村寨命運的煞星。他簡直就是一個符號或者人類孤獨的影子。進一步說，丙崽或許更像是一面鏡子，他雖然不知道如何照見自己，卻不斷地警示世人，而且，他時時用無比簡潔的語言和肢體語言，向人們發出疑問：我是誰？而且，你們又是誰？

丙崽一生只會說兩句話：「爸爸爸」和「X 媽媽」，但是，他可能正是要透過這兩句話，猜透人性的天機。

必須注意到，丙崽娘是文本中一個重要的存在。她身上的尖銳、粗魯、愚頑無意中傳承給丙崽的同時，一股英豪氣概，殉古殉道的勇氣，同樣不應該被忽略。她一隻手幾乎接生了整整一個山寨的人，自己卻生養出一個曠世的怪物。但是，她卻能夠堅韌、執著地坦然面對。德龍拋棄妻子，男性的缺失，反而使得丙崽娘陡生一股陽剛之氣。實際上，她最後神秘地失蹤，更像是選擇了「出走」。人性中最絕望的選擇，也許就是放棄。

仁寶這個人物，在以往的文本闡釋中，被確認是「新生力量」的代表，實際上，他是一個最具兩面性的人物。他絲毫沒有秉承父親仲滿的善良、正直和剛烈，人性的狡黠，在他身上卻有著充分的體現。游手好閒，欺辱弱者，巧言令色，譁眾取寵，曲意逢迎。他雖經常去山寨之外的世界盤桓，也是伺機投機，不過是帶回幾個陌生的概念，而非聯通山寨與外部世界。倡導「新思維」，僅只學來一些新生事物的皮毛而已。我們在作品中，也沒有感覺到韓少功對這個人物較為明確的態度。

所以，我們看到了韓少功的可貴，他在八十年代，就建立起自己與眾不同的敘事倫理，在捕捉人與事物及其相互關係的諸多節點上，呈現事物並行相悖的「二律背反」樣態，卻不輕易地陟罰臧否人物的情感方式、精神向度和行為邏輯，而是兼容性地凸顯世界的蕪雜和動態之變。人性的複雜性、矛盾性在文本中自然流露出來，而非肆意地對人物做出某種規約、限定和判斷。

特別是，我在讀到丙崽失去母親之後，茫然不知所向，一個人獨自地行走和尋找，不由得產生一種巨大的蒼涼感。這種蒼涼甚至大於雞頭寨與雞尾寨交鋒、火拼失敗後的悲壯。那彷彿是人類「原初民」的踉蹌與蹣跚，也似乎像是蒼生在尋找來路和歸宿途中遠去的背影，孑孓獨行，沿著媽媽曾經為許多人接生時的道路，一路前行。喃喃自語中，他彷彿帶走了人類身上那種永遠似懂非懂的常態。丙崽發現了女屍，吮吸了母乳，依偎著柔軟，雙雙沉沉睡去的時候，「尋根」的意味陡然濃厚起來。這個丙崽，可能是一個神明附體的「聖靈」，也可能就是生長在人類龐大軀體上的一胎「毒瘤」。

其實，在這裡，作家何止是尋找文化之根，更是尋覓生命之根、存在之根。這個俗世的圖像，或者說場景，狀寫出神話般的原始氣息，與文本中通過德龍之口唱出的姜涼和刑天的形象，相互映像出對人類歷史的鉤沉。一個有關民族步履維艱、生生不息的隱喻，愈加地清晰起來。

在雞頭寨，時間彷彿是凝滯的，如同丙崽的身體和大腦。歷史和時間，人物和空間，始終處於一種混沌、茫然和未知的狀態。在一個幾乎封閉、蒙昧的存在之境，一切都處於「未可知」的生態。「先民」自由、自在，沒有啟蒙，沒有未來，但卻充滿了生命的活力。奇怪的是，充溢著東方神秘主義的「祭祀穀神」和「占卜」吉凶，預測事件，祭祀打怨，圖騰崇拜，竟然都選擇丙崽這個「怪胎」來主宰整個村寨的命運。可見，一方面，傳統的文化積澱的力量，統治和主宰著雞頭寨，它像是一個隱形的繩索，規約著山寨的生死輪迴；另一方面，人性在一個極其封閉的生存世界裏，處於一種自然、無序、野性、衝動、臆測和逼仄的狀態。而最終，這個僵化、原始的結構，必將被發展、變化和文明所打破。在韓少功看來，即使沒有外部世界的衝擊，事物內部的結構性調整、催化和裂變，也會自然而然地到來。

三

我能在兩個版本的比照閱讀中，感受到韓少功的良苦用心，我也努力揣摩他在 2006 年的「心思」。也許，這就是作家由於一種下意識的「潔癖」，在重讀文本時不由自主地修改，準確地講，也許應該稱為「修訂」。但無論如何，我們在文本中，還是感受到了很大的差異。用日本學者加藤三由紀的話講，「新版本與其說是舊版本的修訂，還不如說是重新創作」，「新版本《爸爸爸》包含著 21 世紀的眼光」。至少，我們可以強烈地感受到，最初的版本，文字於簡潔中滲透著混沌和粗糲，蘊藉著民間故事般的輕快、平易和率性，敘述語言也頗帶些口語的平實、機智，甚至油滑。敘述語言和人物之間的對話，文白相生，不拘小節，雜糅一處，渾然一體，類似一個不修邊幅的說唱藝人，在茶樓酒肆的演繹，充滿著「裸露感」。而修訂版，則極其注重話語的修辭，令文風、語境、敘述節奏以及文字所營構的氛圍，都有很大程度的改變。韓少功有意地在「摩挲」原有文字的「糙面」，刻意修飾，保持敘述話語與敘述對象的平衡度，又不失詞語的整潔和清晰度。看上去，文字的細緻，緊縮了最初版本的開放度，但是，語言的細密和精到，同樣產生出莊嚴、凝重的語境。尤其格外地注重情節、細節的細部修辭。其中，大量敘述話語和人物對話，都有很細緻的調整和「改良」。我更相信，之所以要這樣做，實際上，也體現出韓少功對最初版本美學風格的進一步完善和充實。例如：初版的「寨子落在大山裏，白雲上，常常出門就一腳踏進雲裏」，在 2006 年修改版中改成「寨子落在大山裏和白雲上，人們常常出門就一腳踏進雲裏」；初版的「丙崽喜歡看人，尤其對陌生的人感興趣。碰上匠人進寨來了，他都會迎上去喊『爸爸』。要是對方不計較，丙崽娘就會眉開眼笑，半是害羞，半是得意，還有對兒子又原諒又責怪地喝斥：『你亂喊什麼？』」在修改版中調整為：「丙崽對陌生人最感興趣。碰見匠人或商販進寨，他都會迎上去大喊一聲『爸爸』，嚇得對方驚慌不已。碰到這種情況，丙崽娘半是害羞，半是得意，對兒子又原諒又責怪地呵斥：『你亂喊什麼？要死呵？』呵斥完了，她眉開眼笑。」

類似這樣的例子，比比皆是。日本學者鹽旗伸一郎曾對《爸爸爸》新舊版本做了細緻考校，發現《人民文學》的首發版是 22708 字，修訂版是 28798 字，也就是增加了六千字左右，而新舊版本不同的字數，則有 10725 字。在這裡，細心的讀者不會忽略其中一些重要的變化。我們不僅會看到作家敘述重心有所傾斜，增加了對丙崽、丙崽娘、仁寶和仲裁縫幾個人物的描述，而且，主要是對敘述語言做了規範的調整，我們會意識到作家在修改版中強調話語的修辭。關鍵是，個別詞語的變動，無形中增加了敘述方位、敘事視角的重大變化，原本敘述人「混跡」於文本「作者隱形敘述」之中，現在，基本上浮出了水面。無疑，調整了敘述角度，也就調整了文本的結構，這是小說的政治學。

一般地說，修辭被視為話語的技術層面要求。在鍊字、遣詞造句，搭建情節、細節和結構故事過程中，作家處心積慮、殫精竭慮，這是謀篇布局的心智體現。我想，在這樣一個極為縝密的敘述結構裏，修辭絕不僅僅只是一個技術層面的要求，更是一種在思想和精神上具有文化意味的選擇。就像亞里士多德講的那樣，「只知道應當講些什麼是不夠的，還須知道怎麼講」。就是說，當一個作家知道自己寫什麼的時候，他在一定程度上已經擬定或預設了敘事的空間維度,而發現應該聚焦的生活,洞悉其間或背後潛藏的價值體系,對歷史、生活做出深刻判斷,這可以視為從整體到細部最基本的文本編碼。這裡面就埋藏著「怎麼講」的傾向。修辭是一種發現,是一種能力。「細部修辭」,則是那種用心的發現,是很少整飭生活的獨到選擇和樸素的敘述策略。雖然細部無處不在,但是只有作為語言層面的問題來加以重視時,才會產生意想不到的效果。在《爸爸爸》的「修訂」版本中,韓少功毫不掩飾地做了大量細部的調整,大量抽象、生澀的詞語被替換掉,包括語氣、語句、斷句和分行,都重新做了協調,使沉鬱、遒勁的敘事風格得到深入地強化,文本的整體意蘊也得到更趨精緻完美的豐潤。詞語的調整和變化,使整個文本更加寬厚、從容和溫婉,文體色彩也趨於柔軟、雅致和舒暢。因此可以說,作家的修辭在敘述中是無處不在的。我想,只有當作家真正想扮演一個「角色」的時候,他的修辭才會有「獨立性」和廣泛的滲透性。看得出來,韓少功在敘述中繼續保持著「中立」的姿態,但是,敘述卻延伸出更加宏闊的風貌。

2006 年,寫作《爸爸爸》這個小說之後,又過去了二十年。包括「全球化」風潮在內的世界格局,發生了令人意想不到的劇烈變化。作家韓少功,對他自己筆下的「雞頭寨」和丙崽們,有了新的理解和思索。文化所具有的強大的慣性,拖曳著在歷史塵埃里走過的每一個人,這些人有時候身處存在的窘境之中,步履維艱,甚至是難以自拔的。無疑,韓少功比以往更加同情、包容他筆下的人物,因此最早版本中犀利的批判鋒芒,漸漸衍化成善意的呈現,這也許是一位作家應有的胸襟。他十分清楚,他雖然無力改變大世界的風雲變幻,但卻可以選擇在自己虛構的世界裏重新審視人類以及人性的變遷。因為,一個作家,完全可以用內心的善良和真誠,觸摸人性的溫度,與世界對視,判斷人性和自然的神秘節律,掩埋愚昧和醜陋,讓這個世界變得日益美好起來。

也許,這才是一個作家對於中國文化的理解和期待。

如何面對釀酒師和禮帽的飛行——
鐵凝的《飛行釀酒師》和《伊琳娜的禮帽》

短篇小說的文體，畢竟由於基本字幅的限制以及結構的特性，它所蘊藉的精神、具體的事物和人物世界，都是以「有限」拓展「無限」，它敘述的「長與短」「輕與重」所產生的效果和價值意義，也可謂之是在做「四兩撥千斤」的探求。但是，這並不意味著短篇小說之短，其內涵可以不必豐厚，氣韻可以不豐沛，人物的複雜性也不需要更多呈現。相反，傑出的短篇小說，都具有「核能」「核爆」的特性及品質，無論是細節還是對話，都可能在冰山一角中顯示出無與倫比的精悍和力量。那麼，對於短篇小說的結構，最重要的兩個元素就是時間和空間，這是敘事中首先需要考慮和解決的問題。時間元素就像是文本中的幽靈，它既是敘述存在的基本維度，也包括故事的時間長度。它像河流，也像是游絲，無處不在又閃爍不定。在優秀的短篇小說中，我們會強烈地感覺到它不可忽視的存在，甚至時間本身就是文本中重要的角色之一。所以，時間就像是敘述的萬有引力之虹，它可以為作家實現自己的美學理想，可以讓敘述引領我們逆流而上，重構歷史和往事；也可以復現當下，延展「進行時」的長度，構成文本敘述的語境和脈絡。而空間元素，更是考驗一位作家想像力和虛構力的魔法，正是它讓小說的文字從平面走向立體。它是小說中人物和事物的「活動變人形」，它與時間形成文本的兩翼，在行進中構成平衡的姿態。兩者間，時間可以統治空間，空間也可以戰勝時間，他們在「合謀」中幫助作家實現對生活的重構，完成事物在形而上和形而下兩者之間的復活。因此，從一定的意義上說，作家對經驗或素材的處理方式，取決於對時間和空間的把握和控制。這一點，也是考量一位作家敘述氣度和美學格局的重要因素。尤其是短篇小說，時間和空間的辯證關係，直接影響到敘事的力度和價值。對於鐵凝而言，相對於長篇小說和中篇小說的寫作，她的短篇小說總量雖不算大，但幾乎每一篇都給我們留下了深刻印象。她在小說中表現出的想像力、虛構力，以及敘述中細部修辭的力量和勁道，令人驚異和敬佩。從容不迫的敘事中，她的筆觸常常潛入人性的深度層面，顯示出對生活和人性，精神和靈魂的干預能力，對人心的介入和影響能力。生活的現場感，彌散在人物內心的風暴裏，欲望、利益、虛榮、倫理的相互衝撞，被鐵凝的敘述整合、鋪展為具有強烈現實感、歷史感和道德感的隱晦而複雜的情境。鐵凝從不刻意去捕捉人物、事件和現實的隱喻關係，但結構的獨特，在有限的時間和空間中，平靜而理智地處理感性經驗，直覺與事物之間的咬合、鏈接和延展，讓我們意識到鐵凝小說細節之輕中所折射出的靈魂之重。

在這裡，我之所以把鐵凝的《飛行釀酒師》和《伊琳娜的禮帽》放在一起來進行討論，最初的想法，是因為這兩個短篇不僅在精神情感層面呈現上的細膩和婉轉，而且兩者都是在時間和空間極其「逼仄」的狀態下，仍然可以從容演繹，並在其中蘊藉相當大的想像維度和經驗沉積。兩個小說中的人或事物，都是在「飛行」的狀態下呈現其本體之「魅」的。我們從這兩個短篇小說，能夠強烈地感受到鐵凝小說敘事的「腕力」，以及縱橫捭闔的氣度和力度。前者在時間上，還不足一頓飯的工夫，後者也就是一次長途飛行的航班的巡航時間。看上去，一個是在客廳，一個是在機艙內，逼仄的空間，加之短暫的故事時間長度，無形之中必然增加敘述的難度。尤其是，期待有一定容量和深度的敘事，就更加需要在時空維度上設計結構，控制平衡度。《飛行釀酒師》中的「飛行」，側重並附著於人物的精神內裏，飛行是虛，發掘靈魂形狀是實；《伊琳娜的禮帽》的「飛行」，飛行也是虛，探索人性的褶皺是真，它試圖通過算不上一次「空中豔遇」的邂逅，書寫一次靈魂的短暫游離和失重，蘊藉著飄忽與善良、寬厚和包容。

短篇小說《飛行釀酒師》，這個極具吸引力的小說題目，令人遐思湧動。釀酒師為何「飛行」？「飛行釀酒師」是何種生存狀態？葡萄園的浪漫故事，還是葡萄「秋天裏的憤怒」？或者，在生活裏，葡萄酒如何構成了影響生活方式和思維走向的魔力？葡萄酒，又是如何讓人性在一個社會時代裏發生了不可思議的變異？我想，既然任何事物的存在都有其堅實的理由，那麼，一種事物與另一種事物之間的潛在聯繫，只有在人的介入之後，才可能引申出各自的異端性，說不定就成為一種有機的串聯。而每種事物各自的意義也許就在此產生，它們所引申出的生活深處的種種況味，就更引人深思熟慮。

應該是在上世紀九十年代後期，葡萄酒如潮水般湧進大陸。很快，它就迅疾地進入了人們的日常生活。沒有人會想到，這種紅色或白色的液體，在此後近二十年的歲月裏，在不同的生活情境中扮演著特殊的角色，甚至不可或缺。在一定程度上，它映像出生活的奢華和高貴，欲望和聲色，滿足了許多人的虛榮，有人在高腳杯的光暈裏虛偽地重建自己的人格，裝點著自己的人生；它一時形成了走火入魔般的時尚，它在一個漫長的時間段裏悄然潛入餐桌，直到轟轟烈烈在各種場面和飯局大行其道，或者成為權利、富有和尊貴的象徵，依靠金錢、價格和品質的魔力，與普通的生活形成強烈的反差，成為小部分人試探存在含金量的魔水。現在，我們從這個視角審視葡萄酒，並不是想玷污和褻瀆這種美妙液體的尊嚴，因為，葡萄酒自有它不可替代的價值。與其他事物有所不同的是，它在現實的醒酒器裏已經超越了事物本身的品性，正演繹著一個時代或社會的存在道德和倫理情勢。

無疑，鐵凝深諳小說的藝術，也深知葡萄酒的魔力和個性。沒有豐富葡萄酒知識和經驗的人，根本無法這樣透徹、靈動地捭闔這些元素在小說中的韻致、體量；而若沒有對當代社會生活的深刻洞悉，也很難穿透生活的表象，發掘出生活和人性內在的幽微。在小說《飛行釀酒師》中，葡萄酒作為故事的敘事引線，和貫穿其間的生產物質和精神幻想的重要製劑，一方面，它像重金屬，使人物沉迷其中，難以自拔；另一方面，酒精引爆內心的英雄本色，總會力撥千斤，撥雲見日，成為撼動世道人心的一道閃電或一聲驚雷；或者，作家可以讓故事和人物的目光，在字裏行間透射出奇異的神情，萌生出碎金般的迷亂。也就是說，小說家可以讓葡萄酒在這裡成為情節和人物性格、欲望的催化劑，也可以讓它變成神秘、懸疑、危險的參數。一句話，這是一篇揭示葡萄酒如何映襯世道人心在種種物質誘惑面前，膨脹和消解的小說。

這篇小說的主要人物是釀酒師和無名氏，還有會長和小司。想想看，這幾個人物的名字都是隨意杜撰的虛擬代稱，如此看來，展示人物性格不像是作家竭盡努力的目標，而竭力地想澄清某種與理念、信仰、人性、道德密切相關的欲望，倒像是小說最渴望解決的問題。關鍵是，飛行釀酒，構成了一個極其尷尬且滑稽的意象能指，也構成一個荒誕的喜劇。看上去富於傳奇性和魔術師的品性，實則擦去表象的污穢之後，立即彰顯出精神深處令人不寒而慄的斑斑鏽迹。面對眼前這位三年飛行一百多次庫爾勒的釀酒師，大老闆無名氏也是深感費解的：那麼，釀酒師用什麼時間去釀酒呢？這就成為了一個問題。一個不在葡萄園裏的釀酒師，是一個什麼樣的釀酒師？他飛來參加無名氏的飯局意欲何在？這一定不會只是單純的有關葡萄酒的邀約。後來我們清楚了，故事的發生像是出師有名，實則暗流湧動的卻是一起瞞天過海的騙局。而無名氏近年對葡萄酒的虔誠和投入，可謂是飽含深情，盡顯自己的富有和對葡萄酒的執著。在京城胡同保護區內價值連城的四合院，挖了儲酒量 8000 瓶的自動監控溫度、濕度的酒窖，他身不由己又很愜意地捲進葡萄酒的潮流，在一些隆重或不隆重的場合，喝著「拉圖」「馬高」「奧比昂」和「羅曼尼康帝」，只是在別人高談闊論葡萄酒的「聖經」時，為自己的酒齡尚淺而深感慚愧。因此，他對於所有與葡萄酒主題相關的飯局都異常興奮，彷彿葡萄酒已經成為人們對生活的理解和享受,生命及其存在的最重要的衡量標準。「紅酒的魔力，大地、陽光、空氣、果實的迸裂、汁液，人無限地親近這些怎麼會不年輕呢！」會長這位在無名氏和釀酒師之間穿針引線的人，自己一點兒也不清楚，他在恍惚間正在試圖竭力地促成一件自己根本並不知曉的「生意」。一場飯局因葡萄酒而起，也因葡萄酒而終，也可以說，其間呈現的波瀾萬狀的人生百態，也因葡萄酒生成。終究，這位聲稱使用化學方法釀酒的冒牌釀酒師，其實就是一個騙子：他借紅酒之名，虛擬和演繹的騙局很快就不攻自破，倉皇出局。一瓶被撕掉酒標的、絕好的名莊酒「拉蘭女爵」，被他撕掉酒標後就成為他的「自釀酒」，炫耀這就是他在實驗室勾兌而成，以此誘騙無名氏按著他的圈套去遙遠的庫爾勒一處荒野投資。很快，這個「構想」就如同餐桌上那道名菜「鴿包燕」一樣，輕易就被挑破了。值得思考的是，生活的玄妙和機關，複雜的人際關係，事物的微妙互動，無形的人性的磁場，會不會真的就是隱藏在葡萄酒裏？葡萄酒這個美好的事物，在多少場合和事件裏被調製成非理性的動機？而且，酒文化所包含的意義悠遠深厚，千百年如此，而借酒誇示豪華奢侈，亦不勝枚舉。這流動的酒精液體，激發起無數人消費的激情，漸次在商場、官場和民間形成新的風俗，葡萄酒在很大程度上，甚至成為當代生活「現實與夢境的託辭」。鐵凝在此敏銳地洞見葡萄酒與世俗的幽微關係，她靜觀飲者如何看待和利用這一載體，如何勾兌和「混釀」情感、道德和倫理，如何五味雜陳地發酵人脈、錢脈，一則新的神話，又是如何在開放的經濟浪潮中演繹靈魂的騰挪跌宕和人性的變異。或者，在葡萄酒的風行之中，許多身體力行者、傳佈者，大行其道。竭力倡導的恐怕不只是酒精，還有酒經，進入自我渲染的幻覺，他們在刻意製造的幻覺裏「酒不醉人人自醉」，醉心地穿行在愈發失真的生活裏。

我注意到，這篇小說裏，有兩個細節，應該是作家別出心裁、頗具引申義的刻意設計：一是小司一口咬開「鴿包燕」的肚子；另一處是「釀酒師」用「帕薩特」的鑰匙，「有意無意」地在無名氏轎跑「奔馳」車身的一劃，其氣急敗壞之相，淋漓盡致，昭然若揭。釀酒師的品質和葡萄酒為他裝點出的生活假象，盡顯無遺，不難想到，人際交往的背後，竟然隱匿著無數不易察覺的扭結，而人性的撕裂，就像那瓶「裸酒」和那道清晰的劃痕，品質和道德底線一目了然。看來，葡萄酒的釀造，是一個複雜的過程，其中有著種種因素和玄機，酒體在飲用時的萬千變化，顯示出它無窮的魅力，證實著不同葡萄酒極富個性的品質，體現其自身特有的分子結構式。那麼，生活的結構及其變化，也如同葡萄酒的氧化過程，是一種具有「化學變化」性質的生物活動。欲望和人性，「勾兌」出生活世界的林林總總，不一而足。也許，這就是生活的可能性表達，只有文學文本才可能在這樣微茫的時空中，凸顯出人的情感與自主性，縱浪大化的浩瀚，這些，源自蘊藉和隱藏欲望的靈魂深處，通過作家創作的「潛文本」，實現符號化的呈現。鐵凝在揭示人性的複雜性與現代生活價值體系的變化時，面對暗流湧動、玄機處處的生活情境，先是娓娓道出葡萄酒的迷津，含蓄地破解酒精中的難解之謎。從人物、情理和情節安排來看，無名氏的「沉迷」和隱忍，釀酒師的「輕浮」和心理局促，會長的「空」與小司的「虛」，以及飯局最後漸次實現的得體的「不歡而散」，都從容不迫。人與人智力博弈的直言無隱，入情入理，種種心態及其蛻變都被勾勒得嚴絲合縫。無名氏對葡萄酒的熱切期待，最終被釀酒師的真實目的碾壓殆盡。無名氏幾近絕望的煩躁，悄然襲來，以至於他可能永遠也無法撥通可以消解內心迷惘的那個電話。看得出來，小說的腕力，使得作家省去許多的「氣力」，結構安排的機樞，顯得尤為獨到。應該說，這也是一篇「世情小說」，它通過描述生活之海中的「冰山一角」，向我們呈現了當代生活的浮世繪。也許，在一個作家看來，其所虛擬的小說的結構，就意味著這可能就是生活的原生態結構。或許，這同樣也是某種不可顛覆的現實存在邏輯，因為在這個結構裏面，潛藏的常常是人性晦暗的幽靈。

鐵凝寫於 2008 年的短篇小說《伊琳娜的禮帽》，仍不失為當代短篇小說的佳作。它將故事的背景置放於「空中」，一個心情有些沮喪的女性旅行者，搭乘一架破舊的 T-154 老式客機，從莫斯科飛往蘇聯遠東城市—哈巴羅夫斯克。原本，飛行中的故事，本身就一定帶有莫名的虛幻感，並且充滿了懸浮又沉重的意味。故事剛剛展開時，沒有絲毫的新奇感。無論怎樣講，一個帶著男孩的年輕女人與一個陌生男人，在飛機上邂逅相遇，繼而迅速進入調情狀態。這看上去可以是一種具有順理成章成分的風流韻事，或節外生枝，或將計就計，純粹屬於遊弋在倫理和道德邊界的逢場作戲。而且，在情理上也不會令人覺得過於突兀。但是，這樣的故事從來就沒有太多的傳奇性，作者講述的方式和故事的結局，無論怎樣都會讓我們感到它的獵奇性質，因此，故事本身也極其容易落入俗套。就是說，寫這類作品，對於一位小說家來講，是一個十分危險的選擇。這不免會讓我們想起余華經常提及的，美國作家艾薩克辛格極其推崇的一句話:「看法總是要陳舊過時，而事實永遠不會陳舊過時」；另一句是古希臘人的話:「命運的看法比我們更準確」。實質上，這兩句意味深長的話，應該算是對作家莫大的提示和鼓舞。一個作家只有戰勝自己在經驗面前的自卑，發掘自己天才的想像力和虛構力，發現生活的可能性、真實性，發掘出世界的美妙、精彩和懸疑，古老的故事才可以在講述中重獲新生。關鍵在於，作家是否可能發現人物特殊的「命運」，惟此，那種意料之外的過程和結局，才可能呈現出人物石破天驚的生命風景。

> 地毯已經很髒，花紋幾近模糊，滲在上面的酒漬、湯漬和肉汁卻頑強地清晰起來。偏胖的中年空姐動作遲緩地偶而伸手助乘客一臂之力——幫助合上頭頂的行李艙什麼的，那溢出唇邊口紅暴露了她們對自己的心不在焉，也好像給乘客一個信號：這是一架隨隨便便的飛機，你在上面隨便幹什麼都沒有關係。

「這是一架隨隨便便的飛機」！我想，也許對於心存疑慮的旅客，也可能會非常猶疑地走下這架飛機，重新選擇行旅。有誰敢於搭乘一架「隨隨便便」的飛機？至少，這樣的機艙環境，會嚴重地影響旅行情緒，攪亂飛行的心情。這些，就是在強烈地預示：這是一次危險的令人憂慮的旅程。當然，這樣的鋪墊，也使我們感到，必然將會有令人意外的故事在這個臨時性的「小社會」裏發生。然而，接下來緩慢的敘述節奏，舒緩了我們開始閱讀時的緊張；而對於人物行為細膩、略顯冗長的描述，似乎也多少拉長了這次長途飛行的時間。彷彿作家這樣做，是故意地讓我們產生乏味和無聊的感受。在這裡，文字則袒露出非常自然、很生活化的氣息，帶有雷蒙卡佛和契訶夫的雙重印記：注重細部修辭的力量，遊刃有餘地讓人物在細枝末節處呈現最具品質性的個性。

時空是飛行的道場，確是一個特殊的存在時空。因為前面曾經提示，「這是一架隨隨便便的飛機」，它的情境很可能就是混濁、蕪雜和無序的。那麼，這架飛機上將要發生的一切，也許就會是一些「隨隨便便」的事情。先是一個莫斯科的新貴年輕人，用最新款式的手機，挑逗兩個隨行的濃妝少女開心，無視手機對飛行安全的影響。接著，作者不惜筆力讓這位故事的主角一年輕的看上去並不風騷的女人和五歲的男孩出場。在這裡，小說首先渲染了這位五歲男孩「這是一個麥色頭髮、表情懦弱」「孩子顯得憂鬱，有彷彿這樣的孩子個個都是老謀深算的哲學家」，這看似輕描淡寫一句話，實則是對於後來重要情節的有力的預設和鋪墊。而年輕的少婦，被同是女性敘述者的另一位人物，比擬為老一代人們年輕時的英雄偶像——蘇聯衛國戰爭時期的英雄卓婭，但是，這個年輕的少婦還是被敘述者稱為伊琳娜。仔細想想，這完全是一個東方人的西方想像，包括小說中接下來發生的一切。其中的倫理觀以及相關的價值觀，也許，都與我們觀念裏的紋理、時序和秩序大相徑庭。但是，難說這兩者之間，到底有沒有相近或相同的底色？

驚豔但不離奇的一幕幕漸次展開。瘦子幫助年輕少婦在無助的狀態下往行李艙裏安放那個大禮帽盒子，這也是構成他勾引行動的絕佳契機。卑微卻興奮的瘦子得寸進尺，在討好伊琳娜的兒子薩沙之後，他又迅疾地將座位調換到伊琳娜身邊。隨即，作者開始用相當長的篇幅，細緻入微地描述兩者極其漫長的「調情」。「我」——一位女性敘述者以其苛刻甚至窺探的目光和邏輯，洞穿或「逼視」了這次男女調情的所有細節。「她腦後的髮髻在椅背的白色鏤花靠巾上揉搓來揉搓去，一絲碎髮掉下來，垂在耳側，洩露著她的欲望。是的，她有欲望，我在心裏撇著嘴說。那欲望的氣息已經在我周圍彌漫。不過我似乎又覺得那不是純粹主觀感覺中的氣息，而是——前方真的飄來了有著物質屬性的氣息。」瘦子與伊琳娜的肢體語言和身體摩挲，心理起伏和性別欲望，就像是一場戰爭，他們的目光、手、腿、頭，在角力著，風起雲湧，彷彿是在平衡與失衡之間考量意志。這段空中調情，讓我想到司湯達《紅與黑》中于連．索黑爾和德瑞那夫人，他們最後的、最精彩的角力，也是兩隻手之間的戰爭。不同的是，伊琳娜和瘦子是由於短兵相接、順水推舟的情色邀約，于連和德瑞那夫人之間更多情愛、甚至充滿尊嚴之爭的成分。後者，于連·索黑爾是一個才華橫溢的陰謀家，一個深思熟慮的情愛的攻擊者，他的動作令德瑞那夫人猝不及防。想不到一個在書中微不足道的人物——德瑞夫人，竟然給于連莫大的機會，于連握緊德瑞那夫人的手的時候，後者的恐懼，幾乎令其心如冰霜。激動，不安，惶恐，都源於德瑞那夫人不能暴露這一切。比較而言，《伊琳娜的禮帽》中的男女僅限於調情，《紅與黑》則是偷情。這裡雖沒有高貴和下賤之別，但卻有聲色有否、虛無之意。司湯達在他的長篇小說中有充分的時間、空間，去繼續延續和終結男女的糾結，而鐵凝在有限的文本篇幅內，必須盡快向我們交代一個簡單而無言的結局。然而，我們所等待的，卻是一個令人錯愕又令人感動不已的結局。

毫不誇張地說，在敘述的終端，薩沙，這個五歲的小男孩，幾乎承擔了這篇小說所有的重量。伊琳娜忘在了行李艙的禮帽盒子，經由瘦子和「我」，傳遞到正與接機的丈夫相擁的伊琳娜的手中時，前晚曾在飛機上目睹媽媽與瘦子調情的兒子薩沙，做出了低調的、驚人的、成熟的表現：

> 我所以沒能馬上脫身，是因為在這時薩沙對我做了一個動作：他朝我仰起臉，並舉起右手，把他那根筍尖般細嫩的小小的食指豎在雙唇中間。就像在示意我千萬不要做聲。可以看作這是一個威嚴的暗示。我和薩沙彼此都沒有忘記昨晚我們之間那次心照不宣的對視。這也是一個不可辜負的手勢，這手勢讓我感受到薩沙一種令人心碎的天真。而伊琳娜卻彷彿一時失去了暗示我的能力，她也無法對我表示感激，更無法體現她起碼的禮貌。就見她忽然鬆開丈夫的擁抱，開始解那帽盒上的絲帶。也只有我能夠感受到，她那解著絲帶的雙手，有著些微難以覺察的顫抖。她的丈夫在這時轉過臉來，頗感意外地看著伊琳娜手中突然出現的帽盒。這是一個面善的中年人，他的臉實在是，實在是和戈爾巴喬夫十分相似。

令人心碎的天真！

我們驚歎作家選擇了這樣的結尾。望著一家人和美地相擁而去，走向那輛樣式規矩的黑轎車的時候，我們也看到了鐵凝內心的真誠，既有敘述的真誠，也是善良呈現美好的成熟。這是一個極其善良的超越道德層面的結尾，作家的悉心處理，或者說是果決的想像，使情節赫然急轉直下，瞬間將懸浮飄蕩、風情萬種的迷思，收束到一個五歲孩子纖細的食指上，以「禁語」的暗示，消解這場午夜飛行的濫情。一個心神蕩漾、攜子旅行歸來的少婦，儘管在飛行中，她的欲望曾經獲得前所未有的新奇刺激和誘惑，一顆童心和「我」的默契配合和互襯，則有意無意間簡化了性與道德間的對話關係，也避免了一次人的道德訓誡和心理重負。伊琳娜最後機警、睿智的將給丈夫選購的男士禮帽「扣」在自己頭上時，那種幾乎弔詭式的幽默，姣好地維持了女性的自尊。這次旅途，就像是一曲生活交響中的短暫變奏，逾越性的不堪，欲望的鎖鏈，最終被溫情和諒解徹底解構。

仔細看，這兩個短篇小說容量實在不算小，雖然故事本身的時間長度很短，《飛行釀酒師》僅僅是一頓飯的工夫，《伊琳娜的禮帽》應該是一次不足十小時的航段，空間維度也不大，後者只是機艙逼仄狹小的空間。但是，我們卻能感受到敘事背後巨大的心理空間和精神維度的拓展。兩篇小說，各自表現了兩個國度和民族生活的現在進行時態，人在社會和存在世界的微小人生。文字平淡雋永，即使偶見機鋒，也是點到為止，絕不強做解人。作者尊重人在平凡生活中的生命即景，每一個屬於自己的生命時刻，睹物觀情，容納俗世蒼涼和浮生欲望，書寫存在世界百態。因此，我們說，傑出的小說家，都是在方寸之間彰顯大時代是如何進入個人生活，詠歎「花自飄零水自流」，讓傳奇和神奇褪盡，顯示滄桑本色。

樸拙的詩意——阿來短篇小說論

一

我相信，凡是喜愛讀當代小說的人，幾乎沒有人不知道作家阿來的。如此，也就必然會聯繫起他的著名的長篇小說《塵埃落定》和多卷本的《空山》。很早，我就曾被他的《塵埃落定》牢牢地抓住。可以說，人們極度迷戀他為我們營造的奇特、陌生、神秘而浪漫的康巴土司世界。我們在他的文字中，深深地感受到了一個藏族作家出色的想像力，象徵、寓言的建構，詩意的氛圍，細膩的描述能力和彌漫在字裏行間的「富貴」的典雅之氣。此後，他寫作的多卷長篇小說《空山》，顯示著才華依舊，功力依然不減當年的宏闊氣勢。那些讓我們著迷的敘述，繼續引導我們走進充滿氤氳之氣的文學世界。而令我們遺憾的是，在很長一個時期裏，我們卻在不經意間忽略了他的短篇小說。我感到，這些短篇，除了具備其長篇小說所具有的那些基本品質外，還擁有著長篇不可取代的更強烈的詩學力量和沉鬱的魅力。這些作品，給我們別一種詩意，他所描畫的「異族」，光彩眩目，含義無窮，甚至遠遠超出文學敘述的框架。每一個短篇，都是一線牽動遠近，在他對世界的詩意的闡釋和發掘中，無論是外在的敘述的激昂與寧靜，寬厚與輕柔，還是飄逸與沉雄，我們感受著隱藏其間的閃爍著的佛性的光芒和深刻。那種與汪曾祺小說不盡相同但格外相近的抒情且沉鬱的「禪意」，逶迤而來，純淨而純粹。而且，有趣的是，他的長篇小說和諸多的短篇小說在寫作上，時間的先後和故事、人物、情節之間，還有著頗具意味的神秘聯繫，可以引申出無盡的詩意和敘事資源方面的內在糾結。可以說，阿來短篇小說的路徑、取向，深厚的佛教影響，顯現出不同凡響，這是我們在其他作家的短篇小說中很難看到的。那是一種獨到的選擇，也是一種極高的文學境界。那平靜、平實的敘述告訴我們，文學的魅力不只是輕逸的虛幻，而且有如此厚實的樸拙。

與長篇小說的寫作相比，一篇好的短篇小說，不僅是作家潛心構思、處心積慮的精心結撰，應該說更是一次意外的相逢。倘若說，長篇小說《塵埃落定》以其探索塵世生活和人類命運，及其率性地尋找存在隱秘的勇氣和才華，奠定了阿來作為一位優秀作家的根基的話，那麼，阿來的短篇小說，試圖要「還原」給我們一種形而下的本然世景，這一路向，在他最早的短篇小說《老房子》《奔馬似的白色群山》《阿古頓巴》等作品中，就已經初見端倪。及至他後來的「機村」系列中的若干篇，其短篇小說的「拙」態，已經盡顯其間。我猜想，作家阿來在寫作這些短篇小說的時候，或是靈感突來，或者苦心孤詣、蘊蓄已久，他都彷彿在尋找著一種聲音，或者是在等待一種聲音。而這種聲音一定是一種天籟之音。同時他也努力地在製造著一種聲音，其中凝聚著一種非常大的力量，那是一種能夠扭轉命運和宿命的日益豐盈的精神力量。他曾借用佛經上的一句話表達他寫作的夢想：「聲音去到天上就成了大聲音，大聲音是為了讓更多的眾生聽見。要讓自己的聲音變成一種大聲音，除了有效的借鑒，更重要的始終是，自己通過人生體驗獲得歷史感和命運感，讓滾燙的血液與真實的情感，潛行在字裏行間」〔註1〕。這種聲音，因為聚集著血液與情感，定然會平實而強大。我甚至想，一篇好的短篇小說的誕生，一定是一首獲得了某種近乎神示的詩篇，所以，從阿來的短篇小說中，在看似漫不經心、汪洋恣肆的樸拙的敘述中，我們既可以領受到他作為一個作家天性的感性表述能力，還能從這些短章中體味到曠達的激情，和飽含「神理」「神韻」的寬廣與自由。我以為，這一點「拙氣」「拙態」，能在短篇小說這種文體中充分地表現出來，意味雋永、深遠，的確是非常難得。阿來小說的人物形態是「拙」的，結構形式是「拙」的，敘述方式是「拙」的，即使那些掩藏不住的詩性的語言也蕩漾著「拙」意。也許，拙，正是一種佛性的體現。正像阿來在寫作這些短篇時渴望與佛性的一次次「相逢」，我們也期待他的小說帶給我們一次次的「神遇」般的感覺。

「我是一個用漢語寫作的藏族人」〔註2〕。其實，與許多其他作家不同，

〔註1〕阿來：《就這樣日益豐盈》，解放軍文藝出版社，2002年版，第294頁。
〔註2〕阿來：《就這樣日益豐盈》，解放軍文藝出版社，2002年版，第289頁。

阿來的寫作姿態和文學敏感，在一定程度上說，似乎是及早就「定了位」的。這對於喜歡阿來小說的人，在閱讀的過程中就多出別一種期待：一個使用現代漢語寫作的藏族作家，他對漢藏兩個民族生活的描摹和把握，會是一種什麼樣的情境呢？實際上，詩人「出身」的阿來，在上世紀九十年代寫作他的詩集《梭磨河》的時候，就已經顯示出他對事物充滿詩性的精微的感悟力，以及以藝術的方式整體性地把握世界或存在的天賦。我還不十分清楚，在漢語和藏語這兩種異質語言之間穿行的作家阿來，究竟怎樣才能在兩種語言的共同籠罩之下，擺脫異質感和疏離感，有效地擴大作品的意義和情感空間。但我感覺到，短篇小說這種文體恰恰給阿來提供了一個自我博弈的廣闊天地。一方面，是寫作內在氣質和風度上的「樸拙」，另一方面，是短篇小說天然的結構謹嚴的要求，力求完整、和諧，前後不參差的文本形態。那麼，這兩者如何在阿來這裡自然而然、順理成章地統一起來？也許我們會憂慮，由於短篇小說藝術自身對敘事技術的要求，阿來的敘述，難以產生出樸素、率性的結構和散淡、本然的風貌，但阿來卻在作品中呈現出了空前的自由。我之所以肯定地說阿來在他的短篇小說中獲得了自如的舒展，是我意識到，阿來小說的「拙」是「大拙」。這個「拙」不是感覺、感受的遲鈍，視野的侷限，思路和寫作語言的僵硬刻板，而是一種小說內在結構和氣場的大巧若拙。詩意埋藏在細節裏，歷史的細節、經驗的細節、寫作和表達的細節，自由地出入於阿來敘述中的虛構和非虛構的領域之中，在單純、樸拙與和諧之中表達深邃的意蘊。這種「拙」裏還隱藏著作家的靈性，特別是還有許多作家少有的那種佛性，那種非邏輯的、難以憑藉科學方法闡釋的充滿玄機的智慧和思想，在文字裏蕩漾開來。不經意間，阿來就在文本中留下超越現實的傳奇飄逸的蹤影。同時，他還很好地處理了小說形式與精神內核的密切關係，不僅是講故事的方式，而且包括短篇小說的敘事空間的開掘。我們能夠意識到，阿來在短篇小說中尋找一種新的寫作的可能性。他在努力地給我們呈現一個真正屬於阿來的世界。當然，這需要小說家具備真正的實力，阿來顯然具備這樣的實力。

二

在當代，擅寫短篇小說、熱愛短篇小說的作家，都一定是深諳小說藝術堂奧、有較高藝術境界和追求的作家。我敢肯定，他們寫作的初衷以及後來持續寫作的動力，也僅止於對文學本身的考慮，而絕少非藝術的功利性因素。我崇敬這樣的作家，我相信只有這樣的寫作才是真正的文學寫作，他們對世界或存在的敘述是坦誠的、滿懷敬畏的。阿來就是一位對文學深藏敬畏之心的作家。

1987 年發表於《西藏文學》上的短篇小說《阿古頓巴》，是阿來早期短篇小說的代表作，也是他小說創作中最重要的作品之一。在這篇小說裏，我們可以發現阿來最初的小說觀念的形成和成熟。我最早注意到阿來短篇小說人物的「拙」性就是這篇作品。在這裡，我們甚至可以說，阿來小說所呈現的佛性、神性、民間性的因子，在阿古頓巴這個人物身上有最早的體現。從一定程度上講，這篇取材於藏族民間傳說故事的小說，也體現了阿來自身對一個民族的重新審視。他對這位民間流傳的一個具有豐富、複雜的、智慧的平凡英雄的理解和藝術詮釋，令人為之震撼。這是一篇重在寫人物的小說，試想二十幾年前，阿來就打破了以往民間故事的講述模式和基本套路，打破了這種「類型」小說的外殼，對其進行了重新改寫和重述，這的確是需要相當大的勇氣。因此，時至今日，我始終沒感覺到這是阿來的一篇「舊作」。看得出，阿來這篇小說的寫作是輕鬆而愉快的，他筆下的這個人物阿古頓巴，就是一個有著高尚智慧和樸拙外表的「孤獨」的英雄。「阿古頓巴是具有更多的佛性的人，一個更加敏感的人，一個經常思考的人，也是一個常常不得不隨波逐流的人。在我的想像中，他有點像佛教的創始人，也是自己所出身的貴族階級的叛徒。他背棄了擁有巨大世俗權力和話語權力的貴族階級，……用質樸的方式思想，用民間的智慧反抗」〔註 3〕。阿來在這個短篇中努力賦予了這個人物豐厚的精神內質。事實上阿來做到了。他沒有在這篇小說中肆意進行類似故事「新編」那種「新歷史主義」的虛構，而是在一個短篇小說的框架內，進行自然的講述。主人公的「拙」與小說形式的「拙」相映生輝。阿來給阿古頓巴的出走找到了一條非常輕逸的道路。阿古頓巴就像是一頭笨拙的大象，更是在人和神之間遊弋的自由而樸拙的英雄，這個內心不願聽憑命運安排又堅韌、執拗的藏族版「阿甘」，彷彿連通著宇宙間神靈與俗世的一道靈光，「他都選擇了叫自己感到憂慮和沉重的道路」「阿古頓巴知道自己將要失去一些自由了。聽著良心的召喚而失去自由」。我想，阿來寫這篇小說的時

〔註 3〕阿來:《文學表達的民間資源》,《中國當代作家面面觀·漢語寫作與世界文學》，春風文藝出版社，2006 年版，第 248 頁。

候，他一定還沒有讀到過辛格的《傻瓜吉姆佩爾》，但他同樣在幾千字的字幅裏寫出了阿古頓巴的一生。阿來的敘述讓阿古頓巴人生的幾個片斷閃閃發亮。就像辛格敘述的吉姆佩爾，「這是一個比白紙還要潔白的靈魂」〔註 4〕，阿來通過阿古頓巴表達了憨厚、善良、忠誠和人的軟弱的力量，這是一種單純或者說是純粹的、智慧的力量。當然，這也是來自內心和來自深遠的歷史的力量。阿古頓巴正是憑藉他的「樸拙」、孤獨和異稟而催人淚下。

阿來短篇小說中樸拙而單純的人物，都不同程度地潛伏著一定的文化的深度。從文化的視角看，阿來的寫作，無疑為漢語寫作大大地增加了民族性的厚度。他在作品中承載了一種精神，這種精神裏面，既有能夠體現東方文化傳統的智慧者的化境，也有飽含樸拙「癡氣」的旺盛、強悍生命力的衝動。這些超越了種種意識形態和道德規約的理念，構成了阿來誠實地面對人類生存基本價值的勇氣。所以，他的許多短篇小說就像神話那樣古老而簡潔有力。他近來寫作的短篇小說《格拉長大》，除了繼續保持樸素的敘述氣質之外，阿來開始捕捉人性內在的深度性和廣泛的隱喻性。格拉同樣是一個「拙」氣十足的人物。這個後來在長篇小說《空山》中被舒張、深入演繹的人物，在這個短篇中則體現出阿來賦予他的超常的「稚拙」。據說，這篇小說是阿來在寫作《空山》的間隙中完成的。我不知道關於格拉的敘述，阿來在《空山》和《格拉長大》之間有著怎樣的設計和考慮，也許這個短篇就是阿來對格拉這個人物格外偏愛的產物。這就像是好的音樂總會有餘音繞梁，一些細小的塵埃仍然會在空中漂浮一段時間。阿來寫《格拉長大》或許是將《空山》裏意猶未盡、未能充分展開的部分進行了豐沛的表現。使其在這個短篇裏成為一個新的中心。這樣，短篇的格局就會使小說呈現出一種新的可能性。正是這個短篇，將格拉的「樸」和「拙」聚焦到一個新的狀態或層面。我們驚異格拉這個「無父」的少年，與母親桑丹相依為命的從容。他與阿古頓巴一樣，也從來沒有複雜的計謀和深奧的盤算，「他用聰明人最始料不及的簡單破解一切複雜的機關」〔註 5〕。在小說中我們好像看到了兩個少年格拉，一個是那個憨直、能忍受任何屈辱、能學狗叫的、對母親百依百順的格拉，另一個是勇

〔註 4〕余華：《溫暖的旅程》，余華《溫暖而百感交集的旅程》，新世界出版社，1999 年版，第 8 頁。

〔註 5〕阿來：《文學表達的民間資源》，《中國當代作家面面觀·漢語寫作與世界文學》，春風文藝出版社，2006 年版，第 249 頁。

敢、強悍、不屈不撓、堅執的格拉。在「機村」這個相對封閉、自足的、還有些神秘的世界，道德和倫理似乎都處於一種休眠或曖昧的狀態。格拉就像是一個高傲的雄獅，在鬥熊的「雪光」和母親生產的「血光」中，以本色、「樸拙」而勇敢的心建立起人性的尊嚴。其實，格拉與《塵埃落定》中的「傻子」，與《阿古頓巴》中的阿古頓巴都有著極深的血緣關係。實質上，這幾個人物形象正是阿來汲取民族民間文化的內在精神力量，超越既有的具體的「現實」「歷史」格局，探尋人物形象「原生態」狀貌所進行的有效實踐。

顯然，這一次，阿來再次表現出他寫作的那種飛離現實的能力。可見，「拙」只要蘊蓄了詩意，是照樣能夠以獨特的方式靈動和飛翔的。他的想像和耐心，使他能夠在敘述時自給自足，擁有令人意想不到的智慧。《瘸子》中的那個老嘎多，《馬車夫》裏的麻子，《自願被拐賣的卓瑪》的主人公卓瑪，都是阿來用那種並不特別的樸素的手法，來表現他們，呈示他們面對世界的變化和新事物闖入時，樸拙甚至是很「笨拙」的生活。我感覺，阿來是「貼」著生活寫人物的，或者說，是「貼」著人物寫生活的。人物的塑造，在阿來的短篇中具有更豐富的寓言品質。這是一種超越了普遍想像力的更大的幻想性力量。實質上，幻想性是現代小說最重要的元素，它在很大程度上影響著敘事與現實、歷史的關係。我非常贊同作家、編輯家程永新關於「幻想性」的一段話：「幻想性與想像力不同，想像力是藝術創作的一種基本能力，在現實主義大師的作品中，想像力更多體現在根據人物的邏輯或生活的邏輯來虛構故事的走向，而幻想性是現代藝術的基本元素，它解決了理性和非理性、真實和虛假、現實和超現實等一系列與藝術創作休戚相關的命題」〔註6〕。阿來就是這樣一位具有幻想性的作家。他從不急於在作品中表現哲學意蘊，或是對存在做出理性的懷疑，也不輕易而茫然地從「別處」掇取既有的種種文學的遺傳資源。他相信漢語言文學自有其深厚的幻想傳統，他也極力在寫作中努力接續這個傳統。在這裡，他首先是從小說的人物形象入手，精心地為漢語文學製作一份情感和人脈的檔案。同時，也給自己的寫作構築起紮實的地基，或者，那些人物就是文學雲層下面一座座巍峨不動的山峰。

三

語言和文體，這是任何一個有抱負的小說家都必須高度重視的兩個文學

〔註6〕里程：《文學的出路》，《當代作家評論》2008年第6期。

元素。也可以說它們是橫亙在一個作家眼前的兩道鴻溝。誰能穿越它們，誰就可能順利抵達事物的幽深處或存在的現場，而且不需要任何額外的魔法。這一點，是與作品的選材，意識形態背景和某一種精神規定無關的要義。語言更是一種文化現象，它往往能體現出作家的文化積澱。可以說，一個作家的語言，表現了這個作家全部的文化素養。所以，汪曾祺先生很堅定地說：「語言不好，小說必然不好」「寫小說就是寫語言」〔註 7〕。可見，小說終究是語言的藝術，這是文學敘述的根本。而文體是一個更為複雜的綜合性的小說元素，它關乎小說的整個敘事，是包括語言、結構、敘述方式在內的諸多方面在心靈集結後的外化。它是能夠彰顯出一個作家整體藝術選擇和個性風格的範疇。所以說，語言和文體應該是評價小說的重要標準。毫無疑問，阿來小說的敘述語言極好，明顯受過純粹的語言訓練，尤其這種詩性的語言自然與他早期的詩歌寫作經歷有關。更主要的是，阿來能將這種感覺不斷地保持到小說的敘述中。這種感覺，是作家特有的將現實的生命體驗藝術地轉化為文字的能力和特質。從這個角度講，阿來小說的魅力不僅是語言和結構帶來的，也是這種與眾不同的藝術感覺或直覺帶來的。我覺得，阿來的短篇小說較之他的長篇更能體現他的這種藝術感覺或直覺。而這種感覺的直接外化和體現，就是敘事的「樸拙」。小說所聚斂的「幽韻」或「氣場」，藝術的靈動性和表達的生動性，即文脈的變化與流動，都不事張揚地潛伏在他的「樸拙美學」之中。這既與阿來內心的誠實有關，也與他選擇的看似不事雕琢的「非技術性」結構方式相關。也許，「樸拙」恰恰是一種最高明、最富有境界的小說技藝或小說意識。我在想，不知這是否還與他的藏族及其宗教背景有關。總之，這在相當大的程度上豐富了當代短篇小說的審美藝術形態。

從早些時候的短篇小說《群峰飛舞》《狩獵》《蘑菇》《聲音》《槐花》《銀環蛇》，到近年的一組有關「機村」的小說，將阿來的這種樸拙的敘事美學推向了極致。《水電站》《馬車》《脫粒機》《瘸子》《自願被拐賣的卓瑪》《少年詩篇》《馬車夫》，每篇的結構都可以稱之為自然而奇崛，樸拙而沒有絲毫的匠氣。一個有良好小說基本素養和嚴格訓練的作家，他永遠能擺脫別人和自己的「類型化」套路，不拘一格，不斷地尋找新的敘事生機。這既需要智慧和才情，也需要某種機緣。在連續地重讀了這些短篇小說之後，我對作家阿來有了更進一步的認識和理解：阿來的寫作姿態或者說他的文學精神是一種

〔註 7〕汪曾祺：《晚翠文談新編》，生活・讀書・新知三聯書店，2002 版，第 83 頁。

感悟之後的寬容。

也許，結構的「拙」裏面就暗藏著某種秘不示人的敘事的「禪機」。《狩獵》和《蘑菇》兩篇都表達著很深厚的意蘊。《狩獵》是表現三個不同民族或有著三種不同民族血緣的成熟男人，與大自然的一次「親密接觸」。這三個有經驗的獵手，正是在狩獵這個短暫的夥伴關係中，展示出男人的血性與情懷。銀巴、秦克明和「我」，在一次狩獵中向我們演示了包括人與人、人與動物之間的愛恨情仇，思索在自然面前人與人如何越過隔閡，進入相互的內心。這篇小說在敘述中不斷強調人物的「動作性」，極力捕捉靈魂深處的愛意。《蘑菇》的情節雖不繁複，但在「嘉措在外公死了很久的一個夏天突然想起外公在幼年時對他說過的話」「現在，放羊的老人已經死了」這樣的句子引導的時間之下，阿來使平淡的敘述產生些許超越寫實的意外的迴旋，使「蘑菇」串聯起歷史、現實和生命的本然關係。像另外兩篇《聲音》和《槐花》，是非常散文化、抒情化的敘述文字。其中，我們能夠在聲音裏聞見氣味，從罌粟般的、槐花的氣息中感受自然的、神秘的生命節律。可以看出，寫作這一組短篇時的阿來，就已經不想憑藉「技巧」來大做文章了，而是似乎有意在略顯「粗礪」的敘述體式中，尋找讓故事升騰起較深意蘊和詩意的生機。及至《水電站》《報紙》《馬車》《馬車夫》《少年詩篇》這一組短篇小說的出現，阿來小說內在的「禪意」開始在字裏行間若隱若現了。其中，勘探隊「那些穿戴整齊、舉止斯文又神氣的人」，絕對不僅是給了機村一個紙上的水電站；一張報紙，卻能直接決定了一個人一生的命運；馬車夫的失落竟然同時伴隨著一個極平凡生命的終結……無疑，這些題材，這些視角，這些眼光確乎有些特別，但行文的磊落使阿來的敘述不斷地發散著骨子裏的樸拙之氣，卻也不脫離菁英本色。這些生命景觀和生命形式，是宿命的、飄動的，也是禪意的、詩性的。彷彿阿來天生就知道哪些生活和想像可以寫進小說。而且，我們在阿來的短篇小說中，幾乎看不到任何刻意雕琢的戲劇性結構，也許阿來覺得這樣肯定會將小說寫假。所以他不求謹嚴，貌似「天馬行空」般散淡，但平衡而和諧。情節、故事的線索明顯，拴住了人物，鋪張了細節，卻沒有纏住複雜的生活和靈動的感覺。在這裡，我覺得阿來的寫法很像法國作家羅布．格里耶。後者對小說技術的革命性探索，被指責「損害」了小說的文體。但我覺得，也許正是他那種「損害」技術，成就了他的小說。實際上，阿來短篇小說的「拙」，在一定意義上講就是反技術的。他的文字在虛構的空間裏自由地奔跑，有時，他難免會忘記、忽略種種限制，只感受到自己的體溫，聽見自己的呼吸。簡約、素樸、儒雅、詩性的語言，自然而不求絢麗，尤其是「拙」，「拙」得老到而且敦厚。因此，這樣的「拙」，也就難免不帶著詭譎的、不時也會越出敘事邊界的「禪機」。

這時，我們能夠意識到，閱讀、認識和體會阿來，確是需要將他的寫作與任何「潮流」分開來的。也許，恰恰是這一點造就了他與許多同代作家敘事策略的不同。回想他的寫作，一路來，阿來也算是特立獨行，他的敘事資源和內裏精神始終遠離諸多的模式。他的小說雖以平易取勝，但積澱著濃鬱的詩意。那些深邃的道理，都埋藏在形而下的素描之中。在敘述中，阿來竭力地擺脫自己的作者身份，中年阿來看世界、看生活的眼光，或直面人生的態度可能是「世故」的，但這也許更經得起時間的推敲，「所有的寫作，最終都一樣，必須用最世故的眼光去尋找最純潔的世界」〔註8〕。而純潔的世界一定是單純的、質樸的世界。我感覺到，阿來正努力通過短篇小說這種文體，追求空白、空靈、空闊的小說境界。這體現出一個有藝術抱負、有責任感的作家的力量和信念。阿來的長篇小說《塵埃落定》和《空山》，早已顯示或者說代表了這個時代的寫作，但我想，他的短篇小說給我們帶來的價值和詩意，恐怕同樣難以作定量的估算。

〔註8〕張學昕、蘇童：《感受自己在小說世界裏的目光》，《當代作家評論》2008年第6期。

逝川上到底有多少條「淚魚」
——遲子建的兩個短篇小說

一

在上個世紀八十年代開始寫作的作家中，遲子建是為數不多的沒有「混跡」在某個潮流裏的作家之一。三十多年來，文學史和評論界幾乎沒有辦法將她劃進某種「類型」，無法以一種個性化的「命名」來界定她寫作的風格。這樣，也許她更能夠感覺到自己周遭沒有光環閃耀的自由，沒有束縛和羈絆的快樂，反而愈是增加了許多自省和反思自己的勇氣。因此，她雖然沒有特立獨行的樣態，卻富於大氣灑脫的氣度。她常常是「心在千山外」，用心捕捉「廢墟上的雄鷹和蝴蝶」，藉著時間的行走，呈現對世界的傷懷之美。

遲子建寫出她的處女作或成名作《北極村童話》的時候才二十歲。其實，在一定程度上，這篇小說，決定了此後相當長一段時間裏遲子建寫作的美學方向。說是「童話」，其實內裏蘊藉著的，卻是成熟的、不可複製的一種「成人經驗」。遼闊的東北邊域，一個大北國小女孩對生老病死、離情別意的感知和細膩體悟，過早地越過了「懵懂的萌」的邊界，彷彿直抵冰雪封滿的曠野，自覺地走向一種神性的存在。此後，我感到，這個小女孩的身影，隱隱若現，一刻也不曾離開過遲子建的文字和敘述。「她受童年經驗這一先在意向結構的影響，作品中也就更多溫暖底色。」〔註1〕無論在遲子建的長篇小說，還是中、

〔註1〕劉豔：《童年經驗與邊地人生的女性書寫》，載《文學評論》，2015年第6期。

短篇文本中，這個「意向結構」如影隨形般地幻化成故事、人物和情節密林中的精魂，也在冥冥之中引導著她尋找和發掘存在世界裏的神性，像她文字中總是飄忽一股淡淡的憂傷。神性，構成了遲子建寫作的重要精神內核之一，這也使得她呈現出作為一位女性作家鮮有的氣韻、氣度和風骨。敘述的虛實相生之中，詩一樣的真實情愫，絲絲縷縷地流淌出來，浸漫在黑土地；真實心靈的鏡象，也衍生出獨一無二的湍急的生命洪流。這些生命的洪流中，湧動著遲子建記憶中的山川河流、日月星辰、房屋、牛欄、豬舍、菜園、墳塋的色彩和氣韻，主要的，還有裹挾其間的人性的溫暖或者孤寂。的確，「她的小說寫的是她個人的心靈景象，所以是他人無法重複，而她自己也不需要重複他人。」〔註 2〕也就是說，神性，縈繞著心靈的景象，形成貫穿遲子建寫作始終的精神結構——靈魂意象。就是這樣，童年的經驗和獨特的地域薰染，這一片充滿了靈性的土地，以及激情和才氣，決定了她作品的一切基調。

的確，「大約沒有一個作家會像遲子建一樣歷經二十多年的創作而容顏不改，始終保持著一種均勻的創作節奏，一種穩定的美學追求，一種晶亮的文字品格。每年春天，我們聽不見遙遠的黑龍江上冰雪融化的聲音，但我們總是能準時地聽見遲子建的腳步。遲子建來了，奇妙的是，遲子建小說恰好總是帶著一種春天的氣息。」〔註 3〕作為同行，同時代作家的蘇童，還在這篇題為《關於遲子建》的文字裏回憶和表述了他當年在北師大求學時，在閱覽室第一次讀到《北極村童話》時的感受和喜悅：「神童不僅指的是男孩，也有女孩子是神童。」顯然，這是一位傑出的作家對另一位傑出作家的脫帽致敬，當然也是才情與才情的惺惺相惜。而我們在充分地閱讀遲子建的大量文本時，也深深為她作品的精神力量所折服。數年來她作品的「容顏」及其「顏值」，沒有絲毫的遜色，最重要的原因，我想，除了神性力量的驅使，還有她對生命、生活飽含激情的表達願望。「因為生命的激情是那麼捉摸不定，它像微風一樣襲來時，林中是一片鳥語花香，但它在我們不經意間，又會那麼毅然決然地抽身離去。它雖然離去了，但我們畢竟暢飲了瓊漿！在經歷了生活的重大變故後，我為自己還能寫出這樣有激情的作品而感到欣喜。」〔註 4〕有激情，才有敘述，才有創作，才會有與眾不同的驚人發現和表達。正是激情的存在

〔註 2〕張紅萍：《論遲子建的小說創作》，載《文學評論》，1999 年第 2 期。

〔註 3〕蘇童：《關於遲子建》，載《當代作家評論》，2005 年第 1 期。

〔註 4〕遲子建：《我能捉到多少條「淚魚」》，載《當代作家評論》，2015 年第 1 期。

和保持，才使得遲子建富於才情的敘述，像四季一樣，在最適宜的時候，讓具有強大藝術生命的腳步，極其自然地如期而至。其實，對於一個作家，才情和激情是多麼的重要，因為只有這種富於才情和激情的寫作，才有可能創作出傑出的文本，特別是在我們這個喧囂和浮躁的年代。

如此說來，遲子建主要是依靠才情和激情寫作。但是，在她的身上，或者說從文本方面看，包括童年經驗在內的生命體驗和經歷，對於她後天持續三十幾年的寫作而言，無疑都佔據重要的成分。而更重要的，當然還有遲子建一如既往的勤奮。毋庸置疑，她的長篇小說、中篇和短篇小說都好，但在這三種文體的作品中，她的七八部長篇，在當代長篇小說的寫作水準中，當然地一直佔據著相當的高位。但相比較而言，我還是最喜歡她的短篇，其次是中篇。可以說，她的短篇小說，不僅在相當大的程度上表現出最有魅力的激情，而且，恰到好處的敘述控制力，也使得故事和人物獲得了最大的正能量。「短篇小說最重要的一點就是對激情的演練。故事裏凝聚著激情，這故事便生氣勃勃、耐看；而激情渙散，無論其形式多麼新穎，也給人一種紙人的單薄感。」〔註5〕也許，短篇小說這種文體，更符合遲子建那種舒展而沉鬱的才情和性情。她自己對短篇小說的確是情有獨鍾：「我覺得要想做一個好作家，千萬不要漠視短篇小說的寫作，生活並不是洪鐘大呂的，它的構成是環繞著我們的涓涓細流。我們在持續演練短篇的時候，其實也是對期待中的豐沛的長篇寫作的一種鋪墊。」〔註6〕儘管遲子建像許多有遠大藝術抱負的作家一樣，都渴望在自己的寫作生涯中留下紀念碑式的長篇傑作，但是她對於短篇小說的理解是尤為深邃的，她顯然十分清楚短篇小說的價值和意義，她之於短篇小說，一定是源於激情的推動，是源於一個作家的「滄桑感」：「激情是一匹野馬，而滄桑感是馭手的馬鞭，能很好地控制它的『馳騁』。」〔註7〕

在這裡，我非常看重遲子建的「激情」與「滄桑」。那麼，遲子建的小說是「如何激情，如何滄桑」的呢？說遲子建的小說富有「滄桑感」，一定要先去考量它裏面的人物和故事，無論少年和老年，男人和女人，彷彿都被凜冽、料峭的歲月寒風沖刷過，滌蕩在命運之舟中的人性、苦難、溫暖和荒寒，都從人物內心的褶皺中擠壓、滲透出來。用蘇童的話來講，就是「遲子建小說

〔註5〕遲子建：《與水同行．序》，中國青年出版社，2002年版。
〔註6〕遲子建：《我能捉到多少條「淚魚」》，載《當代作家評論》，2015年第1期。
〔註7〕遲子建：《激情與滄桑》，載《北京文學》，1998年第2期。

的構想幾乎不依賴故事，很大程度上它是由個人的內心感受折疊而來，一隻溫度適宜的氣溫表常年掛在遲子建心中，因此她的小說有一種非常宜人的體溫」。〔註 8〕體溫，在我看來，是凝結並代表著遲子建心靈方向和精神內核的一個情感「座標」，這個恰切的體溫，使她對於外部世界的感受、驚悸、隔膜、焦慮和疑惑，都神奇地轉換為大氣磅礡、包容萬象的寬厚和從容。有了這樣的溫度感，才會對世間萬物、斗轉星移、天地變化、草木人生以及人類困境心有感慨萬端之情，才會產生內在的糾結，才會有撕裂感、疼痛感，才會萌生和產發出「為天地立心，為生民立命，為往聖繼絕學，為萬世開太平」的信念，真誠地投入情感，悉心地對待自己的文字，也才會生出為人、為文的大境界。或許，這就是所謂的滄桑感吧。這實在是一個作家最難修煉的境界，遲子建始終也是在朝著這個方向努力著。這樣，激情、滄桑感、體溫，在生活和文字面前，構成了不竭的勇氣、力量和寬柔的靈魂質地，也構成了遲子建小說最內在的心理機制、敘述格局和美學氣韻。正是這樣一種氣魄和胸懷，使得遲子建的寫作綿長而暢達，悠遠而深邃。

二

這裡，我想以遲子建的短篇小說《一匹馬兩個人》和《霧月牛欄》為藍本，揣摩和探尋遲子建短篇小說寫作的精神和藝術堂奧。無疑，它們是我在重讀遲子建近些年的短篇小說之後，挑選出的我倍加喜愛的兩個短篇。從這兩個短篇中，我體味到遲子建寫作的內在驅動力，和對短篇小說這種文體真正的鍾愛，也充分體會到遲子建短篇小說具有極大藝術魅力的重要原因。

在談到短篇小說《逝川》的寫作時，遲子建認為自己的短篇小說，就像是從逝川那條河流上打撈上來的一條條不同尋常的「淚魚」。

在《逝川》裏，遲子建寫了一條有生命的河流，也寫了一個一生都在守望這條河流的老女人吉喜，簡潔地描述了她平凡而浩瀚的命運。逝川完全是遲子建虛構的一條河流，逝川上有一種會流淚的「淚魚」，當然這也是虛構的。我感覺，遲子建試圖通過寫出一個人與一條河流之間的關係，寫出一個有力量的出色的女人及其不屈而不竭的命運。仔細想想，吉喜就像是一條飽經滄桑、不停地與命運抗爭的「淚魚」，她一生不曾有過任何驚心動魄，不曾有什麼夢想和奢望，只是在阿甲村年復一年的捕魚生活中，勤勞樸素地存在著，

〔註 8〕蘇童：《關於遲子建》，載《當代作家評論》，2005 年第 1 期。

靜靜地等待，靜靜地收穫。「我現在覺得，短篇小說，就像這些被打撈上來時流著珠玉一樣淚滴的『淚魚』，它們身子小小，可是它們來自廣闊的水域，它們會給我帶來『福音』；我不知道未來的寫作還能打撈上多少這樣的淚魚？因為不是所有的短篇都可以當『淚魚』一樣珍藏著。但我會準備一個大籮筐，耐心地守著一條河流，捕捉隨時可能會出現的『淚魚』。如今在這個籮筐裏已經有一些這樣的魚了，但它還遠遠不夠，但願真正的收穫還在後面。」〔註9〕賈平凹曾經在一部作品的《後記》中談到，作家與一個故事或者一部作品之間的關係，就是一種宿命般的相遇。那個故事，那些人，其實早就在天地間存在著，等待著，作家不過就是極其用心地將它們記錄下來，它並非作家高明的杜撰和表現。能夠看出，賈平凹的這種感悟，一方面顯示出作家的自信，另一方面體現出作家內在的謙卑。這種說法，之於作家與一個短篇小說的關係而言，似乎更為貼切和吻合。這就是寫作中的耐心等待，並且適時地、認真地去下水捕撈。

我一直以為，短篇小說《一匹馬兩個人》，應該是遲子建的這個文學籮筐裏已經捕撈上來的「淚魚」中最好的一條。迄今，我認為它仍標誌著遲子建短篇寫作的一個高度。

人類生存於蒼茫無限之域，人性是複雜的。而我們對於人自身的認識，卻總是處於某種有限的維度之內，這個維度之外的一切對於我們來說，其實是一片茫茫的黑暗。人們如何發現、發掘那些需要認識的未知領域，尤其洞悉、體察人性的幽暗和宿命的歷史，在這裡有著無數條途徑，但文學的方式，也許才是最容易切近真實、切近靈魂的。所以，米蘭・昆德拉說，要「發現惟有小說才能發現的東西」，這意味著小說被賦予了獨特的使命。而且，這裡面還蘊藉著另一種意味，這就是這個世界上還有許許多多的非小說而不能發現的東西，倘若沒有了小說，有些事物和人性的面貌，就將會永遠隱遁於黑暗之中。那麼，發現世界和人的複雜性、豐富性和真實狀態、樣貌，以此揭示一個時代和人性的秘密，則構成了小說的崇高使命和寫作倫理。尤其是，如果想進入一個生命個體的內心，捕捉和勘查人的命運史、生活史，包括社會集體性的茫然，惟有文學敘述才能塗抹或篆刻出存在的多種可能性。

《一匹馬兩個人》是一個並不複雜的故事。但是，遲子建卻在這個並不複雜、簡潔故事的敘述中，寫出了一家人及其一匹馬的命運和生命的歷史。

〔註9〕遲子建：《我能捉到多少條「淚魚」》，載《當代作家評論》，2015年第1期。

敘述，讓人的命運和馬的命運，無法擺脫地交織在一起。生和死，也似乎都是在一個普普通通的瞬間開始或者結束。表面上看，這個故事也算不得神奇，一個普通農民家庭，兩個樸素、勤勞的老人：老頭和老太婆。遲子建在不動聲色地敘寫他們無足輕重的日常生活時，寫了突如其來的意外變故。他們先後因為意外的情況不幸離去，在此之前，他們的兒子因為與鄰里的家庭糾紛，兩次犯強姦罪兩度被判刑入獄。我們看到，主人公和他們的兒子，與那匹老馬一樣，在這個文本裏都沒有自己的名字，兒子這個角色在文本的敘述時間內幾乎沒有出現，替代他的實際上是那匹馬。馬，在很大程度上，已經成為這個故事的一個真正的主角。它承載的早已不是一匹馬的功能，在人與馬的關係上，馬向人的生活顯示出一種異己的、陌生的力量，它甚至平衡著人的無法掩飾的內心的波瀾萬狀。在這裡，有一個重要的細節，彷彿箴言般道破了宿命的天機，他們的兒子九年後出獄又第二次案發後，回家抱著老馬說：「你幫我給他們送終吧！」以往，他曾經對馬傾訴了許多，但這一句話卻是馬聽懂的唯一一句話。於是，馬開始在一種神秘力量的支配下，加入到這一家人的生活中。設若沒有這匹馬，敘述或許終將無法進行。而老頭和老太婆死後，的確又都是這匹老馬依照他們的強姦犯兒子的「囑託」，完成對老夫婦的「送行」。一切都在字裏行間的平靜狀態裏，蘊蓄著生命、生死的波瀾，因為一切事物都彷彿顫抖在其他事物的邊緣，人與馬唱響了生與死的奏鳴曲，凜冽、蒼涼而悲壯。我們會注意到，遲子建筆下的這三個主要人物和一匹馬，都沒有自己的名字，而那幾位「次要人物」卻都有各自的姓名或者稱謂：王木匠，薛敏，胡裁縫。這一點，似乎是在有意顛覆固有的小說理念，誰是生活和敘事的主角？一個生命和另一個生命，在天地之間究竟有什麼樣巨大的差別嗎？實際上，人物的符號功能完全取決於作家敘事的重心。在一個短篇裏，每個人物都對敘述有著推波助瀾的作用。在這個小說裏，我們就很難說王木匠和薛敏內心所承載的精神負荷，比這一對老夫婦要輕許多。遲子建並不醉心去表達苦難和傷口，她悲天憫人的情愫，都是在對人和事物的細緻認知中絲絲縷縷地滲透出來，其實表達生活的艱辛、人物的忍辱負重、人的尊嚴，才是她最用心用力把握和建立的敘事方向。王木匠和薛敏一樣，也都在以自己的方式建立和尋求自己的尊嚴。可見，這個小說雖結構簡潔，但精神容量卻很大，許多人物的心理圖像，在若隱若現中漸漸地生成內在的力量，並深入到人的靈魂層面。

我在想，遲子建為什麼要講述這樣一個故事？這不僅是呈現一家人的處境，三個人和一匹馬的遭遇，小說寫的是整個底層社會人的生存狀況，以及他們的生和死。而且，她更想探尋人最為根本意義上的愛、真和美的淵藪。所以，這其中有善良和愛，有快意仇恨，有生死荒涼，還有，少年對性的蒙昧和生性魯莽、愚妄。這些，竟然在平靜的敘述中綿密地交織在一起，才使小說具備了豐沛的生命力。於是，就連這匹老馬也具備了神性，具備了溫暖性，甚至與人一起進入到一個同悲同心的狀態之中。惟有馬的加入，才使敘述裏挾著神性，寫出造物主設置的大千世界的神奇。這實質上是遲子建以溫和的心境，儘量地看取人性的真與善，努力去消解、控制惡之膨脹的美好願望。是的，面對無奈、難解的現實困境，遲子建找到了一個無限的生路——自然的、神性的建立。即使是對於老夫婦兒子的惡，遲子建也沒有將其逼入大奸大惡的死角，而是展示他最後的哪怕一點點柔軟，讓他內心仍有淚水，仍有懺悔。那麼，小說中人物性格或欲望的張力，也就由此而生發出來，凸現出真實的、頑強的生命氣息。「文學寫作本身也是一種具有宗教情懷的精神活動，而宗教的最終目的也就是達到真正的悲天憫人之境。」〔註10〕可以說，對於每一位作家都可能是這樣：寫作本身就是最大的「宗教」。

三

我們會注意到，遲子建的大量小說中，都很少刻意地設置隱喻。這與她一貫不那麼過於關注小說技法和敘事的形式感有一定的關係。也許，她十分清楚，她的小說裏，故事和人物的主宰力量是異常強大的，創作主體賦予人物的是更加無所畏懼的、「倔強」的存在感。或許，是她所描述的情節更具有一種強烈的「儀式感」，它從整體上抑制了有關生命和存在世界的隱喻性延展。就是說，遲子建更相信生活和生命本身的力量。這樣，其實是完全可以不必以營造敘事情景，虛構比擬的。對一些作家而言，通過事物所能抵達或完成的隱喻和象徵，最終都是作家期待用更確切、情理交加的圖像呈現存在世界的真實性、可能性。進一步說，一個時代，一個社會的生活中，人與人的種種關係，包括血緣倫理關係，在社會學、風俗學、倫理學或者美學的層面，如何去把握和闡發，其實是一個十分艱巨和困難的話題。作家的責任和使命，就是超越一般社會學、民俗學、宗教意義等層面，進入到精神和靈

〔註10〕遲子建、周景雷：《文學的第三地》，載《當代作家評論》，2006年第4期。

魂的境地，發掘詩性和神性的文化光澤。而短篇小說《霧月牛欄》，更是因著遲子建的小說理念和藝術感悟，對某種「生存的儀式」所進行的更具有象徵性的書寫，文本表現出的生命倫理意義和強烈的宗教情懷，將我們引向對生命、生死更大的緬想。我想，這篇小說應該是遲子建早期短篇的經典篇章。

如果說《一匹馬兩個人》是一個關於人與馬的故事，那麼，這篇《霧月牛欄》則是描述人與牛的故事。如果回溯一下，在遲子建的小說裏，出現最多的除了故鄉的親人，就是那些從她的腦海裏揮之不去的動物，而且這些動物、事物在她的故事中經久不衰，堅韌有力。《逝川》中會流淚的魚，《北極村童話》裏那條名叫「傻子」的狗，《鴨如花》中那些如花似玉的鴨子。還有這篇《霧月牛欄》中的牛，它生於霧月，初次見到陽光，怕自己的蹄子把陽光踩碎而小心翼翼地蜷縮著身子走路。我們感覺到，遲子建從這些動物身上，領略最多的也許是那種隨遇而安的平和與超然，她相信萬物皆有靈，她與它們之間有著難解難分的情緣。因此，它們一旦進入遲子建的小說，就會使她在寫作中洋溢著一股豐沛的激情。她甚至覺得，這些風景、動物比人物更有感情和光彩。我堅信，只有這樣熱愛一切生命的作家，才可能寫出富於神性的、寬柔的大作品。

我感覺到，在這篇小說中，遲子建幾乎是將這牛當作人來寫的，少年寶墜則是被她當作牛一樣來描述的。在這裡，人與牛共同完成了從出生到死亡的靈魂涅槃的過程，彷彿生和死在短暫的時空內進行了交接或永恆的輪迴。一個生命對另一個生命的理解，一個人自身存在最隱秘的心象，關於愛和懺悔的記憶，都在這濃濃的霧月裏升騰、顯現出來。寶墜因為在夜裏醒來時無意間看到繼父與母親之間的性愛，並引起繼父的恐慌。白日裏好奇地詰問繼父，引起繼父的惱怒而失手將寶墜打昏，致使寶墜喪失部分記憶，從此淪為一個弱智兒童。繼父在無限的愧疚中積鬱成疾，其強壯的身體也每況愈下，日趨羸弱。從事發到死去，繼父對寶墜傾注了全部的父愛，但已經無法彌補、改變悲涼的現實。寶墜這個永遠傷殘的生命，已經無法感知繼父的無限愧疚和慈愛，往昔的記憶像霧中的牛欄，橫亙在親情和倫理的河流之上。

那一夜寶墜聽著牛反芻的聲音，再一次竭盡全力回憶這聲音裏曾包裹著什麼重大事情。他想得腦袋發麻，可回憶的周圍仍然是森嚴的高牆，難以逾越。他又打開燈去看那道白樺木的牛欄，漆黑的樹斑睜著永不疲倦的眼睛望著懸在它身上的梅花扣。他的回憶縹緲如屋外的白霧，暗無天日。寶墜發了一會兒呆，然後望著睡態可愛的捲耳。他對自己說：「和牛過得好好的，想那些不讓我想起的事情幹什麼！」

寶墜關了燈，睡了。他的睡眠沒有夢，因而那睡眠就乾乾淨淨的，晶瑩剔透。

死亡的氣息在這個渾沌的季節裏彌漫，一切好像都隱匿在夢境般、凝固的僵死記憶中。寶墜的命運在一個極其偶然的瞬間，迅即掉進了「黑洞」，改變了方向，他的作為一個人的成長之路遭到突發性的、暴力的阻斷，而是開始順著一頭牛的道路向迷茫的方向伸展。實質上，原本天真的寶墜差不多也變成了一頭牛，儘管他思維的基本維度，還部分地徜徉在某種似是而非的疑惑之中。這是一個人物的悲劇，而這個悲劇恰恰是繼父造成的。從此，「他的睡眠沒有夢，因而那睡眠就乾乾淨淨的，晶瑩剔透。」沒有夢想的生命，無疑是人生最大的悲劇。殘缺的生命，無力回天，來自親人的毀損就這樣使一個孩子沉陷在宿命般的「乾乾淨淨」的悲劇中。

而繼父的生命形態，也從此滑向死亡的谷底，這同樣也是一個人的終生悲劇。這個男主人直到彌留之際，都以滿載的親情，背負著一個成年人的道德自責和羞恥感，這無疑是一次生命最慘烈的災難，一次永遠無法救贖的最後旅程。也許，遲子建最後無奈地「虛設」了母牛的一次生產，給這個殘破的家庭帶來一份樸素的溫暖。這是一個有責任感的作家必須要敘寫的，遲子建一定不會遺漏這份珍貴的柔軟。

我在想，遲子建要表達的關鍵處，是當一個人應該具有的力量喪失之後，他的無奈、無力的承載，究竟還有多大的道義上的、倫理上的，甚至靈魂上的意義和價值？遲子建從不避諱自己在作品中呈現死亡時的平靜與坦然，文字滲透出的永遠是作家品格的堅韌、心態的安靜與祥和。令我們敬佩、相信她的是，她的文學使命，不只是發現人的生命及其靈魂裏每一個細若游絲的白髮，而且，充分地尊重和珍視人性中可能有的缺憾和丟失，甚至遺棄、毀損。「即便面對突襲而來的生命風暴，作家心底早已有之的傷逝情懷也能緩緩地對所受的重創有所解釋和平復。」〔註11〕遲子建一直以來寫作的精神美學，是既不把西方現代主義的所謂「深度模式」奉為聖典，也不願讓自己背負東方神秘主義或古典文化傳統的包袱，對於生命、死亡、苦難、善和惡，以及

〔註11〕施戰軍：《獨特而寬厚的人文傷懷——遲子建小說的文學史意義》，載《當代作家評論》，2006年第4期。

愛恨情仇，她在寫作中從不以文字進行暗示、引導、闡釋其哲理或宗教，而是實實在在地順應一種生命的氣理，敘寫忠實於生活和生命真實形態的人生，從人性的意義上寫出他們的個性和光彩。我們看到，就是這種獨特的藝術追求和人文情懷，始終伴隨著遲子建三十餘年來的文學寫作。她平靜地講述悲劇，並且試圖從容而頑強地在悲劇中復活生命的溫度。也許，這應該是一個傑出作家一生的追求。

我們知道，時至今日，遲子建仍然在不停地「打撈」，打撈小說的「淚魚」，打撈有關自然、生命和歷史的記憶。她將永遠會打撈下去。而《一匹馬兩個人》和《霧月牛欄》這兩個短篇小說，是我喜愛的兩條珍貴的「淚魚」。我熱愛它們，所以，我將它們永遠放在有活力、有養分的閱讀的器皿裏，讓它們在我文學的心海裏，不停地暢遊。